# 揺れやまず

柴山芳隆

揺れやまず ● 目次

装幀・原田　拓

# 揺れやまず

# 序　章　徒歩帰省

私は、大学二年次の夏休みを利用して、仙台から秋田まで歩いて帰省しました。私は文学部の学生ですが、別に芭蕉の『奥の細道』に憧れてといったような高尚なものではありません。くだらない自己顕示欲と言えば動機としてはもっとも適当かもしれません。ただ、歩いて帰省する理由を周囲から問われた場合は、健康のためと答えておきました。たまたま、映画スターのような人気を背景に登場したアメリカの若い大統領が、肥満解消のために歩け歩け運動を提唱したころでしたので、健康のためというのはすんなり受け入れられたようでした。

仙台から秋田に到るには、岩手県を通るルートと山形県を経由するルートの二つがあります。どちらをとっても距離はほとんど同じで約三百キロです。どちらにするかは出発前日に自分でコイントスして決めました。裏が出たので山形経由になりました。

七月中旬の曇り空の朝九時、下宿の小母さんに見送られて国道四八号線を西進した私は、七時間、距離にして三十キロほど歩いて作並の温泉街にさしかかりました。

真夏の四時は、宿に入るにはまだ明る過ぎます。水筒を口につけながら、私は、進むべきか否かちょっと迷いました。この町のシンボルになっているらしい巨大なこけしの根元にリュックをおろして地図を取り出し、前方の山並みに視線をそそぎました。

この先、大きな集落は無さそうですし、県境の峰々は頂上部が雲に隠れています。日本列島の背骨をなす山脈の一部です。無理をすれば山越えの途中で夜になることは確実と判断されました。旅は始まったばかりです。左足のかかとに軽い靴ズレの生じている点も考慮して、私は、今夜は作並温泉泊まりと決めました。

出発前、今回の旅は原則無銭旅行と心づもりしていましたが、作並は東北地方を代表する温泉地のひとつなので、そこに宿泊するのはそれなりに意義があると内心で妥協していました。ただし、高額な宿賃はもったいないので、たくさんある旅館のうちから一番料金の安そうな一軒に見当をつけてそこに投宿しました。

翌日の午前中早くに峠にさしかかり、つづら折りになった山道をいくつか曲がったところで小雨が降り始めました。用意した折り畳み傘を広げ、峠の頂上に穿《うが》たれた長くて暗いトンネルの中も傘を差したまま通過しました。時おり天井からポタリポタリと雫《しずく》が落ちてきていたからです。

時たま自動車が追い越したり擦れ違ったりするだけで、未舗装の峠道に踏み込んでからは徒歩の人とはまったく出会いません。

前ぶれなしに野ウサギが目の前を横切ったり、切り崖の斜面を移動しているヘビが目に入ったりします。

かかとの靴ズレはひどくなる一方で、痛みも、歩行に影響するほどになってきています。木立の下に立ち止まってズックを脱ぎ、靴下をとってみると、ペロリと向けた皮膚の下から透明な液汁が滲み出していました。

念のために右足も確かめると、こちらは小指のあたりにマメができかかっています。長い距離を歩くのだからと思案して直前に買い調えた新しいズックのサイズが合っていなかったのです。もうひとまわり大きなものに買い替える必要があります。絆創膏《ばんそうこう》の類も持参しなかったこととあわせて私はいささか後悔していました。

ふいに、作並方向からやって来た小型の青いトラックが、私のかたわらで停車しました。

「どうしたんだい。よかったら乗せてやるぜ」

開けっ放しの運転席から顔を出した青年が、笑顔で声をかけました。私とほぼ同年代と思われます。私はホッとしました。帽子をとって思わず車のそばに歩み寄りかけましたが、口では、

「ありがとうございます。せっかくですが歩き通すことにしていますから……」

と、応えていました。

「そうかい。それじゃ、せいぜい気をつけてな」

好意を拒絶されて青年はいくらか気分を損ねた様子でしたが、えくぼまでは消すことなしにそう言うと、あとは私に何の関心も示さずに車を発進させました。荷台が空の山形ナンバーのそのトラックは、たちまちのうちに緑濃い樹間に吸い込まれていきました。

私の心中には急速に後悔の念が広がりましたが、私は強いてそれを打ち消しました。いざという時には車に乗せてもらえるということが分かっただけでも収穫であると思い直すと同時に、必ず最後まで全部歩き通してみせると妙に依怙地《いこじ》な気分になりました。

その日は四十キロ近く歩きました。その間に標高六百メートルの県境を上り下りしていて、私はかなりの疲労を覚えていました。

今夜泊まる場所を探さねばなりません。私はまず国鉄の東根駅に行くことにしました。

徒歩で帰省するにあたり、私は、毎日の宿泊地から自宅に電報を打つことを事前に伝えてありました。家族によけいな心配をかけたくないと思ったからです。打電に最適なのは駅ですし、駅に行けば必要なその他の情報も得やすいと考えられます。土地の人に二、三度尋ねながら私は東根の駅舎にたどり着きました。

――ヒガシネマデアルイタ

疲労で気のきいた電文も思い浮かばないまま素っ気ない打電をした後、私は、応接してくれた駅員に安い旅館の紹介を請いました。

「木賃宿でもいいかね？」

細かい格子状の仕切り越しに駅員が大きな声で言いました。切符を買うため私の周囲に立ち並んでいた旅客が、声の主にではなく私の方に好奇の視線を注ぎました。

「結構です」

私は、相手にだけ聞こえるような低い声で応えました。

キチンヤドという言い方に引け目を感じている自分の虚栄心に、私は、野宿も辞さないなど意気込んでいた出発前の気持ちがいかにも上滑りであったことを悟りました。

道順を説明してもらった私は、あとは逃げるようにその場を離れ、駅の裏手の薄汚れた古い宿屋にともかく足を急がせました。

「お米とか、燃料は持っていますか」

私の頭から足元までを一瞥した肉付きのよい大柄な女性が、ことばだけは多少改めながら、訝《いぶか》るように訊《き》きました。

「どちらも、持っていません」

木賃宿というものについての知識をまったくもたない私は、どぎまぎして上目遣いになっていました。

「それじゃ、一般の料金になりますよ」

「はあ……それは、いくらぐらいでしょうか」

どうやらこの宿の女将《おかみ》らしいと見当をつけて、私は一番気になる点をまず尋ねました。前夜泊まった作並の温泉宿は私の見込みよりもはるかに高額だったのです。

「部屋にもよるけど、一番安いのは……」

胸元に醤油汁のにじんだ割烹着《かっぽうぎ》をつけた女将はそこで三種類の料金を挙げました。最高のものでも、昨夜の三分の一以下です。私は即座に最低の部屋を申し込みました。つかの間、女将は意表を衝かれたような眼色を見せましたが、それはすぐ商売上の笑顔に変わりました。

今夜の宿が決まって、私はにわかに両のかかとに痛みを感じました。

「ずいぶんひどい靴ズレだこと」

薄く色がついただけのお茶を注いでくれた女将が、日焼けしてささくれ立った畳の上に投げ出されていた私の足に目をとめました。

「なんか、薬あるの?」

「それが、何も準備してなくて」

「そう。少し待っててね」

そう言い置いていったん引っ込んだ女将が、十分ほど後に、練り薬様のものを持って現われました。

「ご飯粒にいろりの灰を混ぜてこねたの。靴ズレにはよく効くのよ。足をこっちに出して」

怪訝そうにしている私に構わず、女将の口調は命令的なものになっています。

「履いてる靴が小さいんでないの？　取り換えたら？」

民間療法そのものらしいくすりを私の患部に塗りながら、女将が私の決断を促します。

「実はそうなんです。この近くに運動具屋さんありませんか。大きめのズックに交換しないとだめなんです」

われ知らず訴えの口調になっています。

「駅の正面側にあるけど、文数おしえてくれれば、息子をやって見本を何足か持って来させますよ」

そう言いながら女将は、練り薬状の上にガーゼを当て、それを絆創膏でとめてくれます。

「そうですか。それじゃ、ぜひお願いします。十文ちょうどです」

「まあ、私より小さいのね。もっとも、バカの大足、なんとかの小足っていうけどさ」

そう言って女将は声をあげて笑いました。自分を真実バカと認めたような、いかにも可笑しそう笑い方でした。奥の金歯がのぞき見え、それは私のこころをなごませました。木賃宿も悪くないなと思い、その思いは、疲労とも相まって、朝まで私を熟睡させてくれました。

ひとまわり大きなサイズのズックに履き替えた私は、明るい気分で木賃宿を後にしましたが、気持ちとは裏腹に、天気は出発時から雨模様で、正面に望めるはずの月山も裾野すら見えませんでした。終始傘をさすことを余儀なくされました。

途中で何度か強い雨に遭い、時には雷も混じったりしましたので、そのたびに道筋の民家の軒下を借りて雨宿りしました。中断が結構あったせいで、まだ二十五キロしか歩いていないのに、大石田までたどり着いたときにはすでに六時近くになっていました。

おまじないのような民間療法が効いたようで、靴ズレによるかかとの痛みはおさまっていましたが、その代わりのように、右足の小指のマメが痛み始めていました。

バス停の石の台座に足を上げて確かめると、昨夜は小さな水ぶくれ程度であったのが今は血マメに変化しています。歩くということの大変さを文字どおり身をもって味わわされた思いでしたが、当面の急務は宿探しです。

私は、金のかかる旅館にはもう泊まらないことにして、お寺や学校を新しい対象に考えながら、国道十三号線から降りて大石田の町の中に入って行きました。

「そんなことなら、いっそ、うちに泊まりなさいよ」

寺院と小学校の所在地を尋ねた私にその理由を反問した煙草屋の女店主は、私の説明を聞き終わると、ひと呼吸置いて私を改め見ながらそう言いました。

「こちらに泊めていただけるのですか？」

あまりに都合よく事が運び過ぎて、私は一瞬懐疑的になりましたが、眼は輝いていたに違いありません。

「食事も寝るところも粗末だけど、それでもよければ遠慮しなくていいよ」

縁なし眼鏡をかけた女主の口調はむしろぶっきら棒です。目尻だけでなく、痩せた両の頬にも縦皺が寄っていて一見不愛想ですが、両の眼色はやわらかでした。

「すみません。よろしくお願いします」

私はあわてて頭を下げました。

その店は、煙草の他に駄菓子や文房具なども売っている、田舎によくある小さな雑貨屋で、母親と高校生だけの二人暮らしでした。夫は南方の小島で玉砕したということでした。

食事も寝場所も粗末だと言ったのは飾りことばではありませんでした。ご飯とみそ汁の他はメザシとほうれん草のおひたし、それに香の物だけでした。内心、私は物足りなさを感じないわけではありませんでしたが、むろん、贅沢を言っている場合ではありません。

育ち盛りの高校生はご飯とみそ汁を何杯もお代わりしました。店に客があって母親が席をはずすと、黙って私のために給仕してくれました。

どこかに憂いを含んだこの高校二年生は、私の在籍している大学への進学を希望しており、そのことが私を逗留させてくれる要因になったらしいことが母親のことばの端々から察しられましたが、母親の期待に反し、顔のそこここにニキビのある高校生は大学についての質問は特にせず、私の問いかける高校生活についても必要最低限の応答しかしませんでした。

私を疎《うと》んずるような雰囲気があったわけではありませんから、もともと寡黙な性格なのかもしれません。

まったく見ず知らずの人間を泊めることを即断したくらいですから、母親の方はどこかに鉄火肌の女性の趣きを有していました。肌電球の下で見る顔面の小皺の多さは五十歳に近い苦労人を思わせましたが、口調や態度には三十代の女盛りを感じさせる一面もあって、私は、四十歳くらいなのだろうと適当に判断しました。

私と息子に風呂を遣わせている間に夕食の後片付けをし、九時に店を閉めた母親は、売り物の冷たいジュースを私たちにふるまってくれました。六畳の居間の隣が四畳半でそこは母親の寝室になっているらしく、私に与えられたのは二階の屋根裏部屋で、息子と同室でした。

暑くて寝苦しい夜でしたが、明かり取り用の小さな窓は開け放してあって時おり風も吹き抜けましたし、枕を並べている相手が寡黙なのでどことなく無聊《ぶりょう》にまかせているうちに、私も自然に寝入っていました。

翌日は朝から雨でした。母親が、いっそのことならもう一泊していったらと勧めてくれるほどの強い雨でした。

しかし、今の私の仕事は歩くことで、それ以外は何もありません。私がその旨を告げると、それではという面持ちで、母親は昼食用に大きめのおにぎりを三つ作ってくれました。

大きさから判断して私は二つで充分ですと申し出たのですが、多くて困るものでもないでしょうと言って、結局三個全部を私のリュックに入れてくれました。

傘を差したりすぼめたりを繰り返しながら十五キロほど進み、昼食は大きな松の根方で立ったまま食べました。やはり二個しか食べられませんでした。

道中のところどころで最上川が望まれましたが、川幅いっぱいに増水しています。芭蕉のあの名句もこうした情景のなかで詠まれたのでしょう。東北地方はまだ梅雨明けが宣言されていませんし、時期的にも『奥の細道』と大体符合している計算でした。

新庄市を越えたあたりで、一時期やんでいた雨がまた烈しくなりました。行く手に小学校とおぼしき校舎が見え隠れしていましたので、私は、今夜はこの地でと決めました。学校には必ず宿直の教師がいますし、用務員が同宿している場合も少なくないのです。

道路標識によると、そこは泉田という地点でした。

「念のため学生証を見せてもらえませんか」

ひととおり私の説明を聞き終えた五十過ぎのいかつい男性教師が、私の全身を点検するように見下ろしながら身分証明書の提示を求めました。あまりいい気はしませんでしたが、私は要求にはすなおに応じました。私は、地べたに頭を擦り付けてでも一夜の宿を請わねばならない立場なのです。

「ただ寝場所があるだけで、飯も風呂も用意できないぞ。小使い宅で不幸があって、今夜は儂《わし》ひとりだけだから」

「屋根の下で寝かせていただければそれだけで充分でございます。どうぞ宜しくお願いいたします」

敬語を交えてそのように述べ、私は丁重に頭を下げました。この雨のなか、ここを断られたら、他に泊めてもらえるところがあるかどうか分からないのです。

「それじゃ、小使い室を提供しよう。念のため言っておくが、煙草を含め、火気は一切厳禁にしてくれたまえ」

「承知いたしました。どうもありがとうございます」

そう応えて私はまた一礼しました。

大学入学にあたって一年浪人している私は、年齢的には喫煙や飲酒の条件をすでにクリアしており、実際、半年ほど前に煙草も覚えていました。今は毎日十本余りを煙にしているのですが、まだ中毒状態にまでは到っていないので、吸わなければ吸わないで済むのです。

実際のところは、煙草よりも夕飯の方が問題でした。前夜の経験もあって、私は、宿泊を許可してもらえれば食事も出してもらえると何となく思い込んでいたのです。

畳の赤茶けた小使い室で、私は、自分の甘さ加減を苦い思いで反省しました。

煙草屋の女主の善意に改めて感謝しながら私は、残っていた一個のおにぎりを時間をかけて頬張り、リュックのポケットに入っていたチョコレートの欠片《かけら》をゆっくりと舐《な》め、あとは水を飲んで我慢しました。

空腹が多少眠りを妨げましたが、ようやく溜まり始めた疲労が、何とか私を眠りの世界に誘ってくれました。

翌朝早くに泉田小学校を後にした私は、小雨模様のなか、朝食も昼食も立ったままパンと牛乳で済ませ、何かに追いかけられるように先を急いで、夕方六時過ぎには、山形と秋田の県境をなす雄勝《おがち》峠の麓に到着していました。五十キロは歩いた計算になります。

私の身体はかなり疲れていました。リュックサックがひどく重く感じられるようになり、中に小説や英語の辞書などまで詰め込んできたことが後悔されました。知らない土地での夜は退屈だろうと想像して文庫本を入れ、途中で外人と出会った場合に備えて辞書も用意したのですが、疲れ切っていて夜の読書など到底できず、外人との遭遇などもまったくあり得ないというのが現実でした。

下宿を発ってすでに五日目になっています。ズックを替えたのが功を奏してかかとの靴ズレはおさまっていますが、右足の小指のマメは相変わらずですし、昨日までは異状のなかった左足の中指にも新たなマメができてヒリヒリし始めています。

しかし、私は、その日のうちに峠を越えてしまいたいと希望しました。早く秋田県内に入りたいという気持ちが強くはたらいていたのです。

どこも雨に濡れそぼって腰をおろす場所がありません。私は道路脇の庚申塚《こうしんづか》のかたわらにしゃがんで小休止をとり、煙草を一本吸い終わると、気持ちを奮い立たせて峠越えにかかりました。

未舗装の坂道の傾斜がきつくなるのに合わせるように降雨が烈しくなり、風も出てきて左右の深い木立が裏葉まで見せてしきりにざわめきます。傘がほとんど用をなしません。登り始めて三十分。足元はもちろん、下半身がびしょ濡れの状態になっています。七時に近くなって、山全体に蒼暗い暮色が迫り、風と樹葉が相談して私を追い返そうとしているかのようです。

心細くなった私は、頭の中に地図を思い浮かべながらしきりに距離と時間を計算しました。下手をすれば、山越えの最中に夜になってしまいかねません。野宿といっても、この雨と風では適当な場所を見つけられるか判然としません。曲がりくねった峠道では、あといくつ曲がったら頂上にあるはずのトンネルに到達できるか見当がつきません。時間帯が悪いのか、人はもちろん、車も通りませんでした。

県境までまだ一時間はかかりそうだとの予測が立ったところで私は前進を諦めざるを得ませんでした。雄勝峠が羽州街道の難所の一つであることは今も昔に変わらないのです。

暮色が急速に濃さを増し、弱い動物としてのおびえがにわかに私を支配し始めました。峠に差しかかる少し手前の高台に小学校とおぼしき校舎が建っていたのを想い起こし、その地点までの撤退を決意すると、あとは逃げるようにその場から退散しました。

及位《のぞき》小学校は山形県内でも有数の僻地校らしく、教頭の家族全員が校内の一画に常住している学校でした。夫人と小学生の子どもが二人いました。髭をつけたら似合いそうな教頭先生はいかにも教育者然としたいかめしい人物でしたが、夫人の方はいたって気さくな女性でした。

　夫人はびしょ濡れの私にまず着替えを促しました。下着類は持参したものに替えましたが、ズボンは替わりがありません。夫人は早速夫のそれを持ってきて私に貸してくれました。ウエストが違い過ぎていかにもだぶだぶしており、それが可笑しいと言って子ども達と一緒に声をあげて笑いました。

　家族の食事はすでに済んでいましたが、夫人は私のために新たに魚の切り身を焼き、野菜をきざんでくれました。栄養を補うためと言って、生卵も一個添えてくれました。

　夫人のこまやかな善意には感謝しましたが、食欲がなくて、私は、出されたものの半分を残してしまいました。卵だけは、薬だと思い、目をつむって嚥下しました。峠の途中で引き返した分も含め、六十キロ近くも歩いていましたので、内臓まで疲れ切っているように感じられました。

　翌日は、昨夜を反省したような上天気で、身体の疲労とは別に私の気持ちはその空のように明るくなっていました。教頭先生の家族と入れ代わり立ち代りという印象で記念写真をたくさん撮った私は、勇んで峠越えるにかかりました。

　昨夕退却を余儀なくされた地点をなんなく通過し、いくつかのトンネルを順調に消化して、一時間経たないうちに私は秋田県内に入っていました。

　道が下り坂になったこともあって、私のピッチはさらに早まりました。左手に見える鳥海山を遠望しながら、教頭夫人のにぎってくれたおにぎりを食べたとき、私のこころはすっかり軽くなっていました。秋田県は私の郷土であり、これから先は宿泊の心配もあまりいらないだろうと楽観しました。

県南一の規模を誇る横手市に、私の父の勤務する自動車販売会社の支社がありますので、私は今日中にそこまでたどり着き、書籍類はそこに預けるとともに、宿もそこで紹介してもらうつもりで先を急ぎました。いざとなったらその支社に泊めてもらえばよいと考えていました。

しかし、私の描いた青写真とは裏腹に、峠を降り切ったあたりから私の足取りは急速に鈍くなっていました。数日ぶりに真夏の強い陽射しを全身に浴びているせいでしょうか、ひどく汗をかくようになり、小休止の回数が多くなるとともにその時間も長くなっていました。

夕方五時の時点で、私は目標である横手市の五キロ以上手前の地点をのろのろ歩いていました。昨日の歩き過ぎと今朝からのハイピッチがたたって、どうやらスタミナ切れを起こしてしまったようです。全身の烈しい疲労感はいかんともしがたいものがありましたが、幸運にも、左手前方の田んぼを百メートルばかり入ったところに小学校の校舎が見えます。私は、今夜はそこにすがるよりないと即断しました。

国道から校舎への取り付け道路に入ってすぐのところに建てられた石の校門に、醍醐《だいご》小学校とあります。

校門を通過していく私の姿を校舎内から見ていたのでしょう、私が職員玄関と見当をつけたあたりまで近づいたところで、校内から一人の男性が姿を現わしました。

「今夜の宿直に当たっている北山という者です。本校に何か御用でしょうか」

校舎のつくる夕日の影のなかで、四十がらみのその男性は、私が何も言わないうちにみずから名乗って用件を尋ねました。

「一夜の宿をお願いできないでしょうか。今夜は泊まるところがないんです」

私は必死の思いで訴えていました。

「どうなさったんですか？」

「仙台から、歩いてきたんです」

「仙台からとはまた……」

相手はあきれたように絶句しました。

「今日で五日になります。私はT大の学生で、身分証も……」

「とにかく、なかにお入りなさい」

学生証を出そうとした私を制して、細面の宿直教師は心配そうに私を校内に招じ入れてくれました。私の状態はいかにも疲れ切ったものだったのでしょう。

〈小使室〉と標示のある畳敷きの部屋に通された私は、中央にほぼ出来上がった食卓があり、中年の女性が一人控えているのを見て、昨夜と同じ場合を想像しました。夫婦と判断したのです。

「小使いさんの中野さんです。いつも、宿直者に夕飯を用意してくれるんです」

私の誤解を察したらしい北山教諭が、眼鏡の奥で微笑しながら説明してくれました。

女性の小使いさんは珍しいと思いましたが、私は、とにかくそこに女の人がいてくれることでなんとなく安堵感を覚えました。窮地に陥った男が女性にたいしてもつ本能的な感情でした。

「どうです、もし無理でなかったら、飯はあとにして風呂をつかったら。ずいぶんほこりをかぶったようですし、ひと風呂浴びれば、疲れもいくらかは取れるでしょうから。ただ、学校には風呂がないので、この中野さんとこのもらい湯になりますが。わたしも先程もらったばかりなんです。風呂に入っている間に、あなたの分の食事もできているでしょう」

私の宿泊を前提にした段取りをつけて、北山教諭が中野さんを見ました。

日焼けした丸顔の中野さんは、顔全体をにこにこさせながら頷いています。まだ名前も素性も知らない闖入者《ちんにゅうしゃ》を迷惑に思うといった雰囲気はまったくなく、むしろ歓迎という趣きさえありました。

疲れ切った身体は入浴を欲していませんでしたが、私は黙って風呂をもらうことにしました。今日消化した道路は未舗装の部分が多くてほこりまみれになっているのは事実ですし、なによりも、せっかくの二人の善意を無にしたくなかったのです。私は、汗にまみれた顔だけは丁寧に洗いましたが、あとはカラスの行水よりも簡単に済ませました。

食卓には冷えたビールが用意されていました。北山先生は私を待ちかねていたように栓を抜き、形ばかりながら中野さんにも注いで、三人で乾杯の真似事をしました。

作並ではビールを一本注文しましたが、それ以外はアルコール類を口にしていませんでしたし、風呂あがりでもありましたので、風味は格別でした。中野家の畑で穫れたというトマトやキュウリも新鮮な歯ざわりでした。

ビールが食欲をそそったのか、氷を添えた冷や麦の口当たりの良さにさそわれたのか、私は、出されたものは全部食べました。作並以来初めて、腹一杯食したような気分になりました。

北山先生が、外に出て星を眺めようと提案したとき、本当は疲れているはずなのに私が喜んで同意したのは、この満ち足り気分にのったからでした。

周囲が水田で余計な光芒のない醍醐小学校の天空には天の川が長々と横たわり、白鳥、乙女、サソリなど、夏の代表的な星座が輝やかに自己を主張していました。

父の会社の支社には翌日の午前早くに到着し、そこで私は書籍類を全部リュックから出しました。何かのついでの折に秋田まで車で運んでもらうことにしたのです。かつて本社で父の直属の部下であったという若い社員が私自身をも適当な地点まで運び届けると申し出てくれましたが、それは断りました。私は最後まで自分の足で歩き通したかったのです。

ただ、謝絶したかわりに私は、長い鉄橋やトンネルがなくて歩くのに特別危険のない国鉄の線路区間を教えてもらいました。旅も終盤になって気づいたのですが、国道十三号線と国鉄の奥羽本線はほぼ並行するようなかたちで走っています。線路の方がより直線的なので、線路を利用すれば、その分、歩く距離を短縮できると考えた結果でした。

実際に線路に入ったのは大曲《おおまがり》の少し北、県内一の大河である雄物川《おものがわ》の中流に架かる長い道路橋を越えた地点からでした。

少しの間は線路上でバランスをとったりして遊びましたが、あとはすぐ、線路脇の細道を前後、特に背後に気を配りながら歩き続けました。短い客車や長い貨物列車に幾本か出会ったり追い越されたりしました。線路を歩きながら、私は小学校二年生の秋のある晴れた一日を想い起こしていました。

当時、父が結核を患っていて、私は父の実家に預けられていました。感染を惧《おそ》れての措置です。

たまたま、私は伯父の長男と同学年で、毎日その従兄弟と一緒に学校に通っていましたが、通学途中に必ず越えなければならない踏切がありました。私も従兄弟も汽車が大好きで、毎日、登校時でも十五分、下校時には三十分以上もそこに留まって列車の通過を待ち、客車でも貨車でもとにかく列車が通過すると歓声をあげてそれを見送りました。そんなわけで、D51、C57、C11、CもDもつかない九六〇〇型など、二人はずっと遠くからでも蒸気機関車の形式を言い当てることができました。

例によって朝から汽車を眺めていた私は、その日に限ってなぜかその場を立ち去り難く、あと一本、あと一本と列車をやり過ごしているうちに学校の始業時刻を逸してしまう羽目になりました。それならと二人で覚悟を決め、あとはさまざまな機関車や長距離列車の通過などを眺めやりながらそこで弁当を食べ、午後の下校時間を見計らって何喰わぬ顔でそのまま帰宅しました。

このことは私と従兄弟だけの絶対の秘密で、その秘密は、従兄弟が三十九歳で急逝するまで守り通されました。

直線的な線路の活用は、確かに距離の節約にはなりましたが、難点は自分が今どの辺を歩いているのか定かでないということでした。道路だと、ところどころに地名や距離の標示がありますが、線路に沿って現われる標識類は国鉄専用のもので、素人には読み解くことが不可能です。私は時おり道路に戻って、秋田市まであと何キロかを確認しました。

横手の支社を出るとき、私はその日のうちに秋田までたどり着けるとは考えていませんでしたが、なるべく秋田市に近い地点まで進んでおきたいという気持ちは強くはたらいていました。ただ、宿を求める場合、あまり時刻が遅くなり過ぎると宿泊先に余計に迷惑をかける結果になることを及位や醍醐などで経験的に学んでもいましたので、私は、夕刻五時に完全に線路を離れて国道に戻りました。秋田まで約三十キロ、協和町の少し手前のはずでした。

まだ線路上にあるうちに腹づもりしたとおり、私は、最初に目についた民家にまず立ち寄りました。

開け放たれた土間口で二、三度案内を請いましたが返事がありません。私はそのまま土間に入り込んで水屋までいき、そこでもう一度居間らしいところに声を掛けましたがそこからも応答はありませんでした。

留守のようです。まだ農作業から帰っていないのかも知れません。古い奥座敷まで丸見えで、広さからいっても、この家なら泊めてくれるに違いありません。最悪の場合は土間でも構わないのです。私は家人が戻るまで待つつもりでリュックを降ろし、目の前の水瓶の水を御馳走になることにしました。

木製の大きな柄杓《ひしゃく》で瓶の中の水をすくい上げようとして私はギョッとしました。中で小さな虫のようなものがうごめいています。ボウフラのように見えます。私は柄杓を置き、瓶のそばからも離れました。

ふいに、背後から動物の鳴き声のような音がして私はふたたびギョッとなりました。振り返ると、かつて馬屋《まや》であったとおぼしき場所に畳が敷かれ、その上に延べられたセンベイ布団に老人が仰向けになっています。両の手足が不規則に曲がり、夏という季節に抗するように中空に突き出ています。呻き声はその老人が発しているのでした。

私はこわごわそばに寄りました。声をかけてみましたが、白眼を剥き出した老人は獣のように呻きつづけるだけで何もことばになりません。手足も屈曲したままで震えています。脳溢血の後遺症らしいと想像がつきました。

枕元に茶碗と汁椀が一個ずつ置かれ、その周りに飯つぶが散らかって、ハエが何匹も飛び交っています。老人の皺だらけの額や痩せ細った脛に止まっているものもいました。

私はひどく無残なものを感じました。この老人は、おそらく一日中、いや一年中こうして呻きつづけているのでしょう。何らかの事情で屋敷に上げて看護してもらうことができず、かつての馬屋で飼い殺しのようなかたちになっているのです。

強い衝撃を受けた私は、徒歩で帰省するなどとのんびりしたことをしていてよいのだろうかと、しばし自問せずにはいられませんでした。少なくともこの家に宿を頼むわけにはいかないと判断しました。

――家人が戻る前に立ち去らなくては
私は、なお呻き声をあげている老人を瞥見すると、あとは逃げるようにその農家を後にしました。道路に出てからもしばらくは小走りな足取りを改めることができず、気持ちが落ち着くまでに十キロ近くを歩いていました。

今日もまた時間が遅くなってしまったと思いながら小さな橋を渡った私は、すぐ右手の二階建ての大きな民家に視線を合わせました。そこにお願いしてみようと気持ちを定めたのです。

開け放たれた広い玄関で声をかけてみると、中から女性の声が返ってきましたが、姿を現わしたのは私と同年代の若い男性でした。どこかで見かけた顔のような気がしましたが、誰だかは思い出せません。

「私は仙台から秋田まで歩いて帰省中の者で……」

「あなたは一高の卒業生でしょう。僕は、三年生のとき、あなたの隣りの組に在籍していた石橋健治という者です」

私が事情を説明しかけるのを遮るように、相手はにこにこしながら自分の方から名乗りました。

一高というのは、私の母校である秋田第一高校の通称です。卒業の年、隣り合ったクラスで一年間過ごしたということのようです。

私は、見かけた顔と思った理由を瞬時に理解し、相手が同期生である事実に新鮮な感動を覚えながら自分の姓名を伝えました。

「どうしたんだ、その恰好は。ま、上がれよ」

つかの間、訝しげな表情を見せた同期生は、すぐ、卒業後の三年間の空白を感じさせないような気軽な口調で言いました。ランニングシャツにステテコ姿という開放的な雰囲気が、たちまちのうちに私の緊張をときほぐしてくれました。私は、思いがけずおとずれた幸運に内心ひどく感謝していました。

私を迎えてくれる同期生の態度は十年来の知己にたいするそれと変わりません。

石橋本人だけでなく、両親と妹、弟も丁重に私を遇してくれます。にこやかな微笑みを絶やさない母堂は、夕食の真っ最中を襲った闖入者にたいし、あたかも客の分を用意していなかったことが自分の落ち度でもあるかのように急いで私の分も調えてくれました。

「最近の学生は、一般的に軟弱になっているが、歩いて仙台から帰るという心意気はたいしたものだ」

「ありがとうございます」

一高の旧制中学校時代の先輩であるという父君の褒めことばと注ぎ足されたビールの両方にたいして私は頭を下げました。姿勢を戻すときに石橋の妹を一瞥すると、整った面輪が微笑しています。兄と年子で、石橋と同じく地元の大学に通っているというふっくらとした印象のこの妹に、私はひそかにこころを動かされました。美しい女性にたいする憧れに、同じ大学生としての親近感が混じっていたように思います。

「よかったら二、三日泊まっていけよ。近くの良いところを案内するよ。自然が豊富なんだ」

あまり酒の強くないらしい石橋はすでに顔を赤らめ、私のこころの動きには気づいたふうもなく誘いました。

「岩魚《いわな》も結構釣れるんだよ」

中学生だという弟が、自慢げにひと言つけ加えました。

「ここから秋田市まで五里ですから、歩いても、五時間もあれば充分ですよ。どうぞ、ゆっくりしていってくださいね。……戦争中、わたしたちも、秋田の親戚まで、歩いて見舞いに行ったことがありましたね、お父さん」

母親が、一座につかっていた団扇の手を休めました。

「そう言えば、そういうこともあったな。……秋田中学に通っていた時分、冬、汽車が不通になって、学校から歩いて帰ってきたこともあった。ひどい吹雪の日だった」

夫婦が揃って遠い目をしました。それぞれに記憶の襞をたぐり寄せているようです。

「お父さんもお母さんも、今日はそんな古い昔話はなしよ。歩くといっても、＊＊さんは現代の学生さんなんですからね」

娘がやんわり両親を制しました。山気を含んだ涼やかな微風が広い座敷を吹き抜けました。

結構きつかった長旅の最後の夜を、幸福の縮図のような家族とともに過ごせることを私は幸運だと思いました。勧められるままに二、三日泊まっていきたい衝動に駆られましたが、それはやはり遠慮すべきだと思い直しました。

——明朝は、まだ家族の眠っているうちに書置きを残して立ち去るのもよいかもしれないアルコールのせいか、軽い鼾《いびき》をかいてかいて眠っている気持ちの優しい同期生のかたわらで、私はしばしそんな子どもじみた空想にふけっていました。

# 第一章　異　変

全身が冷や冷やした感じで目が覚めました。

いつも嵌《は》めたままにしている腕時計の文字盤の小さな緑が、暗闇のなかで二時過ぎを指しています。寝汗の状況も覚醒の時刻もここ半月ほどと変わりません。

室内はもちろん、隣室も向かいの部屋も静まり返っています。下宿全体が深い眠りのただ中にあるのです。

私は、昨夜と同様にちょっとだけ考え、昨夜と同様に行動することにしました。寝巻きを取り替えるのです。

秋も半ばに入って仙台も夜分は気温が低下するようになっていますから、このままでは風邪をひいてしまいます。

交換する寝巻きは、部屋の一隅に渡した紐に掛かっています。昨夜の同じ時刻に、汗で湿っていたのを脱いでそこに干してあるのです。私は寝巻きを二組しかもっていませんからそれを利用する以外にありません。

ほんとうは洗濯をすれば一番よいのですが、昨日は夕方まで大学の講義がありましたし、帰ってからの洗濯も面倒でした。下宿での洗濯は誰もが手洗いなのです。

それに、毎晩寝汗をかいて、そのたびごとに洗濯していたのでは、私だけが水道の使用量が多くなってしまって下宿の主に申し訳ないという気持ちもはたらいていました。

私の下宿先は、一児に恵まれて程もなく夫が戦病死し、今年の春にようやく高校生となった一人息子を下宿屋をしながら育てている三十代の未亡人の家庭であったのです。

手早く寝巻きを着替え、汗で湿ったものを紐に掛けて私はまた布団に入りましたが、昨夜のようには二度目の眠りがやってきませんでした。明日の講義は午後の一時間だけという時間割に由来する妙な安心感がその主な要因のようです。私の通うT大は、二年生終了までは一般教養の科目が中心ですが、私は一年次に必修科目をできるだけたくさん履修していましたので、二年次、それも後期となれば比較的空いた時間が多かったのです。

直ちに眠るのをひとまず諦めた私の頭は、寝汗の原因をめぐって自然に回転し始めていました。

すぐに思い当たるのは身体的な疲労です。

二ヵ月前の仙台から秋田までの徒歩での帰省は体にやはりかなりの負担になっていました。すっかり体力を消耗し、自宅に帰り着いた日に体重を計ると出発時より五キロも減っていました。

一週間あまり休養して二キロほど体重を回復した私は、今度は従兄弟に誘われて山登りに出かけました。日本の脊梁山脈の一部を成す奥羽山脈のなかの秋田駒ヶ岳から乳頭山《にゅうとうさん》への縦走を含む二泊三日の山行でした。

登山と言えば、高校生の時分に、校歌に歌われている千メートル余りの山に全校登山で登った経験しかない私にとって、天気にも恵まれたその山歩きは大変楽しいものでした。混浴の秘湯につかるなど、生まれて初めての体験も興味深かったのですが、この登山でもかなり体力を消耗したのは事実です。

大学の後期の授業が始まってから一ヵ月もつづく寝汗の原因を私は、夏休み中の徒歩帰省と山行以外にはないと思い込み、その疲労さえ取れれば汗も自然に収まるだろうと楽観していました。

しかし、私の期待に反し、寝汗は終息する気配がありません。それどころか、汗に加えて、股間にある生殖腺の一部が腫れ出してきたのです。

十月に入って最初の月曜日、午前中の講義が終わって学生食堂に向かう途中、小用のためトイレに寄りました。

私が股間に違和感を覚えたのは、放尿を終えた直後です。

左右に人がいましたので一度さりげなくその場を離れ、少し間を置いてから大便用の個室に入って直ぐに下着をおろしました。

驚愕しました。

私の生殖腺、つまり睾丸が腫れ上がっているのです。痛くも痒くもなく、ただ腫れて大きくなっているのです。

私は狼狽しました。どうしたらいいのか咄嗟には判断がつきかねました。

恐る恐る指を触れて確認しましたが、睾丸がテニスボール大に腫れ上がっているのは紛れもない事実です。

狭い個室の中で、私はしばし打ちのめされていました。ヘンなところがヘンな状態になって、こころのバランスのくずれを回復できませんでした。

私は、もはや食堂に行く気にならず、一人その狭い空間に佇んで、しばし混乱した時間を過ごしました。

その日は午後から二コマ授業に出る時間割になっており、私はそれには出席しました。授業の途中で、習慣とはありがたいものだと妙に感心しました。むろん、授業の中身に関してはまったく上の空でした。私は、周囲に気を配りながらときどきそっと股間に手をやりながら、日本文学概論と言語学原論で午後の不安定な時間を潰したのでした。

下宿に帰ってからも何度か問題の箇所を改めてみました。もしかしたら元どおりになっているのではないかという私の淡い期待はそのたびごとに裏切られました。

昼食を抜いた結果としての空腹感が夕食の箸を取らせてくれましたが、何を食べたのかはまったく頭にありませんでした。

その夜、いつまでたっても私は寝つけませんでした。気がつくと股間に腕が伸び、手指が私の大事な生殖腺に触れていましたが、異状さには何の変化もありません。多少なりとも縮小していることを期待して、隣室に気を配りながら矯《た》めつ眇《すが》めつするのですが、状況には何の変化もありません。

寝汗の原因は疲労などではなく、何かの病気だと悟らねばならないことを私はいやいやながら覚悟しました。

病気なら治療しなければなりません。しかし、私は簡単には受診を決意できませんでした。それまで医者といえば内科と歯科しか通ったことがないという要因もないわけではありませんが、最大のものはその患部にありました。男性の象徴たる部位に異状をきたしているとは、容易には口にできそうになかったのです。

私の悩みは深刻でしたが、その夜も寝汗はかきましたし患部の腫れは一向にひく気配がありません。眠れない一夜を過ごしたものの、それでも、受診するとすればこれは泌尿器科だというところまでは思いが及びました。

翌日、徒歩で片道四十分の登下校の際に、私は泌尿器科の看板がないかどうか注意深く点検しました。が、あるのは内科、外科、歯科、耳鼻咽喉科、小児科、産婦人科だけで、肝心の泌尿器はどこにもありません。帰路はちょっとした小路にも入ってみたのですが結果は同じでした。

とにかく泌尿器科を探し出さなければならない私は、明くる日は午前中の講義をスッポかして下宿の周辺を隈なく歩いてみました。

私の下宿は仙台市街地の北西の端近くに位置する住宅街にあります。商店もあまり多くなく、医療機関もほとんど目につきません。ところが、二時間以上歩き回り、半ば諦めかけながら下宿屋の北に向かうと、あらかた住宅街が切れようとするあたりに、まったく幸運ながら泌尿器科の小さな看板が出ていました。

私の心中には急速に安堵感が広がりましたが、直ちにその医院に足を入れることはできませんでした。

古びた看板からも建物の規模からも開業医であるのは歴然としていますが、そこの医師がどのような人物であるのかまるで見当がつきません。診療科の性質からして女医とは想像しにくいのですが、男性でも若手なら敬遠したいところです。もっと重要なのは看護婦で、これこそ、若い女性であったら堪えられないというのがそのときの私の率直な気分でした。

私は何度かその小ぶりな医院の前を往き来し、それとなく様子を探りました。なかにいる人物についてはまるで見当がつきませんでしたが、人の出入りがきわめて少ない事実からその泌尿器科はあまり繁盛していないらしいと想像がつき、それは小さいながら私に安心感をもたらしました。私は、私の奇妙な病気を必要最少限の人にしか知られたくなかったのです。

泌尿器科医はなんとか探し当てましたが、私は直ぐには受診の決断がつかないまま、翌日も普通どおりに登校しました。

朝から快晴のその日の午後、私たちのためにカントの悟性についての講義を終えたばかりの蓬髪の助教授が、学生のなかに混じって、チョロチョロ流れ出す噴き上げ式の丸い水飲み口から両頰をすぼめて水道水を吸い上げているのを目撃しました。

哲学者も水を飲むという事実は、その時の私に妙な感動を与え、私の気持ちを落ち着かせました。

私はその日の夕方、看板に表示されている受診時間も終わりに近づいた時刻を見計らい、意を決して、泌尿器科の玄関に足を踏み入れました。

「睾丸にバイ菌が入ったんでしょうな。炎症を起こしているようですから注射を一本打ちます。一週間も通ってくればそれでよくなるでしょう。一応、飲み薬も出しておきます」

ひととおりの問診と患部への触診を終えた禿頭の医師はこともなげにそう言いました。どう見ても六十歳を過ぎており、その印象は私の気持ちを落ち着かせてくれます。

「注射はお尻にしますから、そのままうつぶせになってください」

医者よりは少し年下らしい小太りの看護婦が、診察台を降りて急いでズボンを穿《は》こうとした私を制しました。私は、男の秘部をなお露わなままにしておかねばならない事態に不満を覚えましたが、室内にいるのはこの二人だけ、若い女性はどこにもいないのだと思い直して老看護婦の指示に従いました。

事務員を雇っていないのかそれともたまたま今日は休んでいるのか、ソロバンをはじいて会計をしてくれたのも、今度は眼鏡をかけた先ほどの看護婦でした。

老人が二人しかいない小さな病院で、しかも、少なくとも今は私以外に患者のいないらしい事実は私の気持ちをひどく楽にしてくれました。これで一週間を過ごせば解放となるなら最高だと、帰路はどこか心はずむのを覚えました。

しかし、老医が自信ありげに言った一週間を経過しても病状はいっこうに快方に向かいません。むしろ、痛みが出てきたようにさえ感じました。

「ちょっと切開してみるのもいいかもしれませんね」

私に相談するような口調でそうつぶやいた老医は、今は一人しかいないことがはっきりした老看護婦にメスを持って来させ、

「ちょっとだけ我慢してください」

と言って、患部にメスをあてました。

我慢するもしないもない私は、一瞬の痛みに耐えた後は終始仏頂面を崩さず、その顔のまま医院を出ました。

医者に対する私の不信感はかなり深まっていましたが、私にはなおその医院を変えるつもりはありませんでした。とにかく患者が少なく、老人だけで運営している病院がほかに存在

しているとはとても思えなかったからです。

　切開にともなって新たに必要になった塗り薬を下宿の自室でひそかに患部に塗布しながら、私はじっと自分の奇妙な病気に堪えました。私にはそれ以外の方法はなかったのです。

「注射も薬も、期待したほどの効果が出ていないようなので、一度、大学病院で検査してもらった方がいいかも知れませんね」

　頬のあたりがとくに皺ばんだ老医師が、多少遠慮がちにそのように私に告げたのは、それからさらに二週間経ってからでした。私にも、病状が悪い方向に進みつつあるらしいことは自覚できました。

「ここの病院では治していただけないんですか？」

　私はなおこの小医院にすがりつきたい思いで問い返しました。

「残念ながら……」

　老医師の語尾はあいまいです。老齢によるものなのか意図的なものなのかも判然としないあいまいさでした。

「一ヵ月治療してもらいましたが、結局なにも良くならなかったんですね」

　切開された患部が膿をもってぐちゅぐちゅし始めている最近の状態を眼裏によみがえらせて、私はふいに意地悪な気持ちになりました。

「とにかく大学病院で検査してもらってください」

禿げ上がった小頭をもつ老医の語調は、他人のそれになっています。

「誤診だったのですね」

私は、そのとき頭に浮かんだ一句をそのまま口にしました。とたん、眼の前の医師の顔面が真っ赤になりました。禿頭も耳先も朱に染まっています。この分だと、白衣の下の小さなからだ全体が羞恥心で赤く火照っているのでしょう。

私は即座に、完全に医者の選定を誤っていたことを理解しました。それ以上そこに留まっている必要はありませんでした。

私は、憤然としたなかにどこか一点哀しい気分を宿しながら、その貧弱で小汚い医院を飛び出しました。

大学病院と言われても、紹介状を書いてくれたわけではありません。

私と同時に秋田第一高校を卒業してT大の医学部に合格した二人の同期生が頭のなかに浮かびましたが、とてもその二人を頼る気にはなれません。私は一浪しているのにその両人は現役合格なのです。意地でも接触は避けたいところです。かりに当てにしてみたところで、まだ三年生では、医学部内でいまだ何の力も持ち合わせていないであろうことも容易に想像できました。

下宿に戻った私はその夜一晩思案し、休講もあって空いていた翌日の午前中を全部使って父親に手紙を認めました。下宿に電話はありますが、私は、私の奇病を下宿の小母さんはもちろん、五人の下宿人の誰にも知られたくなかったのです。

投函した翌々日の夜に父から電話が入りました。私の気持ちを察して病状の詳しい内容を問い質すようなことはありませんでしたが、翌日直ちに畑中医師を訪ねるよう指示しました。畑中家にはすでに連絡済みで、訪問すれば善処してもらえる手筈になっているという内容でした。

私は、父親の素早い行動に感心し、父親の前では自分はまだまだ子どもだと、今さらのように悟らされた思いでした。

私は、父親は実父ですが、母親は継母です。私の実母は、私が三歳のとき、私の妹を産んで二時間後に他界しました。終戦の十日ほど前で、医薬品といえばマーキュロと絆創膏《ばんそうこう》ぐらいしかなかった頃のはなしです。

私が五歳の折に父が再婚しやがて女の子が生まれました。今は小学生になっているこの異母妹と継母と父は同居していますが、母親の命とひきかえのようなかたちでこの世に生を享《う》けた実妹は、生まれ落ちたときから父方の祖母の手で育てられ、祖母の死後も、父の兄が当主となっている父の実家にいます。すでに高校を卒業し、社会人となって半年余りになります。

継母の姪の一人が、私が現在通っている大学の付属病院の医者と結婚しました。第二内科で講師の職にある畑中医師です。私からの手紙を読んだ父は、まず畑中医師と連絡を取ってから私に電話してよこしたのでした。

畑中医師は、私の大学入学以前に何度かわが家を訪れたことがありましたし、私が大学に入学する際の保証人にもなってもらっていましたので、私は、入学後も幾度か、大学病院の裏手に借家住まいしている畑中家を訪問したことがありました。

父に言われたとおり、私は、翌朝、畑中医師の出勤前に同家を訪ねました。

時おり白い八重歯を見せながら私の症状とこれまでの経緯を聴き取った三十代前半の畑中医師は、その場で直ちに大学病院に電話を入れ、親しくしているらしい医師とドイツ語をまじえて少し長い会話を交わしました。内容がよく分からないこともあって、私は他人事のようにそれを聞きながらぼんやり縁側から小さな坪庭のあたりを眺めていました。あまり手入れされた様子がないのは、幼い子ども二人を抱えて、夫婦それぞれが仕事や家事に忙しくしているせいだろうと想像されました。

「今日の午後一時に、大学病院の泌尿器科を受診しなさい。ぼくの名前を告げて取り次いでもらえば、あとはうまくいくように段取りしましたから」

電話を終えた畑中医師はにこやかな笑顔で私にそう指示しました。やさしい目尻はいかにも内科医にふさわしく、私は自分の病気もすぐに治るような気がしました。

午後まで時間をつぶすうまい方法がすぐには思い浮かばなくて、私は日本思想史と中国哲学の授業をそれぞれ一時間ずつ受けました。私は、学問に関しては真面目な学生であったかと思います。

# 第二章　入　院

大学病院の泌尿器科では、いくらも待たずに受診することができました。午前の部の最後の扱いということのようでした。看護婦たちも昼休みをとっているのか、それとも畑中医師の威光がはたらいているのか、胸に〈主任〉の名札をつけた中年の看護婦一人の姿しか見えませんでした。

私を診察してくれた医師が、けさ畑中医師と電話でやりとりしていた相手であるのは、話の内容から直ぐに判りました。

畑中医師と同期の入局になるというその医師は、私の患部をひと目見て、どうしてもっと早く来なかったのか、と詰問しました。

一ヵ月ほど開業医に通っていた旨を私が弁解口調で伝えると、あとはその件には触れませんでした。医者としての同業者意識がはたらいたのか、それとも、ちっぽけな開業医など取るに足りないという気持ちになったのか、私には判断のつかないことでした。

「急ぎますので、明日の朝入院してください。検査してみないと分かりませんが、とりあえず手術が必要ですし、入院の期間も少し長くなるかもしれません。今日の様子は、私から畑中先生に連絡しておきます」

形のよいジャガイモのように腫れ上がった病変部を注意深く触診し、鋭い問診をいくつかしてカルテに横文字で書き込んだあと、木製の肘掛け椅子を回して向き直った端整な顔立ちの泌尿器科医が、当然のように私に告げました。

「長くと言いますと……」

いきなり入院ということばを突きつけられて、私はこわごわ反問していました。

「ふつうは一年から一年半ぐらいでしょうか。いずれ、明日からの検査結果をみて」

泌尿器科医はそう言って、ちょっと気の毒そうに私を見ました。私が学生の身であることを慮《おもんばか》ってくれたようですが、むろん、方針の変更といったものはありません。

とにかく入院しなければならない状態にあることが私にもようやく理解できました。

その晩、下宿から電話したらよいかどうか迷ってぐずぐずしているうちに父から電話が入りました。畑中医師から連絡があって、こちらの動きについてはあらかた承知しているふうです。

このたびは全面的に畑中医師のお世話にならなければならないのだから万事そのつもりで指示に従うようにと言い、明日は母が、二、三日中には父自身が来仙する旨を付け加えました。

私は、父のことばの端々から、私の病気が慮外に大きい可能性があるらしいのを察しましたが、それがどの程度のものかよく理解できていなかったので、特別な切迫感はありませんでした。

ただ、翌日の入院が決まっている以上、下宿の主に黙っているわけにはいきません。受話器を置いた私は、たまたまその場に小母さん一人しかいないのを幸いにして、私はこれまでの大まかな経緯を未亡人に伝えました。

私の病気についてはひと言も知らせていなかったので、小母さんはひどくびっくりして座り直しました。秋田まで歩いて帰ったのがやはり悪かったのだと言って、ひとしきりわが事のように悔やんだ後、入院の際に必要な衣類や洗面道具などについてあれこれ助言してくれました。

入院と同時にさまざまな検査が始まりました。

朝、食事前に千ＣＣの番茶を飲み、三十分ごとに、尿としての排泄量をはかる。痛くも痒くもありませんが、それだけの水分を一気に飲み干すのはなかなか大変です。

仰向けになった状態で、両脇腹をベルトで強く締めつけ、腕の静脈から造影剤を注入して行う腎臓のレントゲン撮影、これは多少の苦しさを感じました。

一番つらかったのは、腎臓から直接尿を採取する大がかりな検査です。これは、泌尿器の先端部から腎臓まで細い管を通し、両側の腎臓から別々に尿を採取して培養するというものでした。何度かに分けて造影剤を注入しながら膀胱、尿管、腎臓などのレントゲン写真を撮ります。痛みに耐えられなくて声をあげ、この検査の間に二度鎮痛剤をうってもらいました。

大学病院は、正規の看護婦だけなく、付属の看護学校の学生も実習に来ていて、私の検査の様子なども見学しています。私と同年代の女性の前で男性のすべてを展げねばならない場面もたびたびありましたが、私の男性はそうしたときには一切反応しませんでした。私の小さな羞恥心は、近代医学の前で簡単に吹き飛ばされたのでした。

聞くのも見るのも初めての検査内容と検査器具に圧倒され、私は、一週間後には精神的にも完全に患者になっていました。

直接目に見える肥大した患部についての検査や治療らしいものはまったくありません。触診さえまれです。検査はもっぱら腎臓から膀胱までの器官に集中しています。

当初、私はその理由をよく飲み込めませんでしたが、検査が一段落した時点で、担当の泌尿器科医が公的に、畑中医師が私的にそれを説明してくれました。

要するに、私の身体は結核菌に侵されていたのでした。両側の副睾丸と左側の腎臓が結核に罹《かか》っていたのです。

治療方針は、副睾丸は両方とも直ちに剔除《てきじょ》、腎臓は、まず半年間化学療法を続け、その後でもう一度精密検査をして、摘出するかどうかを検討するというものでした。手術を含め、治療の全体を、最初から私の面倒をみてくれているハンサムな泌尿器科医が受け持つという点もあわせて告げられました。

結核といえば肺しか頭になく、副睾丸という器官の存在すら知らなかった私は、それを切除されることによって男性の機能そのものが奪われてしまうのではないかとの危惧を抱きました。それは、私の一生を左右するかもしれない重大な問題を内包しているはずです。つかの間、私のこころは委縮しました。

経験上、そうした患者の心裡を熟知しているらしい泌尿器科医は、こちらが問う前に、睾丸そのものを除去するのではないからその点の懸念は不要である旨を穏やかに語り、描き馴れているらしい図をフリーハンドで描いて解説をほどこしてくれました。私の病気は、男だけの世界のそれでした。

手術の前日に父が来仙しました。手術承諾書に印を捺すのがおもな目的です。

「結核であれば、わたしの責任ですな」

私に対するのと同様の説明を事前に受けてきたらしい父が、同道してくれた畑中医師とともに私のベッドの枕辺に立って笑いました。

「お父さんから、物騒なものをもらってしまいましたね」

畑中医師も笑顔をつくっています。

「困った父親ですよ」

私も調子を合わせました。合わせることによって、いくらか父に近づいたような気になりました。

私の父は、私が幼いころ胸を病み、三年間、秋田市近郊のサナトリウムで療養生活をしています。その影響を受けたのでしょう、私も就学前に肋膜をやり、小学校の六年間、毎日保健室での検温を義務づけられ、運動は一切禁止でした。掃除当番も免除でした。

中学と高校のときは異状ありませんでしたが、大学二年生になって再び発病したもののようです。父とは違って、どこかロマンチックな響きをもつ〝胸〟でないのが私としては残念でした。

「すべて畑中先生にお願いしてあるので、困ったことが生じたら、何でも先生に相談しなさい」

私を見下ろしながらの父の口調は改まったものになっています。

大きな病気を患ってしまった長男の不甲斐ない寝姿に気落ちしていないわけはないと想像されるのですが、表情のどこにもそれは現われ出ていません。いつものように朝一番に剃ったに違いないヒゲが、早くも下あごのあたりで再生しつつあります。小学校を卒業するくらいまで、そのヒゲで頬ずりしてもらうのが私の愉しみのひとつでした。

甘くてくすぐったく、それでいてどこか剛直なところのあるその感触を、つかの間、私はなつかしく想い起こしていました。

「それでは、畑中先生、汽車時間ですので、わたしはこれで失礼させていただきます。押しつけるようで申し訳ありませんが、あとのことはどうぞ宜しくお願いします。明日には、改めて家内をこちらによこすことにしておりますので」

　父はそう言って深く頭を下げました。

　師範学校の生徒であった時分、バスケットボール部の選手として明治神宮大会にも出場した経験をもつ長身の父が、小柄な畑中医師の腰近くまで頭をたれています。私は、戦後まもなく教職を辞して今はすっかり自動車販売会社の営業部長になってしまった父親の真の姿をかいま見たように思いました。

　上半身はテント状に白布で覆われていましたが、副睾丸の摘出手術は腰椎麻酔で行われましたので、手術の模様はある程度知ることができました。最下腹部を縦に切開し、そこから手指を入れての手術でした。

　かたわらで学生たちが見学しているらしく、病巣部の切り取りや、結紮《けっさく》する際の留意点などについて執刀者が短く説明していく声が聞こえます。ここが大学病院である事実を再認識しましたが、私の生殖器の一部が教材になっている現実には多少気分の凹むところもありました。

　途中で血圧が少し降下して輸血が行われたものの、一時間ほどの手術そのものは順調に済んだようでした。終了間際に、施術者が「ストマイの粉」と声高に命じ、それを患部に大量に振り撒いたらしいのが印象的でした。

　最後まで見守ってくれていた畑中医師が、執刀者に短く礼を述べる声が耳に入りました。

同期生の二人は個人的にも親しい間柄と聞いていますが、こうした場面でのけじめはきちんとしているようです。私は、医者同士の倫理の一端を感じ取った思いでした。

術後三日間は激痛に悩まされました。たびたび痛み止めを要求したせいか、きつね目の主任看護婦に、もう少し我慢しなさいと叱られました。付き添っていた母が、この人は辛抱強いのだから、この人が痛いと言ったら本当に痛いのです、と私を弁護してくれました。

腹部全体におよぶ烈しい痛みと鎮痛剤によるおぼろな意識のなかで、私は、アメリカの若い大統領がオープンカーの車上で暗殺されたのを聞きました。名家に生まれ育ったこの大統領は、歩け歩け運動の提唱者でしたが、これでその運動も下火になり、私の徒歩帰省も無に帰することになるのだろうかとぼんやり思いました。

その想念は、思いもよらない今日の窮状は私の無理な徒歩帰省に最大の原因があるとの認識につながりましたが、後悔というところにまでは到りませんでした。徒歩での帰省はそれはそれで楽しく有意義であったのです。

そもそも、すでに終了してしまったことであれこれ思い煩うのはバカげたはなしのように私に思えました。

なんとか自力で用便を足せるようになったのは、手術後一週間ほどしてからでした。その間は、和服に割烹着《かっぽうぎ》姿の母が、ベッドの片脇の狭い空間に、病院内で借りた粗末な布団を敷いて寝起きしながら常時付き添ってくれました。寝たままの姿勢の私の食事から下の世話まで全部やってくれたのです。完全看護というのは、まったく建前に過ぎませんでした。

　私の入っているのは八人部屋ですが、検査や手術が入れ替わり立ち替わりあって、昼はもちろん、夜もゴタゴタした雰囲気が抜けませんでしたから、患者の苦痛とは別に、付添者の苦労も大変だったに違いありません。新入りの私はもっとも廊下側のベッドを与えられていましたので、コンクリートの床を這って吹き入る風もかなり冷たかったはずです。

　私は、母が、私の高校受験のときも大学受験のときも、秋田市の城址公園内にある神社に祈願に出かけたことを憶い出しました。私の知らない間に行ったのを後日伯母の一人から伝え聞いたのです。大学には浪人して入りましたから、それだけで二度足を運んでくれたことになります。小学校入学からこれまで、ＰＴＡはもちろん、入学式や卒業式にも一切出席したことのない母でしたから、そうした事実は私にとってはかなり意外なものでした。

　私の父は、私が五歳のときに母と再婚しましたが、実家に預けてある私の実妹はそのままの状態で留め置かれました。父の母親が、孫可愛さから手離そうとしなかったのが一番大きな理由のようでした。

　再婚した父と母の間に女の子が生まれたのは私が十歳のときです。私は、母と一緒に暮らし始めた五歳から異母妹が誕生するまでの十年間、いわゆる継子いじめを受けたと言えます。

　朝、私はいつも母と同時に起きて朝の手伝いをしなければなりませんでしたが、母が起きても私がまだ眠っていると、母は、自分の足で私の頭を揺り動かして目覚めさせるのが常でした。また、私はユリの根が嫌いで一切食べなかったのですが、幼稚園のころは、一週間に一回は、そのユリの根一塊りだけが弁当のおかずとして入っていました。しょうがなくて私は白いご飯だけ食べ、ユリの根は残して帰るのですが、それでも、週に一度はかならずユリの根だけのおかずの日があったのです。

そんな母子関係でしたので、私の受験時に母が祈願に出かけてくれたというのは、正直、私としては意外の感に打たれましたし、私の入院時に母が付き添い、私の下の世話までしてくれたのも、私にとっては慮外の行動でした。付添者は、料金さえ出せば、未亡人の団体かなんかで運営している派出婦会から専門の人を派遣してもらうことが可能であったのです。

母の態度の変化の要因が那辺《なへん》にあるのか私は正確には理解できませんが、あえて探索しようとも思いませんでした。要するに、私が父親の子どもであるという事実を再認識した結果なのだろうと私は勝手に解釈しています。母が私の父をこよなく愛していたことを私はよく知っているからです。

私が自分で自分のことを行えるようになるのを待って母は秋田に帰りました。

二度に分けて行われた抜糸の後に、施術部にいくらか化膿のあることが判明し、注射器を用いて膿汁を吸い出す処置などがあってちょっと手間どりましたが、それ以外は順調に回復に向かいました。

同室者八人のうち、二十歳代は私だけで、あとは四十代から八十代までの中高年者でした。

泌尿器の病気というのは本質的に老人の疾患なのだといいます。私の急速な回復ぶりは周囲から羨望の目で見られ、大学のキャンパスでは意識することのない若さを意識しました。

手術に関連した治療がすべて終了したところで父が来仙しました。私の転科について相談するためです。

泌尿器科というのはもともと外科系の診療科目で、私のようにこの後一年はかかる患者のためにベッドをふさいだままにしておく余裕は大学病院にはありません。入院の順番待ちを余儀なくされている患者がたくさんいるのです。手術による傷口さえ癒えれば、私は早晩泌尿器科を出なければならない身なのです。

私の場合は、本来なら、仙台市の郊外にあるという結核専用の病舎に送致される運命のようでしたが、正直のところ、私も私の家族もそれは望むところではありませんでした。なんといっても不便でした。

その名を冠した市街電車の停留所をもつ大学病院は、市のほぼ中央部に位置していますし、私の下宿は、歩いてもそこから二十分足らずです。母が帰ってしまった後は、洗濯物などは下宿の小母さんに依頼することにしていますが、遠い結核病棟に移ってしまえばそれも反故にならざるを得ません。

秋田市内の病院に転院する案も考えられたのですが、T大では、T大生の医療費は半額でよいとの特典があり、すでに父親の健康保険で半額になっていますから、結局は四分の一でよいことになります。仙台で入院していてもたいして負担増にはならないのです。必要があれば、大学も下宿もタクシーでひとっ走りという点も私には魅力でした。それやこれやで私は大学病院を離れがたくしていました。

そうした私たちの気持ちと事情を察してくれたのでしょう、畑中医師は、私を自分が所属する第二内科に転科できるよう取り計らってくれました。たまたま、畑中医師が内科のなかでも腎臓病からくる高血圧症をおもな研究対象にしていたことが私にとって幸いしたようですが、基本的には、第二内科での畑中医師の立場と力を証明していると見るべきでしょう。私と父は、畑中医師の善意と尽力に感謝するとともに、同医師の行政的手腕を頼もしく思い、いっとき、畑中医師の将来について無責任な噂をしたりしました。

院内転科ができることになったのを確認すると父はすぐ秋田に帰りました。忙しい自動車会社の仕事がたまっており、家では、まだ小学生の私の異母妹と母が帰宅を待っているはずです。

私の継母は、私の実母を亡くしてやもめ暮らしをしていた父が、夫も子どももある女性に横恋慕して強引に手に入れた妻です。父はみずからの教職を擲《なげう》ち、母は四人の子ども達を婚家に残しての再婚でした。周囲の猛烈な反対を押し切ってみずからの意思を成就させたその情熱の烈しさと果敢な行動力は、四十代の終盤に入った今もなお二人の間には残っているように私には見えました。

入院してちょうど一ヵ月後、病院の中庭の大きな公孫樹《いちょう》が黄葉の最盛期を迎えたのを横目にしながら、私は、泌尿器科から借りた手押し車に身のまわりの物を積んで、第二内科の西六号室に移りました。第二内科は、そこの教授の姓をそのままとって佐久間内科と通称されていました。

移動する前の晩、私の次に若かった四十代前半の男性が死亡しました。手術後十日ぐらい経っていましたが、なんの前ぶれもないまったく突然の死でした。当直の医師や看護婦が慌ただしく出入りするなかで、小学校三年生の娘が、「お父さん、困ったよう」と繰り返しながらいつまでも泣きじゃくっていて周囲の涙を誘いました。

ここは病院、それも、さまざまな難病をかかえた大学病院なのだから、死者が出てもおかしくはないのだと、私は自分自身を納得させました。私の病気は、多少の時間は要しますが、大学病院では珍しくも難しくもない平凡なものでした。

# 第三章　内　科

内科は静かなところでした。

私の入ったのが五人部屋で泌尿器科のときより三人少なかったこともありますが、手術がまったくないのでそれにともなう喧騒が一切なく、付添人もいません。泌尿器科の病棟は新しく建て増しされたコンクリート製の建物で物音が廊下や天井に響いていたのに比し、佐久間内科の病棟は、帝国大学と言われた当時からの落ち着いた木造の二階建病舎で、しかも、私のいた一階の六号室は病棟のもっとも奥まった位置にありましたから、閑静という点では非常に恵まれていました。

もともと、手術後の処置を考慮する必要がありませんので床からベッドまでの高さも泌尿器科のそれよりは高く、シーツ類の白さまでこちらの方がまさっているようにさえ感じられました。

幸運にも、私に与えられたのは窓際のベッドです。窓の外にはヒマラヤ杉が立ち並び、すぐ外側を走っている路面電車の音などもさえぎっていました。

何の前ぶれもなく、帰省の途中で目撃した、馬屋で呻吟していた老人の姿がふいに私の脳裡によみがえりました。私はひどく狼狽し、意識してその想念を私の頭のなかから追い出すことに努めました。

転科した翌日は、佐久間内科の科長回診日にあたっていました。

泌尿器科でもむろん週に一回教授の回診があって、その折は事前に身辺を整理し、付添人は廊下に出ていなければなりませんでした。しかし、手術直後で呻吟している患者がいたり、付添人の荷物が所狭しと押し込められていたりして、いくら整理整頓といっても、どこか雑然とした印象は免れませんでした。

ところが、佐久間内科では、朝食前、朝の投薬に来た看護婦が今日は教授回診日である旨を告げてまわり、直前にもう一度看護婦がまわってきて室内の状況を点検していきます。

私は、ベッドの下に置いてある私物が乱雑になっているとの指摘を受け、その看護婦に手伝ってもらって急いで整理し直しました。下着まで取り替えなければならないのではと早合点してあわてましたが、その点は看護婦が笑って否定してくれました。

多くの医師と看護婦を従えた佐久間教授は、それぞれの患者の担当医から報告を受けながら一人一人診察し、指示を与えていきます。私の部屋のなかでは一番入院歴の長い腎臓病患者と最年長の血液病患者のところではかなり時間をとりましたが、それ意外は簡単でした。

畑中医師の研究室の一員だという私の主治医は、私が畑中講師の親戚である事実をまず告げました。教授はすでに承知しているらしく、女性としての限界近くまで肥満した婦長に小さく合図して私の腹部を露出させると、食欲はどうかね、と子どものようなつぶらな瞳で私に訊ねました。私が、普通に食べられますと答えると、それはよかったと言って小さな笑みをつくりました。浅いえくぼができ、旧帝大の医学部教授という肩書きに似つかわしからぬ童顔になりました。

初の科長回診でいささか緊張していた私はいっぺんに佐久間教授に親近感を覚えました。これから一年、快適な入院生活が送れるような予感がしました。

結核に対する化学療法は、週二回のストレプトマイシン注射、同じく週二回服用の散薬イナ、それに、毎食後に投与されるやはり散薬のパスという三者併用療法です。あとは安静と栄養でその効果を補うことになります。

私の結核菌は腎臓を侵しているのですが、幸い、炎症を起こすなどの症状は出ていませんでしたので食事の制限はありませんでした。腎炎に罹っている同室者の、たんぱく質や塩分を極端に制約された食事を横目に見ながら、私は、病人食を与えられないことに患者としての劣等感を覚えました。

しかし、そんな甘い気分は、それから十日もしないうちに簡単に吹き飛ばされました。突然、食べられなくなったのです。食欲がまったくなくなり、無理して嚥下すると吐き気をもよおします。手術後ふたたび吸えるまでに回復した煙草にも手がのびなくなりました。

私は、食欲減退の事実をまず主治医に訴え、それから、今は二日おきくらいに様子を見に立ち寄ってくれる畑中医師にも知らせました。

二人の見解は一致していました。服用しているパスの副作用でした。この粉薬で胃をやられる者は少なくないといいます。早速、それまで三度の食事に合わせて処方されていたものが四回に分割され、胃薬も新たに投与されました。最終的には胃袋がそれに馴れるしかないようでした。

ストレプトマイシンの方の副作用は難聴として現われ、俗に〝ストマイつんぼ〟と呼ばれていることはストマイ注射の最初の段階で知らされていましたが、幸いそちらの症状は一切出ていません。せめてそのまがまがしい副作用だけは最後まで出ないよう願わずにはいられませんでした。

パスの影響で、手術後いったん戻りかけていた体重が再度減りはじめました。健康時には六十キロ近くあった体重がまた五十キロを切りました。丹前《たんぜん》の上から巻く帯の端が不自然に余りました。

最初から内科入院の患者にはパジャマスタイルが多かったのですが、手術を受ける者は、検査や術後の処置のためにしばしば前を開かねばならないので、和装がほとんどです。私の丹前姿は泌尿器科の名残りにほかなりませんでした。

食欲不振だけでは足りないというタイミングで、手術したあとがふいにチクチク痛み出しました。主治医に話すと、自身では診察することもなく、すぐに泌尿器科での受診を指示しました。

痛い思いをした泌尿器科に、しかもたらい回しのように送られて私は多少憂鬱でしたが、原因は単純なもので、体内に残った糸の一部が外に出てきたのでした。

「ペニスはいつもきれいにしておきなさい。恥垢《ちこう》がいっぱいたまってるじゃないか」

手早く問題を処理した端整な面立ちの私の執刀医が、非難するように言いました。私という人間よりも陰茎の方に愛着をもったような口吻です。私はふと本物の泌尿器科医を感じました。

「すみません、まだ入浴が許可になっていないものですから」

私は咄嗟に弁解口調で伝え、あとは、局部全体をアルコールのようなもので丁寧に清拭してくれる医師のもの馴れた手指の動きにまかせながら、高校に入学して間もない頃に父から言われたひと言を思い出していました。

場所はいつも行く銭湯でした。木製の丸い桶を逆さにして椅子代わりにし、上がり湯の蛇口の前で二人並んで身体を洗っている最中、父が卒然、「――はきれいに洗っておかないと駄目だぞ」と、男性の局所の俗称を挙げて私に注意したのです。何の前ぶれもなく、言った後も、何事も言いはしなかったかのように、湯気のなかで黙々と背中に手拭いを使います。

そのとき以前もそれ以後も、それに類するような言辞は一切聞いたことがありません。性や性器に関して父が私に言った唯一のことばであり、私が父から受けたただ一度の性教育です。私は、男にとって単純明快なその隻句を決して忘れることがないでしょう。

　年末年始、軽症患者は医師の許可があれば自宅に帰ることができます。長い入院生活でたまったこころの疲れを家族とともに過ごすことでいくらかでも和らげさせたいという配慮のようです。

　私が秋田に帰ることはもちろん許されるはずもありませんでしたが、一泊二日だけながら下宿に戻れたのは、下宿屋の未亡人の好意によるもでした。下着類の洗濯などを依頼している関係で定期的に病院を訪れてくれる未亡人が、私の食べられなくなったことを心配し、大晦日から元旦にかけての一晩を下宿で過ごすよう勧めてくれたのです。当初、これ以上迷惑をかけるわけにはいかないと固辞したのですが、当日は私以外の下宿人はすべて帰省し、主と息子と二人だけになると聞いて、結局は好意に甘えさせてもらいました。

　充分に暖められた部屋で、豪華ではないがこころのこもったおせち料理を御馳走になり、自室で一晩感傷的な夜を過ごした私は、東京でオリンピックの開かれる年の元日の夕方に、気分を新たにして大学病院のベッドに戻ったのでした。

　正月休みを利用して秋田の親戚や、大学入学後に知り合った友人などが見舞いに来てくれたりしましたが、私にとっては、高校時代からの親友が、帰省先からそれぞれの大学に戻る途中に立ち寄ってくれたのが何よりの激励になりました。

私は、秋田第一高校の生徒であった三年間、英語クラブに所属していました。毎週教会に通って英語の勉強をする、英語部主催の全校英語弁論大会を開催する、学校祭で英語劇を上演する、といったのが主な活動内容でした。このクラブで、私は横山泰彦、黒江英明の両人と友達になり、私を含めて三人組のようなかたちで行動をしていました。

黒江が部長になった三年次には、特にそのつながりは強くなって、下級生たちからステテコトリオと綽名《あだな》されたりしました。毎年夏休み中に一泊二日で行っているクラブ親睦旅行の際、私たち三人が、移動する列車やバス以外ではほとんどステテコ姿であったことに由来するものでした。

卒業後、横山は小樽にある商科大学に進学し、黒江と私は東京で浪人生活を送りました。その夏休みに、上京した横山と三人で、完成して程もない東京タワーに階段を使って登り切り、記念にノートをもらったほか、その足で犬吠崎まで出かけて一泊したりしました。

一浪後、黒江は東京にある有名私大の法科に、私は仙台のT大に入学しましたので、三人の大学も居住地も三様になってしまったのですが、気分は高校時代とたいして変わりませんでした。

七草の翌日に私の病室に姿を見せた黒江は、まだ部長然とした態度で、退屈しのぎにこれを読めと言ってダンテの『神曲』を私の枕辺に置いていき、その二日後に見舞ってくれた横山は、手術の際の苦しかった状況などをわがごとのように親身に聴き取ってくれて、初めての体験ばかり続いて凝っていた私の気持ち解きほぐしてくれました。

　二人ともそれぞれの大学で学生生活を享受していることがことばの端々から感じ取れて、私は、同じ学生として一種の焦りを覚えないでもありませんでしたが、私の置かれている現実はむろんどうしようもありませんでした。

　一月の最後の土日を利用して父が突然来院しました。私の従兄弟を同道していました。父の用件は、来月早々自分が入院することになり、入院してしまえばしばらく会えないから事前に私の顔を見に来たというものでした。

　私はそのとき初めて知ったのですが、父は半年ほど前から腹部に鈍痛を覚えるようになっており、県立病院で検査の結果、それは胆石が原因と判明しました。二月は一年中でもっとも会社の暇な時期であるし、病院からも、ちょうどベッドが空いているからこの機会に石を摘出してはという話があったのだそうです。私が、ずいぶん急な話でびっくりした由を口にすると、父は、決めたのが急だから仕方がないと笑っていました。

　胆石の摘出手術は三週間ほどの入院で万事終了するそうですし、県立病院は、秋田県内では一番規模の大きい総合病院です。医師の多くがT大系列で占められているのも周知の事実で、現にT大病院に入院中の私は、ある種の親近感すら覚えたほどでした。

　なんでも、父の入院予定を聞いた父の姉の一人が、長男が入院しているのに自分も手術を受けるのはどうかと危惧の念を洩らしたそうですが、父はそうした迷信めいたものは信じないタイプでしたし、その息子である私もそうした方面にはまったく無関心でしたから、伯母の心配性が私には滑稽にすら思われたほどでした。

従兄弟が同道したのは、自分はまだ一度も見舞いに行っていないからといって、父の来仙に便乗したものです。

病院の食堂で三人で昼食を摂った折、従兄弟は、私の病気の原因の一つは無理な山行のせいだと言い、山に強引に連れ出した非が自分にはあるという趣旨のことを俯き加減でもらしました。私の発病に責任を感じているのです。

すでに述べましたように、私の結核は父親ゆずりの生来のもので、もちろん従兄弟にはなんの責任もありません。徒歩帰省も山登りも最終的には私自身が決断したことですし、第一、どちらも私にとっては楽しくて貴重な経験だったのです。

私が強くそのことを従兄弟に告げると、従兄弟はようやく気持ちが軽くなったようで、帰り際にはいつもの笑顔を残し、父とともに秋田行きの最終列車で仙台を去っていきました。

前にちょっとふれましたが、T大病院は看護学校を併設しています。二月に入って最初の二週間、そこの三年生が佐久間内科で実習にあたりました。二、三日過ぎたところでその実習生が秋田県南部の出身であることを知り、その後、私はその女性とあいさつ以上の会話を交わすようになっていきました。化学療法と安静だけで私もそろそろ退屈になってきていたのです。

といっても、私は基本的にベッドに縛りつけられている身ですからことばの枠を越えて発展することはありません。

二週間の実習が終わったとき、きっと私がいかにも淋しそうな顔をしていたのでしょう、彼女は、実習期間が終わると、今度は、友達二人を連れて休日に私の見舞いにやって来ました。二人のうちの一人は仙台出身のお嬢さんですが、もう一人は秋田県北部の女子校の卒業生でした。

同年代の華やかな女性を枕辺に迎えるのは、患者としても男としても気分のよいものでしたから、私は三人の来訪を心待ちにしていたのですが、三人ともあと二ヵ月足らずで看護学校を卒業することになっており、それぞれのその後の進路も内定していました。私が最初に親しくなった女性は東京大学の付属病院、仙台のお嬢さんは市内にある赤十字病院にいずれも看護婦として就職することがすでに決まっており、県北部出身の女性は、秋田に戻って保健婦学校にさらに一年通い、保健婦や助産婦の資格を取得する予定だということでした。

私は、この後も新しい実習生が来るのだからと自身に思い込ませて、表面はさりげなく三人の将来にエール送りました。

私の心中を察したのかどうか、三人が小使いを出し合って高さ三十センチほどの可愛いフランス人形をプレゼントしてくれました。私はその場でその人形をパレアナと名づけました。それは、夏休みで帰省中の後半に、エレナ・ポーター原作で村岡花子の翻訳になる『少女パレアナ』と『パレアナの青春』を読んで感動したのを思い出したからです。
その後、パレアナは常時私の枕元に立ち、三人の看護学生の代わりになって私を慰めてくれました。

三人の卒業は私の進級の時期と重なっており、必然的に、私の意識を大学に向かわせました。入院生活も軌道にのって、そのゆとりも出てきていました。

さしあたっては、一ヵ月後に迫っている後期の定期試験にどう対処するかです。

東京で予備校通いを一年しましたので、私は同年の学友に比べると学年は一つ遅れていました。病気とはいえ、またここで一年遅れるのはやはり気が進みませんでした。家族に余計な経済的負担をかけたくないという思いもありました。

学生としてはまじめな方であった私は、前期の試験はすべて受けてそれなりの成績はとっていましたし、九月から始まった後期も、入院直前の十一月中旬まではきちんと授業に出ていましたから、受験すればある程度の点数は取れるはずでした。フランス語の授業以外は一切出席をとりませんので、試験さえ通れば単位はもらえます。

二、三日思案したすえ、私はその件をまず畑中医師に相談してみることにしました。新たに私の主治医になった、インターンを終わったばかりらしい若い医師に直接切り出しても即座に駄目と言われるのは目に見えていました。

畑中医師も、さすがにすぐには承知してくれませんでした。化学療法の効果がどの程度上がっているかも定かでない現状で無理は禁物という指摘はいかにももっともでした。私はおおかた諦めかけましたが、もしその時点で体調がよければ受験だけはしてみてもよい旨をほとんど言質のようなかたちでとりました。熱心なクリスチャンである畑中医師のやさしさに、患者としてではなく、一年浪人した出来の悪い学生として強引に甘えたのです。

私が、畑中医師に相談済みであることを含めて私の担当医に許可を求めると、長身の若い主治医は明確に不快の表情を見せましたが、畑中先生がよいとおっしゃるなら、と冷たく承諾しました。私の権力的なやり方が我慢できなかったのでしょうし、向学心に富むらしいこの若い医学者にとって、私の平凡な病気は何ほどの興味も関心も惹起しなかったのに違いありません。

ベッドを机代わりにして私は試験勉強を始めました。病室内で私一人だけが浮き上がっているのは察しましたが、パスによる食欲不振があるのみで、それ以外の痛みや苦しみの類はまったくありませんでしたから、意識は健康人に近く、時間もふんだんにありました。

私が後期の試験に備えて準備中なのを下宿の小母さんから伝え聞いた文学部在籍の下宿人が、定期的に病院を訪れて自分のノートを貸してくれるなど、具体的に私の支援をしてくれました。

私は、借りたノートをまずそのまま自分のノートに写し、返した後でゆっくり読み返しながら頭に詰め込むという作業をほぼ一ヵ月続け、第二外国語として選択したフランス語以外は、試験前までになんとか目処がつきました。

フランス語はもともと履修者が少なく、ノートを貸してくれる学友も選択はドイツ語です。私が履修している教科目のなかでフランス語は唯一出欠確認をする授業で、私の大幅な出席不足は明瞭でした。私としては、いつもベレー帽を被ってキャンパスを闊歩しているフランス帰りの若い助教授の温情にすがるより方法はありません。

私は、サルトルの『存在と無』の冒頭を丸暗記し、どんな問題が出てもそれを書き記すことにしました。本当にフランス文学を理解しているならその程度のウィットは理解しているはずだと勝手に思い定め、それが駄目なら諦めるしかないと覚悟もしました。

試験の時間割に合わせて病院からタクシーに乗り、試験が終わるとまたタクシーで帰って来るという日々を繰り返して、幸いにも試験には全部合格しました。懸念していたフランス語も、サルトルが効いたのかどうか、ギリギリながらも合格点をもらえました。私は、ともかくにも三年生に進級できることになったのです。

ただ、ここでまた新たな課題に直面しました。

T大は、一、二年次が教養課程、三、四年次が専門課程になっており、二年から三年への進級時には自分の専攻学科を決める必要があります。T大の文学部は大きく文学系、史学系、哲学系の三つに分かれ、それらがさらに枝分かれして、最終的には二十を超える小学科に細分化されています。文学系統であれば、国文学、英文学、フランス文学、ドイツ文学、中国文学……といった具合です。

　私は子どもの頃から汽車が好きで、小学生から中学生の初めくらいまでは本気で機関車の運転士を夢見ていました。高校に入学して以降は漠然とながらジャーナリズム関係に興味が引かれ、大学に入学してからは〝ペンは剣よりも強し〟という表現を好ましく思うようになって、卒業後は、東京の新聞社か雑誌社に進みたいと考えたりもしていました。

　ジャーナリズム関係の仕事を選ぶとすれば、三年次からの専攻は英文科あたりがもっとも適当だろうというのが私の見方です。高校生のときに英語クラブに入っていた事実もなにがしかの影響を与えていたかもしれません。

　しかし、T大の文学部では国文科と並んで英文科の希望者が非常に多く、かなり競争が厳しいと先輩たちから聞いています。その結果、英文科を第一志望にしても成績が悪ければ第二志望以下の学科に振り分けられてしまい、その振り分け先も、成績によっては必ずしも自分の望みどおりにはいかないというのが一般的な状況のようでした。

　定期試験をパスして三年生に進級できる資格は得たものの、私は、専攻学科をどこにしたらよいかでしばし悩みました。英文科にしたいのはやまやまですが、取った点数はほとんどがギリギリのレベルですから、最初からはねられてしまう可能性が高いのです。同じ文学関係なら国文科でもと思わないわけではありませんが、こちらも競争率という点では英文学とたいして変わりありません。

かりに英文や国文を第一希望にし、それが実現しなくて例えばインド哲学科に回されたりしたらかなわないと私は心配しました。印哲は、毎年、希望者が一人いるかいないかといった程度の学科ですからその可能性まったくなきにしもあらずと懸念しましたし、そもそも、私はインド哲学にはいかなる興味も関心も有していないのです。

それやこれや考量して私は、国語学を第一希望にして提出しました。国文学といえば日本文学の研究になりますが、国語学は日本語そのものについての学問です。文学と違って語学は志願者が少ないので、その希望が拒否される心配はありませんでした。文学からは離れるものの、研究室は〈国語国文学〉ということで一括《ひとくく》りになっていましたから、勉強の主体は日本語学でも、ある程度は日本文学の空気も吸えるだろうと期待した結果でもあります。

さらに言えば、一人しかいない国語学の教授が、私が三年に進級する四月から一年間アメリカに長期出張することになっており、一年間は教授の授業がまったくないという、入院中の私にとってはきわめて好都合な状況になっていました。教授の授業は、秋以降に東大など他大学の先生方が来仙して集中的に代替講義するという段取りになっていたのです。その時分になれば、私の病気もそれなりに改善しているだろうとの希望的観測も私にはありました。

通常であれば、専門課程に進む際には主任教授の面接を受けて許可をもらうのですが、私の場合は、入院を理由にそれも免除してもらい、教授の顔も知らないままに私は国語学科の一員としてもぐり込んだのでした。

# 第四章　地　震―その一―

私は、めでたく三年生の春を迎え、これでゆっくり入院生活が送れるという気分になっていました。しばらくは大学を気にせずに療養できるのです。

私と同時に国語学科に進んだのは、同期生百五十人のうち、私を含めて五人だけでしたが、それでも、今年は希望者が多いといって話題になったそうです。国語学は、例年は一人か二人しか志願者のいないきわめて小規模な講座なのです。五人の内訳は男子三人、女子二人でした。

四月の下旬、私を除く四人のうちの二人、男女一人ずつが科を代表するかたちで見舞いに来てくれました。文学部の学生なので顔は見知っていましたが、私は二人のどちらとも個人的な付き合いはありませんでしたし、こうしたかたちでの見舞いなど予想してもいませんでしたので、最初はちょっと驚きました。しかし、これから専門課程で一緒に勉強していく仲間だと思うと急に元気づけられ、自分が孤立していないことも実感できました。今後、必要に応じて研究室内の動きも適宜知らせてもらえると分かり、その点も私にとっては大変ありがたいことでした。

精神的にも落ち着きを取り戻した私は、たくさんの時間を与えられたこの機会に読書に親しんでみようと決めました。黒江英明からプレゼントされた『神曲』がまだ読みかけになっていましたのでまずそれを読了し、その後は、病院内の売店の片隅に置かれている文庫本や、病院から歩いて十分ほどのところにある中規模の書店に赴いて読みたい本を購入してきました。消灯が夜九時というのはつらいものがありましたが、入院中とあればそれは健康上やむをえない現実でもありました。

そんなわけで、私の方の新年度はまずまず順調にスタートしたと言ってよかったのですが、父がまだ入院中なのはやはり気がかりでした。二月上旬に三週間の予定で秋田市内にある県立病院に入院し、胆石の摘出手術を受けたのですが、四月が終わってもまだ退院できていません。予後の経過が思わしくなくて長引いているが、特別な心配はいらないからと適宜母から連絡が入っているので、そういう意味では私も別に深刻には考えてはいませんでした。

昨秋みごとな黄葉を見せてくれた中庭の公孫樹が、今度はさわやかな新緑からゆたかな深緑に変わり始めた五月半ば、私の腎臓の精密検査が行われました。半年間つづいた化学療法の成果を確かめ、今後の治療方針を決定するためでした。

結果は期待はずれでした。結核菌に侵されている左側の腎臓に改善の傾向が見られず、このままでは健康な右側にも転移しかねないから、八月に左腎の摘出手術を実施し、その後また念のために数ヵ月化学療法を継続するというのです。

また痛い思いをしなければならないのかと思って私は憂鬱でした。

主治医も畑中医師も、左右二つある腎臓は、もともと充分な余裕をもった臓器なので、片方を取っても日常生活には何の支障もないと説明してくれましたが、私は、最初から二つあるものはやはり両方そろっているのが正常だろうと推察していささか浮かない気分ではありました。

万全を期して行われるという術後の化学療法期間も、さらに欠席状態を余儀なくされる大学のことを考えると落ち着いてはいられませんでした。いっそ休学の手続きをとも考えたりしますが、相談すべき父親がなお入院中とあって、私は決断がつきませんでした。

熱心なクリスチャンである畑中医師は、週に一回は私の枕辺を訪れ、脈をとりながら、私の状態に変化がないことを確認していってくれます。当初は不定期でしたが、先生も勤務の関係があるのでしょう、そのうち、来訪する曜日も時間帯もほぼ一定して、私は、土曜日の夕刻が近づくとなんとなく緊張する一方、どこかでその時の来るのを期待していたものでした。

畑中医師が、訪れるはずのない曜日のしかも昼前に、卒然、私の病室に姿を見せたのは、今日で六月もちょうど半分が終わるという日でした。

いつものように私の脈をとった畑中医師は、いつものように笑顔で、まだ入院中の私の父がぜひ私に会いたいと言っているから、できれば明日にでも秋田に帰ってみたらと勧めました。一泊二日程度なら療養生活の許容範囲内だし、この件に関しては、すでに私の主治医の許可もとってあるからそちらの心配もいらないというのです。

私は、一瞬、奇異の感をうけました。基本的には安静にしていなければならない私が、列車に五時間近くも乗ってはるばる秋田まで帰郷するというのは想像したこともなかったからです。

しかし、私はすぐ、これはわるくない話だと思い直しました。去年の夏休みに徒歩帰省して以降は一度も帰っていませんし、父とは、入院直前に来仙して以来、五ヵ月近くも会う機会がないままなのです。父が是非にと言っているのであればこれは絶好の機会だと判断しました。

急に里心のついた私は、畑中医師に、せっかくだからと甘えて一泊二日を二泊三日にしてもらい、畑中医師が病室から出て行くと同時に院内の売店で列車時刻表を買い求めました。

仙台・秋田間には午前と午後にそれぞれ準急が一本ずつ走っており、私は、帰省のときも仙台に来るときも通常はその列車を利用しています。乗り換えもなく、時間的にもそれが一番速いのです。

しかし、私は、今回は仙山線で山形県に入り、その後、奥羽本線に乗り換えて北上するルートにしようと決めました。接続の関係ですべて鈍行にならざるを得ず、午後二時前に仙台を発って秋田に着くのは七時をまわってしまいますが、このルートだと、私が徒歩で帰省した道路と平行ないしは交差する部分も少なくありません。歩いていたときに見えた線路を走る列車に乗れば、車窓からは逆に私が歩き続けた道路や道路沿いの建物が見えるに違いないのです。

感傷そのものですが、私は、自分の踏破した道、それが遠因となって入院手術にまで到ってしまった街道をもういちど自分の眼で確かめてみたかったのでした。

翌日、手早く昼食を済ませて病衣から学生服に着替えている最中に地震が発生しました。かなり大きな揺れで、私も、ベッドにつかまることでその揺れに堪えることができました。揺れが完全に収まる前に畑中医師が慌ただしく姿を見せ、私たちの病室に異状がないのを確認して隣りの部屋に走っていきました。医者や看護婦が手分けして全室を点検しているふうでした。

タクシーで仙台駅に向かい、地震の影響による列車の遅れは十分程度なのを確認して、私は予定の鈍行に乗り込みました。

乗り換え駅など、主要な駅で小刻みな遅れが積み重なり、秋田駅では一時間以上の延着になっていましたが、私はたいして苦にはなりませんでした。

車窓の右に左に私の歩いた道路が見え、東根の木賃宿の屋根が望めました。及位《のぞき》小学校や醍醐小学校などは、校舎の全容が確認できて懐かしさはひとしおでした。距離を節約するために線路上を歩いた部分も何ヵ所かありますが、私の歩いたその上を今私の乗っている列車が通過していると思うと不思議な感覚にとらわれたものでした。

岩手県内を多く走る準急ではなく、山形県から秋田県に入る鈍行の方を選んでよかったと思い、私は自分の選択に充分満足しました。

父親が会いたがっているからという理由での帰省ですし、夏至に近い太陽もすでに没していますから、私は、家族の誰かが駅に迎えに来てくれているとばかり思い込んでいました。が、案に相違して誰の姿も見えません。列車が遅れたせいだろうと推測して、私は、駅から歩いて十分足らずの県立病院にゆっくり歩を運びました。多少の空腹を感じる以外、急がねばならない理由は何もなかったのです。

ナースセンターで確かめた病室のドアを開けた瞬間、室内に詰めかけている人の多さに私はびっくりしました。一斉に私の方を振り返りましたが、笑顔はまったくありません。

人垣の中央のベッドに、父は、痩せ細って横たわっていました。

私の父は、師範学校時代にバスケットをやっており、身長は、中肉中背の私より十センチ近くも上の百七十五センチ前後です。若いころは痩せ形でしたが、四十歳を過ぎたあたりから中年太りになり、最近の体重は八十キロぐらいになっていたはずです。

それが、眼の前の父は、現在は五十キロに満たない私よりも細くなってしまっていることが瞭然としています。

輸血と点滴用の細管が手首と足首から何本も挿入され、顔面を真っ黄色にして父はあえいでいます。ひどい黄疸症状なのは素人目にも歴然としていました。

「帰ってきたのか」

人の気配を察して薄目を開けた父が、おぼろげながらびっくりした表情になりました。ひどくかすれた声です。

「どうしてここにいるんだ？　病院から出てきて、大丈夫なのか？」

眼球まで黄色に染まった父の面輪に心配そうな影が浮かんでいます。

「父さんの顔が見たくて来たんです。畑中先生も、一度気晴らしに秋田に帰ってきなさいと言ってくれました」

私は、思いつきのでたらめを口にしました。

「そうか。無理するんでないぞ。結核は安静が第一だ」

父はそう言ってふたたび眼を閉じましたが、数呼吸のあと、今度は大きく眼を見開いて、にわかに早口で何かしゃべり始めました。

必死な形相から私に何かを伝えたがっているのが分かります。

しかし、かすれ声と早口で、言っている内容が分かりません。

「何？」

私は聞き返しました。

父がまた懸命な形相で何か言います。が、内容は理解できません。

「何？　どうしたの？」

私はまた鸚鵡返しに問いかけました。

「そうしていては、病人が疲れるだけだ。分かったと言いなさい」

私の背後にいた男性がそのように私を諭しました。畑中医師の舅です。

「分かった」

私は、父親に短く言いました。

安心したのでしょう、父の顔はわずかながら笑顔になり、あとは深々とした眠りに入っていきました。

私は母を促して廊下に出、簡単な椅子など置いてある休憩室風の空間に席を取って状況の説明を求めました。父の実家を継いでいる伯父と畑中医師の舅、つまり、畑中医師の妻の父親であり私の母の姉の夫である人も付き添ってくれました。母以外では、この二人の男性が看護の中心的な役割を果たしてくれているようでした。

三人の話を総合してみます。胆石による鈍痛で二月初めに入院した父は、一週間ほどかけて、手術に必要な検査を受けましたが、その過程で血尿が発生し、その治療のために二週間ばかりを要しました。

そのため、父が、執刀者である外科部長の助言に従って、胆石だけでなく胆嚢そのものの摘出手術を受けたのは、入院前の予定がすべて順調に運べばそろそろ退院のはずであった二月下旬になってからでした。

ところが、手術二日目の夜から血圧が急激に降下して、とりあえず二千ＣＣほど輸血。しかし、原因が分からないので二日後にふたたび切開しました。それでも判明しなかったのですが、症状が一応落ち着いたので一週間後に縫合しました。

しかし、その後黄疸症状が見られるようになり、しかもそれは悪化する一方なので、四月半ばにそれに対応する開腹手術が施されました。

その施術が効果をあげたようで、極端な黄疸は改善されましたが完治には到りません。様子見のための入院生活がつづいたものの、症状は六月に入っても一進一退です。

私が秋田に呼び戻される五日前、根治を期した四回目の手術が充分な準備のもとに行われ、外科部長から手術は成功との報告を母は受けました。

ところが、術後二日目の夜からまた急激に血圧が降下し、強い黄疸症状が出てきました。付き添っている者たちにとっては心配な事態でしたが、外科部長は、前から予定されていた新潟での講演のため、その日の午前中に秋田を離れました。

後事を託された次長以下の外科医が懸命に治療にあたってくれていますが、一昨日ついに危篤状態に陥り、夜遅く仙台の畑中医師の舅が娘婿に電話連絡しました。その電話に何か御利益でもあったのか、今朝になって危篤状態からは脱し、わずかながら会話も交わせるようになったところに私が戻ったというのでした。

「それで、執刀した外科部長は、今は何と言っているのですか？」

三人による統一のとれない長い説明が一応終わったところで、私は現状の把握に気持ちを向けました。

「それが……」

一瞬、母は言い淀みましたが、気を取り直してすぐ後を続けました。

「まだ新潟にいるの。本当は今日の夕方に病院に帰る予定になってたんだけど、新潟で大きな地震があって列車が止まってしまい、帰れるのは明日になるそうなの。次長先生が申し訳なそうに言っていたわ」

母は、自分に責任があるような物言いになっています。伯父は渋面をつくり、畑中医師の舅は恐縮そうに肩をすぼめていました。

——そうか、あの地震は新潟だったのか
その時になって初めて、私は、大学病院を出る直前に発生した地震の震源地が新潟であるのを知りました。

「仙台でも揺れたけど、秋田はどうだった？」

「それは怖かったわ。お父さんも気づいたらしくて、『地震だな』って言ってたわよ」

その時の恐怖を想い起こしたらしい母が眉をしかめました。

「余震が何度もあって、それで新潟からの列車が動かないらしいんだ」

伯父が、現状との関連を補足します。

「それで、今はどんな治療をほどこしているんですか？」

私も現実に返りました。

「輸血だけだ。とにかく血圧が低く、これは体内のどこかから出血しているらしいということで、今朝から途切れることなく新鮮血の輸血が続いている。もう一万ＣＣに達したかもしれん。むろん親類縁者だけでは間に合わなくて、会社の総務部長を中心に、全社を挙げて応援してもらっている」

「それでこんなに人が多いんですね」

伯父の説明に対する私の反応は、いささかとんちんかんなものになっていました。今問題になっているのは人数の多寡などではなく、父の命そのものだという事実にまだ充分思いが到っていなかったのです。

ふいにナースセンターの方から複数の人の足音が聞こえてきました。

「外科部の次長先生よ」

母が、早足で近づく先頭の白衣の男性に眼をとめ、小声で私に知らせました。背後に数人の看護婦が続いています。

立ち上がった私たちを横目に医師と看護婦が急いでいる先は父の病室です。私たちもあわてて後に続きました。

父の状態は、短時間のうちに明らかに悪化していました。先刻まで落ち着いていた呼吸がにわかに激しくまた急なものになっています。

「酸素吸入器を装着します。これを着けている間は患者さんとの会話ができませんが、緊急の事態なので御了解ください」

次長医師が、私と母に宣言するように言いながら看護婦たちに目配せしました。

二手に分かれた看護婦の一方が、ベッドの枕元に置かれている器具の操作に取りかかり、残りの看護婦たちは、室内にいた人間を廊下に出しました。その中に私の実妹が混じっているのに私は気づきましたが、会話を交わしている暇はありませんでした。

「これで落ち着くでしょう」

酸素吸入器の装着を終えた次長が、ひと息つきました。私の目にも、父の呼吸はいくらか楽になったように見えました。

「それにしても、先生、どうしてこんなことになってしまったんですか？　もともと、三週間程度で退院できるということでお世話になったはずですが」

「これまでの経過は全部分かっています」

私の素朴な疑問に、次長医師は的をはずした答え方をしました。

「経過が分かっているのは当然だと思います。私がお伺いしたいのは、父がなぜこのような状態にまで陥ってしまったのかということなんですが」

「それは、部長から直接お話があると思います」

「でも、部長先生はまだ新潟だと伺っておりますが」

「明日の夕刻にはちゃんと帰ります」

語気強くそう言った次長の態度には、あとは質問は受け付けないという意志が明確に出ています。

――明日の夕方まで私の父をこのままにしておくのですか
そのひと言が私の喉まで出かかりましたが、結局ことばにはなりませんでした。

私の場合もそうですが、父も、手術の前に、手術承諾書のような書類に署名・捺印しているはずで、その文面には、手術及び術後の治療に関しては一切病院側に任せるという趣旨の一文があるに違いないのです。

また、ここで変に逆らうような印象を医者に与えてしまうのは、結果的には父のためによくないという判断も私の頭の中ではたらいていました。

その時点では、父がこのまま死去してしまうなどとは夢想だにしていなかったのです。

酸素吸入器が順調に作動し、父の状態が落ち着いたのを確認して次長医師も看護婦も引き上げ、まだ居残っていた数人がまた病室に入ってきました。

「兄さん、まだ晩ごはん食べていないんでしょっ？　おにぎりがあるから食べて。私たちは、お兄さんの到着前に済ましてあるから大丈夫よ」

市内の大手デパートに勤務している実妹が、そう言いながら、ノリで巻かれたおにぎり二個を私に差し出しました。ポットに入ったお茶も用意されており、それらは最初から私のために準備されていたもののようでした。

その時になって初めて、私はまだ夕飯を食していないことに気づきました。時計を見ると間もなく十一時という時刻でした。

小学校三年生になったばかりの母親違いの妹の方は、ここしばらく母の姉夫婦である畑中医師の舅宅に預けられており、夕食前にもうそちらに帰されていました。

「今夜はこの病院に泊まりなさい。空いているベッドを貸してもらえるよう、昼のうちにすでに話はつけてある。お母さんと私たち二人が交替でお父さんに付き添うから安心したまえ。君も病人なんだから、これ以上の無理は禁物だ」

畑中医師の舅が私をそのように諭し、伯父もうなずいています。

私もその好意にありがたく甘えさせてもらうことにしました。実際、長時間の列車移動と予想外の父親の状態に接して、肉体的にも精神的にもかなり疲れていました。

学生服のボタンをゆるめてベッドに入った私ですが、簡単には寝つけませんでした。事態の展開があまりに急でそれについていけないのが最大の原因です。輸血、点滴などでしょっちゅう廊下を人が往き来し、足音がコンクリートに響いて、とてものことに熟睡できる環境でもありませんでした。

　翌日も朝から輸血、点滴、酸素吸入だけです。次長医師を初め、何人かの医師が交替でやって来ますが、新たな治療というのは何もありません。小刻みな余震の続くなか、ただただ外科部長の帰りを待つだけという方針のようです。

　部長の執刀した患者なので、部下の医者は簡単には手を出しかねているのだろうと私は推測しました。大学病院ですでに六ヵ月入院生活をしていて、私には勤務医のそうした心理がある程度理解できるようになっていました。

　外科部長の帰院を待っている間にも、父の症状は明らかに悪化の一途をたどっていました。

　輸血は二万CCを超えましたが、あいかわらず意識はまったくありません。標準的な体型の人の全身の血液量は五千CCほどだそうですから、単純に計算すれば、父の体内ではすでに四回も血液のすべてが他人のそれと入れ替わっている勘定になります。

　その一方で、黄疸はこれ以上ないのではと思うくらいまで進み、器械を使っても呼吸はますます荒くなっていくだけでした。

　他人ばかりに迷惑をかけてはいられないという思いに衝き動かされて、私も父への献血を申し出ましたが、当然のことながらそれはあっさり拒否されました。いくら親子であるとはいっても、現に結核を患っている者の血液を重篤の患者に注入できるはずもないのです。私の代わりに、すでに一度献血したという実妹が二度目の献血をしてくれました。

新潟からの急行列車が秋田駅に到着する午後七時三分の十五分後に、外科部長が、次長らを伴って私たちの病室に慌ただしく姿を見せました。白衣を着ていますが、その下は背広にネクタイです。帰院するやいなやそのまま駆けつけたことがはっきりしていました。

「すぐ手術をします」

手短かに父の状態を確認し、次長とドイツ語まじりの短い会話を交わした後で、部長が私たちにひと言で告げました。

「また手術ですか。ただの胆石で入院したのに、手術はこれで五回目ですが」

私は、半ばあきれて誰にともなく嘆声をもらしていましたが、手術は部長の帰院前にあらかた決まっていたようです。医師や看護婦が直ちに父をストレッチャーに移し、駆けるように手術室に運び込んでいきました。

一時間後に父は戻ってきましたが、状況はさらに悪化していました。今朝取り付けられた心電計には、平坦な部分、つまり心臓の動いていない時間帯が生じているのです。

誰も口には出しませんが、父の最期が迫りつつあることは否定しようのない事実のように見えます。

私と母が、外科部長室に呼ばれたのはさらにその一時間後です。

「申し訳ないことをしました」

椅子から立ち上がった部長は、机越しに低声でそう言いました。

「もう駄目だということですね」

言わずもがなとは思いながら私は確認せずにはいられませんでした。

「本当に申し訳ないことをしました」

部長はもう一度言って、かるく頭を下げました。

「結局は手術ミスだったんですね」

最終的な確認のつもりで私はそう口にしました。決して切ってはならない太い血管を誤って切断すると同時に重要な臓器を傷つけてしまい、その結果として、血液の垂れ流し状態と黄疸症状の亢進《こうしん》を招いたのではないかと当て推量したのです。

しかし、それに対しては、ことばでは一切返答がありませんでした。ただ、部長の顔全体が、白々とした蛍光灯の下で明らかに紅潮しました。

私の頭の中には、私が、個人経営の泌尿器科で受診した最後の場面がよみがえっていました。あの時も、禿頭の老医の首から上は、眼前の部長のそれのように真っ赤になっていたのです。

「お父さんは心臓が丈夫ですから、もう一日、二日はもつかもしれませんが……」

部長がとってつけたようにつけ加えましたが、私はもうそれを聞いてはいませんでした。

母の嗚咽が室内にあふれました。

その夜も私は病院に泊まりましたが、ほとんど眠れはしませんでした。朝まだ暗いうちに父の様子を見にいくと、人工呼吸器で強制的に酸素を送り込んでいるのでまだ体温はありますが、心電計は、心臓の停止している時間帯が長くなっている事実を示しています。

「この辺で、ハルンが大量に出るはずだ」

朝一番の診察に訪れた次長医師が、何か研究でもしているかのようにひとりごちました。泌尿器科での受診経験のある私は、ハルンが尿を表す医学用語であるのを知っています。泌尿器科では尿をとても大事にするのです。結核と胆石ではまったく違う病気なのに、私は妙なところで父親とつながっているような気がしてしばし不思議の感に打たれました。

それから程もなく、父は、泌尿器の先端から管でつながれている尿瓶《しびん》に、次長の予言どおり大量の尿を放出しました。次長の医学的な能力とは別に、私は、その予言の的中を、父親の尊厳のために苦々しく思いました。

徹夜に近い状態が二晩続いて、私はかなり疲労していました。それが顔にも現われ出ていたのでしょう、まず畑中医師の舅が私に畳のある部屋で休養することを勧め、伯父も母もそれに同意しました。

私も、父に関してはあとはただ見ていることだけしかできない状態なのを理解していましたし、これから先のことを考えるとますます自分自身の健康が大事になるとも思い直しました。臨終の際には直ちに連絡してもらうことを条件に私はいったん病院を出ることにしましたが、行く先は父の実家である伯父の家にしました。

当時私の家族は社宅住まいでしたが、六畳と四畳半の二間に台所という小さな家でしたので、父が亡くなったあとは自宅ではなく、伯父の家にしたらという話が伯父自身の口からすでに出てもいたのです。江戸期からの旧家である伯父の家には、襖を取り去れば三十畳になる三部屋つづきの座敷がありますから、かなりの人数が集まってもあまり心配はいりません。また、そこは私の実妹が生まれ育ち、現在も伯父の家族と一緒に暮らしている家宅ですから、私にとっても心安い場所でした。

伯父の家に戻ることになりましたが、その時になって私は、その日はたまたま週二回のストマイ注射日に当たっているのを想起しました。二泊三日で仙台に帰る予定であったものがそれができなくなり、注射当日にかかってしまったのです。

私から事情を聞いた畑中医師の舅はすぐ病院とかけあい、ストマイを無料で打ってもらえるよう取り計らってくれました。T大病院で畑中医師と同期だという医師が私の父を治療する医師団の一人に加わっており、病院側でも私が仙台で入院中である事情をよく承知していたのです。そういう点では、看護婦も含め、皆私に親切にしてくれました。

伯父の家の奥座敷で布団に入ってうとうとしていた午後、私は、伯父の連れ合いの呼びかけで眼を覚ましました。伯母の両眼いっぱいに涙があふれています。

私が父の死去を直感し、短くそのことを確認すると、父と同年の伯母は哀しげにうなずきました。臨終の場に私を立ち合わせなかったのは、私の身体を気遣い、伯父と畑中医師の舅が相談してそのように決めたのだと伯母はつけ加えました。

私の心中に急激に哀しみがこみ上げ、それは烈しい嗚咽となってしばらく止めようがありませんでした。そのときの慟哭の烈しさは、それ以前にはもちろん経験したことがありませんでした、その後もそれほどひどく泣く場面には遭遇しておりません。

「泣きたいだけ泣きなさい。思いっきり泣きなさい。そうすれば多少は楽になれるでしょうから」

みずからも声を上げて泣きながら、伯母はそのように私を慰めてくれました。

父の遺体が伯父の家、つまり自分の生家に帰って来たのはそれから二時間ほどしてからでした。私は哀しみを新たにし、再度嗚咽をこらえることができませんでしたが、先刻ほどひどくは泣きませんでした。それは、親類縁者や会社関係の人がたくさん来訪して、そちらにも気を遣わねばならなかったためです。

母、伯父、畑中医師の舅、それに会社の代表の四者が中心になってその後の進め方について相談がなされ、私はその都度返答を求められましたが、私はほとんどすべてに同意していました。父がいなくなってしまった現在、あとは何をどうしようとどうにもならないのだという諦めの念が私を支配していました。

会社側の申し出で葬儀は社葬ということになり、長男である私にも参列してもらえればと会社の代表は希望しました。

父が会社に尽くした功績の小さくないらしいことを知って私の気持ちはそちらに傾き、母も伯父もそれに賛成するような口ぶりなっていましたが、畑中医師の舅が強く反対しました。むろん、私への負担増加を危惧した結果です。

私がどちらとも決めかねているうちに父は翌日火葬に付され、夕方、火葬場から戻ってみると畑中医師が伯父宅に来訪していました。びっくりしている私に畑中医師は、秋田の病院に出張して来たので、そのついでに弔問したのだと言いました。

しかし、私は、出張云々は私の気持ちに配慮したもので、実際は真っ直ぐ伯父の家を目指して来たのだろうと直感しました。

私の葬儀参列の件を聞いた畑中医師が強くそれに反対し、明日には仙台に連れて帰ると頑《かたく》なに主張したことで、私は自分の勘が的を外れていなかったことを確信しました。

畑中医師としても、自身の勤務する病院の患者の容態を悪化させるような事態は絶対に避けねばならなかったのです。

会社側としてはなお未練がなきにしもあらずのようでしたが、今度は、母や伯父を含め私の親類縁者は誰もが畑中医師の指示に従うよう私を促しました。私の腎臓摘出手術が二カ月後に迫っていることはその場に居合わせた者はもう皆知っていました。

私は、二日後に設定された父親の葬儀に参列できない長男の親不孝を思わないではありませんでしたが、もし、それが原因で私自身の病気をさらに悪化させるような事態になればそれこそが本当の親不孝だと考え直し、翌日一番の準急で畑中医師と一緒に仙台に向かいました。

準急は岩手県まわりですから、私が徒歩帰省した際の景色は最初の一部しか見ることができません。向かい側に座っている畑中医師が医学書を読み始めたのに合わせ、私は、乗車前に買っておいた新聞を広げました。新潟地震の続報がまだ大きく載っています。

新潟に出張した外科部長の帰秋を遅らせ、もしかすればそれが最終的に父の死去につながったと言えるかもしれない新潟地震は、昭和三十九年（一九六四）の六月十六日午後一時一分に発生していました。震源は、新潟県粟島南方沖四十キロの海底で、地震の規模はマグニチュード七・五という巨大なものでした。新潟市と仙台市では震度五、秋田市でも震度四を記録し、地震による揺れと直後に来襲した津波で死者二十六人を出し、多くの建物が損壊しました。

三面に掲載されている、地震によって落橋した昭和大橋の無残な姿が眼裏から離れないまま、遺骨となった父のもとを離れて六時間後に、私はふたたび大学病院の自分のベッドに横たわったのでした。

想像だにしなかった父の死は、短期的にも長期的にも、私の人生に大きな影響をもたらしました。

直ちに解決しなければならないのは経済問題です。

当時、私の家族が住んでいたのは会社で借り上げた借家です。父が亡くなった今、いつまでもそこに居つづけることはできません。葬儀に関わる一切が済むと、母は伯父や畑中医師の舅と相談しながら小さな土地を買い求め、同じ屋根の下ながら、二世帯に貸し出しできるようにした自宅を新築する段取りをしました。資金には、父の退職金のすべてが充てられました。

父の生前、私は毎月一万五千円の仕送りを受けていました。二食付きの下宿代が七千五百円で、私は残りの半分を昼食代、書籍代、小遣い銭などとして使用していました。

父が昏睡状態に陥る直前に私に伝えようとしたのは何だったのか。考えられるのは二つです。一つは、学業途中だけれども大学を中退して秋田に帰り、家族のために収入を得る方法を考えなさいということであり、もう一つは、頑張ってとにかく大学を卒業し、それから家族のために尽くしなさいということです。

ベッドのなかで私は夜な夜な父の真意が二つのうちのいずれなのかの判断に悩みましたが、最終的には大学に残る途を選びました。忌明けと前後して会社から手紙が届き、私がもし学生生活を続けるのであれば、卒業までの二十ヵ月間、毎月一万円ずつ送金するし、中退するのであれば即金で二十万円支払うという内容でした。私の家庭事情を配慮したらしく、この二十万の扱いについては母に相談する必要はなく、私一人で決めてよいと付記されていました。

家庭の内部事情、とくに継母と私の微妙な関係まですべて見透かされているようで私はあまり愉快ではありませんでしたが、ここはやはり会社側の配慮に感謝し、善意に甘えるべきだと判断して大学に残る決断をしたのです。

父の遺志に反しているのではという思いは消えませんでしたが、私は、たとえわがままと非難されたとしても、また、どんなかたちであっても、基本的にはやはり大学生活を全うしたいという思いが強かったのでした。

一万五千円の仕送りが一万円になりますから当然生活は苦しくなります。しかし、私は、今後は一切書物を買わないことにしようと決め、学生食堂での昼食も一品ものに変更するなど支出をギリギリまで減らし、新たに奨学金を借りる一方、何かアルバイトをするようにすれば後の一年半を何とか乗り切れるだろうと見通しを立てました。

それにしても、当面はまず手術です。私は、パスの影響で食欲がなく、残すことの多かった病院食をとにかくすべて嚥下して体力の増強に努めるようにし、間近に迫った左腎の摘出手術に備えました。

一時的に泌尿器科に移って行われた私の手術は何の問題もなく終了しました。術後の痛みを含めてすべて順調そのものでしたが、前回と異なり、母が付き添ってくれたのは手術当日を入れて三日間だけでした。あとは下宿の小母さんが代わりを務めてくれ、私は、身内以上の親身な看病にただただ感謝しました。

抜糸が終わった時点で再び佐久間内科の同じ病室に戻り、再度化学療法が始まりました。通常ですとさらに半年間、最低でも三ヵ月間の入院が必要だと言われましたが、私は畑中医師にお願いしてそれを一ヵ月に短縮してもらいました。一ヵ月だとなんとか後期の授業に間に合い、主任教授がアメリカに長期出張中という事情に由来する他大学からの講師陣の集中講義にも出席できるのです。そこで単位を取って四年に進級しないことには卒業も何も見えて来ないのでした。

ただ、退院した後も週二回のストマイ注射は義務づけられていました。期間は半年です。

私も、ストマイは命の綱だと自覚していましたから欠かさずに注射を受けたいと思いましたが、すぐ、週に二回大学病院に通うのは、私の時間割との関係で困難なことが判明しました。そこで、その週の一回目はきちんと通院するがその時に二回目の分の薬液が入った小瓶をもらってきておいて、それを文学部の置かれているキャンパス内にある大学の診療施設で打ってもらうという方法をとりました。

しかし、卒論の準備も具体的に始めねばならなくなってとにかく時間が足りなくなり、最後は、畑中医師に注射の打ち方を教えてもらって、自分で自分の太股に注射したりもしました。ストマイは筋肉注射で通常は腕にしてもらっていたのですが、自分で自分の腕には打ちにくいので太股にしたのです。椅子に座って真上から射すと別に問題はありませんでした。

こうした一連の行為は、あるいは医療関係の法令に抵触する部分があるかもしれません。しかし、父の死後、万事にわたって切羽詰まっていた私にはそうする以外になかったのです。畑中医師もきっと医者として苦渋の判断を強いられた場面が少なくなかっただろうと推察できますが、私はあえてそれに気づかないふりをして先生に甘えました。

私が退院して程もなく、畑中医師は講師から助教授に昇進しましたが、私は、私のバックアップ態勢がより強化されたという受け止め方をして喜んだものでした。

その畑中医師から私が私にとってきわめて重大な事実を明かされたのは、私の退院の前日、先生が助教授職に就いて間もない時期でした。

私は、大学病院に入院してすぐ両側の副睾丸を剔除《てきじょ》する手術を受けましたが、その時、手術の都合で輸精管、つまり精子の通る管を切断する必要があったのだそうです。管がないと、睾丸でつくられた精子の出口がありませんから射精もできません。性行為そのものに影響はないのですが、私の身体からは、女性に子どもを産ませる能力が喪われていたのです。

　この事実は、手術の前に父に伝えられ、父は、私が退院した後の適当な時期に私に知らせるという段取りになっていたのだそうですが、それを果たせないまま他界してしまったので、代わりに畑中医師が説明してくれたものでした。

　畑中医師は、どうしても子どもが欲しければ、将来、輸精管の代用となるバイパスを通すことも不可能ではないとつけ加えましたが、私は、畑中医師の表情と口調からその可能性は低いのだろうと悟らざるを得ませんでした。

　子どもが生まれないと言われても、私はそれを現実の問題としては受け止めることができませんでした。遠い将来のことよりも、さしあたって明日をどうするかが私の当面の関心事なのです。ただ、これで自分が後世に残せるものは何もないのだと妙に納得し、その一方で、女性とは相手の妊娠を心配することなくセックスができるのだというある種の解放感が私のなかを過ったのを覚えています。

　退院少し前の別の体験もその後の私に小さくない影響を与えました。

　その夜、私はいつまでも寝つけませんでした。眠れないまま眼を閉じていると、突然、私の身体全体が奈落の底に落ちていく、急速で留めようのない烈しい墜落感に襲われました。死の深淵に一直線に引き込まれていくような恐怖の感覚です。

その恐怖に堪えきれなくて私は闇のなかで思わず大声を出してわめいていました。

直ちに当直医と看護婦が駆けつけて鎮静剤を注射してくれ、私は深い眠りに入りました。

翌日から私には精神安定剤が投与されましたが、内科で処方する精神薬は薬効が薄いのかそれとも薬種が私の体質に合わないのか、期待するほどの効果は上がりません。夜中にわめくようなことはそれ以後一度もなかったのですが、いつもどこかで軽い死の恐怖に悩まされて安定剤を手放せない日々が続きました。何度か薬を変えているうちに、トランキライザー系の錠剤がよく効くことが分かり、結局、卒業までその薬の服用は続きました。

文学の最大のテーマは人間の生死です。私は今少しばかり小説を書いていますが、その原点は、死の深淵を覗き見たように感じたその瞬間にあるように思えてなりません。私の小説の出発点は文学部の教室ではなく、医学部の病室にあると今さらのように想い起こされる次第です。

夫婦そろって熱心なクリスチャンである畑中医師は、真夜中の私の異変を知って、自分たちが毎週日曜日に通っている教会の牧師を私の枕元に連れて来てくれました。そのときまで私は宗教にはまるで関心がありませんでしたが、一週間に一度くらいの割で来院し、聖書のところどころについて分かりやすく語ってくれるいかにも温厚そうな牧師さんの話にはこころ動かされる場合も少なくありませんでした。

退院したら畑中医師の家族と一緒に教会に通って来たらと誘われ、私もその気があるように返事をしましたが、実際は二、三回実行しただけで継続したものにはなりませんでした。私には本質的に信仰心が欠けていると断じてよいようですが、教会でもらった聖書だけはその後も大事に持ち続けました。

退院してから卒業するまでの私を外から眺めたら、勉強ひと筋の真面目な学生以外のなにものでもなかったに違いありません。同期生たちからすっかり遅れてしまった学力を取り戻すためには、私はとにかく勉強しなければならず、勉強で疲れたらとにかく休養するしかなかったのです。

夕飯を終えて自室に戻るとあとは外に出歩くようなこともなく、日中も、講義のない時間帯にはキャンパスのそこここにある草原に仰向けになって、よくひとり空を見上げていましたから、雨の日や冷え込んだ日などは大嫌いでした。

退院後も医療費はかかっていましたから、経済的にも私には余裕というものがありませんでした。

本当は、父の死亡とともに健康保険も切れてしまうところだったのですが、母が、私の病気は継続中のそれだからと、秋田市役所の関係部署に強くかけ合って従来どおりにしてもらいましたし、奨学金も借りることができました。

こちらも、最初は、前年度の父の収入が多すぎてとても対象にならないと大学の係官に一蹴されたのですが、私が必死に事情を訴えると二度目にはなんとか受理してもらえました。

父の生前は一万五千であった仕送りが、死後は会社からの一万円だけになっていましたから、月額三千円の奨学金は私にとっては結構大きな金額でした。

ほぼ時を同じくして、私の事情を承知してくれている石川県出身の国語学科の先輩が家庭教師のアルバイトを紹介してくれました。夜に出かけなければなりませんでしたので、夜は安静第一の自分の健康を考え、つかの間、私は躊躇しましたが、手当はこちらも三千円と聞いて直ちにその話を受け入れました。私の財布には、四の五の言っている余裕はまるでなかったのです。

私は父が亡くなる前に煙草を吸い始めていましたし、酒も人並みに飲めることは分かっていました。しかし、父の死去以後は煙草の銘柄を一つ下のランクに引き下げ、酒席は、欠くべからざるもの以外はすべて断りました。マージャンやパチンコを覚える暇はなく、経済的にも精神的にもガールフレンドなどをもつ余裕はありませんでした。

巷《ちまた》には、日本で初めて開かれる東京オリンピックの話題があふれていましたが、私はそうした世界とはまったく無縁な日々を送っていたのでした。

退院して一年半、私はその間にとにかく卒業に必要な単位を取り揃え、卒論もどうにかパスして、なんとかT大の卒業資格を獲得しました。

先に述べましたように、私は、大学卒業後は東京に出てジャーナリズム関係に進みたいという希望を漠然とながらもっていました。

しかし、コトここに到ってはそれは無理と判断せざるを得ません。直接的な理由は健康の問題です。〝夜討ち朝駆け〟と言われるような不規則な生活を余儀なくされるらしいジャーナリズム関係の仕事に私の今の健康状態が耐えられるとは思えないのです。現に、畑中医師からも、就職後も半年に一回は定期的に精密検査を受けて再発の防止に努めるようにと言い渡されているのです。

予備校に通うため一年間東京暮らしを経験した私には、東京のあの喧騒のなかでは生きていけないという思いもありました。現に、真夏の東京の気温と澱んだ空気に耐え切れなくて、私は八月の一時期東京を逃れ、秋田の自宅に戻って受験勉強したものでした。

ジャーナリストにもなれず東京にも出られないとなれば、私は秋田に職場を探すしかありませんん。そして、秋田で仕事を見つけるとなれば、私の頭には公務員か教員しか思い浮かびませんでした。

先輩たちの話によると、秋田県の教員採用試験であればT大卒というだけでA登録、つまり即採用ということなので、私は公務員はほとんど考えず、すぐ教員一本に絞りました。教育の現場には夏や冬に長期の休暇があるので、健康に不安のある私にはそういう意味でも魅力的であったのです。

卒業が間近に迫った頃、主任教授から、助手として大学に残らないかという話がありました。研究者の道を進んでみたらという助言です。

私の卒業論文のタイトルは「大蔵虎寛《とらひろ》本にみえる代名詞」というものでした。大蔵流狂言の詞章を記した文献の一つが「大蔵虎寛本」です。そのなかの代名詞を整理するのですが、この「虎寛本」は当時まだ活字化されておらず、原文を写真に撮ってまとめた影印本しかありませんでした。しかも、私の知るかぎり、五冊からなるその影印本はT大の図書館にしかありません。そこで私は、代名詞を整理する一方でその影印本を全部自分のノートに書き写しました。その時点では特別な目的意識はなく、写し取っておきさえすればいつかどこかで役に立つだろうという気持ちでした。かりに教職に就いても、空き時間を利用すれば「虎寛本」の勉強が自分でできるのです。

教授は、私が影印本を書写したのを誰かから聞いて、私に大学院に進むよう勧誘してくれたものでした。私が、自分は郷里に帰って教員になるつもりである旨を答えると、教授は、それなら仙台市内の高校にするようにと勧め、適当な学校を紹介するからともつけ加えてくれました。たとえ高校の教師になっても、大学の近くにいさえすればいずれ本格的な研究者の道も開けてくるであろうとの配慮によるものでした。

大学の助手には毎月きちんと給料が出ますから経済的な問題は解消されます。また、旧帝大の一つであるT大の助手になれば、努力次第では、将来、助教授、教授といった道が開けてくる可能性もあります。そういう意味では大変魅力的な話柄で、私の功名心や名誉欲も少なからず刺激されました。

しかし、翌日には、私は教授からの話をすべて断りました。病気のためとはいえ、国語学を選んだ動機が不純で、教授や国語学という学問にたいして申し訳ないという気持ちがはたらいたこともありますが、それ以上に、その時の私は、とにかくふるさとに帰って、心身をゆっくり休めたいという気持ちが強かったのです。

そうこうしているうちに、秋田県北部にある能代女子高校の校長から、自分の学校に勤務する意志はないかという問い合わせの手紙が届きました。国語教師なのに英語の実績のあるところが気に入った由が書き添えられていました。私は高校二年生の時、全県の英語弁論大会に出場して優勝していましたので、専門教科は英語だという校長がその点を評価してくれたもののようです。

私は、一高での英語部の活動が思いがけないところで生きたことを喜びながら、早速、宜しくお願いしたい旨の返事を書き送りました。秋田市内の学校に勤務できればそれが最善なのでしょうが、T大の神通力もさすがにそこまでは通じませんでした。秋田市が無理なら、あとは県内であればどこでもよいと、私は半ば開き直ったような気分でした。

ただ、仙台から秋田に戻るといっても、具体的にどこが私の本当に帰る場所なのか私はいささか悩まざるを得ませんでした。

退院してから卒業までの間に二回正月があり、私は、短期間ながら二回とも帰省しました。しかし、いずれの時も泊まったのは自宅ではなく、父の実家であり、実の妹がいる伯父の家です。

一回目の帰省の時点で継母と異母妹は、完成したばかりの新居に移っており、私もそこを訪ねたのですが、そこには私の居場所がありませんでした。狭い家ですから私専用の部屋などなくても構わないのですが、その家には私の茶碗も箸も置いてありませんでした。要するに、その家は、私はもうそこには戻らないという前提になっていたのです。

父の死後急速に変わりつつある継母の態度から私にもある程度の予測はついており、ショックというほどのものはありませんでしたが、亡父が築いた家庭はこれでいったん終わったのだと私は受け止めました。伯父の家族たちもそのように思っているらしく、私が入っていっても当然のように受け入れてくれました。

伯父の家に滞在している間に、父の葬儀の折の写真などを見て私は哀しみを新たにしましたが、それとは別に、従兄弟が私のために保管しておいてくれた地元紙の切り抜きが強くこころに残りました。

「一人で三万CC使っても」という見出しの五段のその囲み記事を読んで、私は父親が実に大量の輸血を受けた事実を再確認すると同時に、献血に協力してくれた数多くの方々と、新鮮血確保のために二十四時間態勢で対応に当ってくれた会社側に深い感謝の念をまず抱きました。

記事の後半は、三万CCもの新鮮血の確保は個人ではとてものことに不可能だから、血液銀行を中心にして全県的な献血制度を早急に整備すべきだと読者に呼びかけています。

父の死に方は息子として到底容認することはできませんが、結果的ながら、父の死は何がしかの社会的な意味をもっていたらしいことが察しられて、その点では私の気持ちも多少は慰められました。

めまぐるしかった大学生活を終えた私は、伯父の連れ合いが用意してくれた布団をかつぎ、山行をともにした従兄弟の車に乗せてもらって、気持ちも新たに、未知の生活の始まる能代の下宿に向かったのでした。

# 第六章　結婚

　能代女子校は、旧制高等女学校の歴史を受け継いだ伝統校です。私を含めて三人が大学を出たばかりの新人教員として赴任しましたが、職員構成をみると圧倒的に中高年のベテラン教師が多く、私たち新卒組は、教員としての基礎から指導してもらうことができました。

　T大の先輩が二人いて、この二人からは、教師としてのあり方などと同時に安い酒場のある小路や酒の飲み方なども教わり、それはそれで役に立ちました。

　デモシカ教師の典型と言うべき私にとって一番ありがたかったのは、校務分掌は一応割り当てられているものの、とにかく授業と授業の準備にほとんどすべての時間を充てることができるように配慮されていた点です。その年の九月に全県規模の国語研究会が能代女子校で実施される予定になっており、公開授業を行う三人の教師のなかに私も組み込まれていましたから、そういう意味でも私の授業に対する学校側の心配りが行き届いていたのでした。もちろん、学級担任はありませんでした。

　研究会が無事終わった後、私には時間的にも精神的にも多少のゆとりが生まれましたので、私は、国語教師として必要な書物の読破に多くの時間を割くようにしました。教科の実力をしっかり身につけることに専念したのです。『源氏物語』の全文を初めて原文で読みとおしたのもこの時期でした。

二万三千円の給料を毎月安定してもらえるようになって、月賦ながら新しいスーツを買えるようになりましたし、書籍類をツケで購入できるようにもなりました。赴任から半年余りの間、私は山に一緒に行った従兄弟から譲ってもらった一張羅を身に着けて毎日出勤していたのでした。

女子校に来た若い教師ということで、生徒たちからは好奇心あふれる眼差しで迎えられました。初めてのこととて、授業がうまくいかない場面も少なからずありましたが、そんなときは、生徒たちの方が気を利かして教師の不足分を補ってくれました。能代女子校は、基本的にお嬢さん学校と言ってよかったと思います。

能代市は、秋田第一高校の英語部で一緒し、私の入院中に『神曲』をプレゼントしてくれた黒江英明の郷里で、勤務先から徒歩五分の私の下宿は、彼の父君が紹介してくれたものです。

その下宿に、休日になると時どき生徒たちがあそびにやって来ました。ほとんどは日中にグループで訪れるのですが、例外的に、夜に単独で訪ねて来る生徒が一人いて私もいささか戸惑いました。モンローウォークのその生徒は夜の海が好きで、私は何度か彼女と一緒に深夜の海岸に出かけました。

市街地から海辺まで二キロほどありますが、その半分以上は烈しい飛砂から街衢《がいく》を守るための松林になっています。江戸時代末期に先人が植林したものと聞いています。赴任した年の大型連休の頃から、その松林のなかの細道を抜けて浜辺に出るのは私の散歩道になっていましたから、多少の月明りさえあれば歩行には困らなかったのですが、自分が授業に出ているクラスの女生徒と夜半に連れ立ってというのは、やはり男性としての私を興奮させたものでした。

半年ごとに腎機能の定期検査をという畑中医師の指示を私は忠実に守りました。私の爾後の将来がそこにかかっているのですから、面倒臭いなどとは言っていられませんでした。幸い、夏休みと冬休みを利用して受けた結果に異状はなく、体重も徐々に上昇傾向を見せて、私は次第に健康への自信を回復していきました。

新卒組三人のうち、私以外の二人は就任二年目には学級担任をまかされましたが、私は、希望してはずしてもらいました。にわか教師の私はまだクラスを受け持つだけの力が身についていませんでしたし、若干はまだ体力面での心配もないわけではなかったのです。

二年目になると前年の経験が生きてくるので仕事の上ではいくらか余裕が出てきました。分掌上の仕事は多少増えましたが、担任するクラスのない私は前年とほぼ同様に授業以外の時間を確保できました。

私は引き続き読書に励むとともに、学生時代に書写した「大蔵虎寛本」の活用についても考えてみました。卒論で「虎寛本」の代名詞をまとめていましたので、そこを出発点に日本語の代名詞の歴史を整理してみるのもおもしろいのではないかと考え、夏休みに入ったあたりからその準備にも手をつけ始めました。具体的には、奈良時代の文学作品に出てくる代名詞を一つ一つ抜き出してそれをハガキ半分大のカードに書き取っていくのです。単調な作業ですが、国語学の最初は単純作業から始まることを大学で学んでいましたので別に苦にはなりませんでした。ただ、年数はかなりかかりそうなので、果たして論文という最後の形まで到達できるかどうかは、正直、自信がありませんでした。

二年目は、ごく自然に労働組合運動にもかかわっていくようになりました。管理職を除く全員が組合員で、能代女子校では組合運動が結構活発であったのです。

義務教育の場で働く人たちの組合は日教組（日本教職員組合）ですが、高校の教職員で組織しているのは日高教《にっこうきょう》（日本高等学校教職員組合）です。能代女子校には、私が赴任する前の年までその日高教の中央役員をしていた社会科教師が勤務していて、東大出のその教師が能代女子校分会の組合活動をリードしていました。革新党の党員だと噂されていましたが、何党であろうと、最終的に生徒のためになる活動であれば前向きにそれに参加していくべきだと私は考えましたので、都合さえつけばそうした活動にも積極的に参加していきました。事情が事情であったとはいえ、学生運動にほとんど参加しなかった者のコンプレックスのようなものがはたらいていたのかも知れません。

赴任した当初から、私は、生徒たちの部活動の一環である点訳クラブの顧問を命じられていましたが、私の前任者がこの組合活動家で、私は、障害者の問題を考えるうえでも革新的なこの社会科教師の影響を少なからず受けていました。

入院中に『神曲』をプレゼントしてくれた黒江英明から突然電話がかかって来てびっくりしたのは、就任三年目に入った夏休み直前の夕刻でした。アメリカの宇宙船アポロ十一号が月面に到着し、月面からの生中継がテレビ画面を占領していた時期です。私も、空き時間を利用して宿直室に赴き、その時々の場面を自分が受け持っているクラスの生徒たちに伝えたりして、教育とは別のところで興奮していた当日でした。

北海道開発庁に勤務し、現在の赴任地は札幌になっている黒江からの用件は、たまたま出張で秋田市に来たついでに実家の能代に立ち寄ったから、明日の晩飯を市内の料理店で一緒に食べようというもので、店の名も指定してきました。

予定も何もなかった私は、『神曲』を贈られた時以来となる旧友との出会いを楽しみに、翌日の勤務終了後、指定された老舗の割烹に出かけました。

慮外のことに、黒江は一人ではありませんでした。笠原理絵を伴っていたのです。理絵は、私が泌尿器から佐久間内科に移って療養していた当時よく見舞いに来てくれた実習生三人仲間の一人で、T大の看護学校卒業後、希望どおり秋田市内にある保健婦学校に進学し、そこで一年間勉強して保健婦と助産婦の資格を新たに取得、現在は能代保健所勤務の保健婦として働いているのです。理絵が能代女子校の卒業生であることもあって、私もそうした消息をまったく耳にしないではありませんでしたが、理絵に特別な関心をもっていたわけでもありませんでしたから、私のベッドの枕元で世間話をし合って以後、会ったことは一度もありませんでした。

その理絵と黒江は能代第一中学校で同級生でした。能代一中の生徒会は、市役所組織をまねて会長は市長、副会長は助役と呼ばれる慣わしになっていたそうですが、三年次には黒江が市長、理絵が助役という立場にあったそうで、そういう関係でも二人は結構親しくしていたようです。

たまたま能代に帰省した黒江は、中学校の友達である理絵と、高校で同じクラブ活動をした私を引き合わせることを考え、そのとおりに実行したというわけです。黒江が時おり見せるあそびごころのようでした。

先着の二人とほぼ三年ぶりに再会してその場は大いに盛り上がり、二次会ももたれました。黒江も私も結構酔っぱらったのですが、理絵はあまり飲めない質《たち》らしくて、アルコールの方は最初の乾杯を付き合った程度でした。適宜あいづちを入れるものの、多くの時間は男どもの聞き役にまわって喜んでいるふうでした。いくらか化粧しているらしくて、学生時代よりはあかぬけた印象でした。

大学病院で私のベッドの枕元に来てくれた三人の実習生のうち、私は、東大病院の看護婦になって行った女性に一番こころが惹かれていました。さらに順番をつければ、その次が仙台のお嬢さんで、理絵は最下位という具合でした。

東大病院の看護婦とは私が能代女子校に赴任してからも文通していますが、すでに二年半が過ぎて手紙のやりとりは間遠になりつつあります。お互い仕事で忙しいという要素も小さくありませんが、距離が離れすぎているというのが最大のネックになっていました。要するに、二人の関係は距離に左右される程度のレベルにすぎなかったということなのです。

学生時代より洗練された雰囲気の理絵に私は新鮮な感動を覚えましたが、その当時、私は秋田県南部の海岸部に位置する高校に勤務する女性教師とも文通を始めていました。組合主催の研究会で知り合った音楽担当の教員です。

毎年一月に、日教組と日高教は合同で全国規模の教育研究集会（全国教研）を開催します。黒江と理絵に再会する半年前に熊本市で開かれた集会に先輩の国語教師と一緒に四泊五日で参加したのですが、ピアノが専門のその女性教師も芸術部会に参加し、往復の車中や四泊の宿舎など五日間行動を共にしたのです。

研究会が終わって能代に帰って間もない時期に先方から手紙が届き、それをきっかけに、月に一、二度のペースで文通がつづいています。東大の看護婦は二ヵ月に一回以下ですから、手紙のやりとりの頻度は四倍ほどになるでしょうか。

——お互い、そろそろ結婚について考える年齢になってきたのかなあ帰路が同じ方向の黒江と理絵が親しげにタクシーに乗り込むのを見送りながら、私は漠然とそんなことを思ったものでした。

畑中医師の指示を守って、私は就職したその年に二回、二年目に一回腎臓の検査を受けましたが三回ともまったく異状がなかったので、三年目はもう検査を受けませんでした。

その経緯を畑中医師に電話で連絡すると、畑中医師はここまでよく頑張ったとほめてくれ、もう検査は必要ないだろうとつけ加えてくれました。私はようやく腎臓結核にさよならすることができたのです。私は、業病から解放されてひとり快哉を叫びました。

その折の電話で、私は、畑中医師がT大第二内科の教授に昇進したことを知りました。つまり、これまでの通称佐久間内科が畑中内科に衣替えしたのです。畑中医師の栄進は、もちろん本人の才能と努力の賜物であり、氏の人望の厚さの証明でもありますが、私にとっては、私の健康関係のバックアップ態勢がより強力になったという意味でとても幸運な出来事です。まったくの他力本願ながら、私は大いに意を強くしたものでした。

前年から持ち上がって二年生の学級担任となっていた私が、就任四年目の夏休みを利用して東北地方第二位の標高を誇る鳥海山《ちょうかいさん》への登山を試みたのには、私の体力回復が完全なものかどうか試してみたいという要素もはたらいていました。私にとっては初めての山でしたが、事前に従兄弟から日程やルートなどのアドバイスを受けてほぼそのとおりに実行することにしました。そのころ従兄弟は、秋田県内でも有数のクライマーズクラブに所属して、全国の岩場に挑戦していました。

鳥海山の標高は二千メートルを超えますが、一番楽なルートを選ぶと五合目まではバスで行けます。

自分の足で登り始めて程もなく、六合目をわずかに過ぎた辺りで私は、下山途中の文通相手と出会いました。熊本の全国教研で一緒になった音楽教師です。妹と一緒に頂上まで行って来た帰りでした。鳥海山の麓に広がる本荘市に生まれ育った二人は朝な夕なに霊峰を眺め、これまでにも何度か登頂を経験したとのことでした。

まったくの偶然に私はびっくりしましたが、彼女は、私とあいさつがわりの言葉を交わしているあいだに、妹とはそこで別れて私と一緒に再度頂上をめざす決断をしていました。もちろん、私の方にも否やの感情はありません。俗に言う〝魚心あれば水心〟です。

このルートでは誰もがそうするように、私たちは七合目の山小屋で一泊しました。真夏の登山シーズンとて小屋は満員状態でしが、小声で私語を交わすことは可能でした。私たちは、翌日の日程を忘れ、息が届くほどの近い距離まで顔を近づけながら夜遅くまでささやき合いました。

たわいもない話が多かったのですが、私には気になるところが一点ありました。彼女は二人姉妹の姉で、両親には家を継ぐことを期待されているのだそうです。姓は結婚相手の男性のそれに変わっても構わないが、家だけは受け継いで欲しいと親は希望しているというのです。

　私は彼女を具体的に結婚相手と想定していたわけではありませんが、そういう事情を背負った女性とはやはり結婚すべきでないと考えました。私には女性に子どもを産ませる力がありませんから、彼女と結婚すればその家はそこで断絶してしまうのです。結構旧家らしい家系を断ってしまうのは、当人や両親はもちろん、代々受け継いできたその家の先祖の皆さんに申し訳ないようにも思いました。

　私は、私の結婚の相手がかなり限定されざるを得なくなるのを鳥海山の夜の七合目で初めて現実のものとして受け止めたのでした。

　伯父から婿養子の話が持ち込まれたのは、頂上からの雄大な景色を楽しみ、体力の回復を実感してから一週間も経たないうちでした。秋田市内の老舗の旅館からでしたが、私は写真を見ることもなく断りました。理由は音楽教師の場合とまったく同じです。

　同じようなことが二度つづいて、私は、自分が結婚する際はまず自分に子どもができない事実を明らかにし、その点の理解を得てからでないと前には進めないと悟りました。と同時に、それはすごく厄介で億劫《おっくう》なことですし、できればその手間を省ける相手が一番好都合だとも考えました。そういう意味では、学生時代から私の病気のあらましを知っている理絵が最適だという結論が自然に導き出されました。

　黒江英明を含む三人で夕食をともにした後、私は個人的には理絵と会っていませんでしたが、私の勤務先で理絵と顔を合わせる機会は何度かありました。というのも、彼女は能代女子校のOGで、同窓会の仕事に携わっていましたから、その用で母校を訪れる機会も時おりあったのです。

高校二年生にとって最大の行事と言えば修学旅行です。毎年秋に実施される能代女子校の修学旅行は、奈良、京都など日本の古都を中心に見学するというオーソドックスなものでした。生徒たちは二年生になった当初からもうこの旅行を楽しみにしていましたし、私は初めての引率で多少緊張しましたが、旅行そのものは何の問題もなく終了しました。

たくさんの餞別をもらって来たらしい生徒たちと違って、私には土産を買わねばならない相手などいなかったのですが、たまたま奈良で昼食を摂った折、そこの売店で、鹿の角製の可愛らしいブローチを見つけ、理絵にと思って購入しました。

旅行が終わって三週間ばかり経った日の午後、同窓会の用件で学校にやって来た理絵と出会った折にそれを渡すと、そのお礼にと言って、三日後の日曜日に私を自宅に招待してくれ、その場で私は家族にも紹介されました。

理絵が三歳の時に父親が満州で戦死し、子ども達四人は、野菜や果物の小売業を営む母親の手ひとつで育てられました。大工を生業とする長兄が母親とともに家を守り、次兄は東京の大手証券会社に就職、姉は秋田市内で小学校の教員をしています。すでに全員結婚しており、それぞれに、理絵から見て甥や姪にあたる子どもを得ていました。末子の理絵は、誰にもまた何ものにも束縛されない環境にあったのです。

私の病歴はすでに知っていて、しかも跡継ぎ問題などにも責任がない、そういう意味では理絵は私の結婚相手としてすごく好都合のように私は思いました。特別愛情というほどのものを感じないまま理絵と交際していったのは、その「便利さ」に私が依拠したという要素が強かった結果でした。

その年の暮れに、私の職場の教務主任を通じてまた縁談が来ました。本人は、県内女子教育界においてつねに指導的な役割を果たしてきた秋田女子高校の卒業生で、添えられた写真を見るとなかなかの美人です。父親が、秋田師範で私の父親と同期であったという人物で、現在は秋田市内の中学校で校長職にありました。

美人という要素にはあまり気持ちを動かされなかった私も、私の父親と同期という点にはこころが動きました。私の父親の若い日の姿について聞くことができるに違いないと想像したからです。

私の父は師範学校を卒業すると同時に教職に就きましたが、三年後に専攻科に入り直してさらに一年間勉強し、その後で改めて就職しています。写真のお嬢さんの父親も同じような経歴をもち、専攻科でも私の父と一緒であったのです。

しかしながら、私はあまり日数をおかずしてこの縁談も断りました。美人のお嬢さんに私の病歴を説明しなければならないのがひどく面倒に思われたからです。

この面倒臭いという感情が、反動的に私を理絵に向かわせていきました。理絵という女性と接する時は、そうした感情とはまったく無縁でいられたからです。

父と同期生のお嬢さんとの縁談を謝絶してから旬日を経ずに、突然、伯父が私の職場を訪ねて来ました。珍しく背広にネクタイ姿です。何事かと思ったら、財産相続に関わる用件でした。

それまで私はまったく考えたこともなかったのですが、死亡してしまった父の相続権は私と私の実妹に受け継がれていることになります。伯父は、私にその相続権を放棄してほしい旨を伝え、ハンコを捺せばよいばかりになっている書類を携えていました。私はその周到さに伯父の意志を感じ、その場で、毎日出勤簿に押している印鑑を使って捺印しました。

父の生前から私は伯父を中心とする伯父の家族にはずいぶん世話になっています。現に、就職してからも年末年始の帰省先は継母のところではなく伯父の家で、継母と異母妹が暮らす家には〝あいさつ〟に赴く程度なのです。

一方、私の実妹は生まれた時から現在まで伯父の家で暮らしています。本来なら私の父が負わねばならなかった実妹の養育義務を伯父が百パーセント肩代わりしてくれているのです。

そうした過去と現状を顧みると、私はとてものことに伯父の申し出を拒否することはできませんでした。

私の即断に伯父はホッした様子を隠し切れていませんでしたが、明日にも同じように私の妹からハンコをもらうつもりであると私に告げ、縁談が来ているので本人に異存さえなければその方向で進めたいともつけ加えました。

私は、よほど条件が悪くないかぎり妹はその縁談を断らないだろうと想像しました。子どものころと違い、妹も今は社会人として分別を求められるようになっていますし、伯父の家のなかにおける自分の立場も自覚しているに違いないからです。

父が私たち兄妹に残してくれたものは何なのか反問したい気持ちもないではありませんでしたが、それが私と妹に与えられた人生だと思うしかないし、妹もそのように受け止めてくれればと私は願いました。

私の願いが適切なものであったのかどうか今でも正確な判断はしかねますが、結果的には、妹はその縁談を受け入れ、半年後に、私より一歳年下の会社員と結婚、その二年後には、夫の勤務の関係で福島県のいわき市に転住していきました。

在職四年で能代女子校から秋田農業高校の定時制課程へ転勤を命じられたのは、私にとってまったく慮外の出来事でしたし、周囲もかなり唐突な人事と受け止めたようです。

当時、大学を出たばかりの者は五年間は初任校から動かさないというのが慣例のようになっていましたから、私も、来年度は間違いなく持ち上がりで卒業学年の担任だと張り切っており、顧問をしている点訳クラブの指導についても新たな構想を練っていたのです。

当時の能代女子校の点訳クラブ員の活躍ぶりは特筆に値します。入部した一年目は点字を打つ練習が活動の中心ですが、二、三年生になると、小学生によく読まれる童話や物語類を手分けして点訳し、冊子の形に仕上げます。毎年、春にそれらの点訳本を携えて秋田市にある県立盲学校を訪問しますが、その際に、自分たちの製作した点字の書籍を寄贈してくるのです。

また、秋の文化祭には盲学校小学部の卒業生全員を招待し、合唱や器楽の演奏などを中心に楽しんでもらったり昼食をともにしたりしながら、さらに交流を深めます。

文化祭ではクラブの研究発表も行うのですが、私が顧問になった翌年のテーマは目の角膜移植でした。文化祭終了後、アイバンクに登録しようという動きが誰からともなく自然発生的に生まれました。ところが、そのころ秋田県内にはまだアイバンクがなく、調べてみると、隣県の岩手医科大学の眼科にすでに設置されていることが判明し、最終的に十四名の部員がそこに集団登録しました。

こうした活動は地元の新聞のほか、当時「女友《じょゆう》」の略称で多くの女子高生に愛読されていた『女子高生の友』という月刊の全国誌でも紹介されました。

その数年後に秋田県内でもアイバンクが設立されましたが、能代女子校点訳クラブの活動は、そうした機運のきっかけの一つになったように私は認識しています。

能代女子校からの転出先である秋田農業は秋田市の最北部に位置し、定時制の中心校はそこに同居しています。しかし、そこから北に一駅行ったI町に定時制の分校があり、さらにそこから二駅北上した八郎潟町にその分校の分教場があります。私の新任先はその分教場でした。農業高校の分校であり分教場でしたが、学科はどちらも普通科でした。

歴史と伝統を誇る全日制の普通高校から定時制の分教場への転任ということで、これは、組合活動をやった者に対する報復人事だという見方が職場の一部にありました。東大出の組合リーダーの話によると、全国教研参加者はそうした人事異動を強いられるケースが少なくないということで、私も、人事にはそんな要素もあるのかと妙に納得させられたような気分になりました。

たとえそこがどんな田舎でも、また、それがどんなに小さな学校でも、日本の児童生徒を教育する事実に変わりはないと私は自分に言い聞かせ、転出先への不満は抱かないよう努力して表面は冷静さを保っていましたが、結婚話が急速に具体化した点にはいささかあわてました。

そのころになると、私は、自分が結婚するのは理絵だろうと漠然とながら思い定めていました。東大病院の看護婦との文通はますます間遠になっていましたし、音楽教師とは、文通は続いているものの、結婚の相手として遠慮すべきと決めていました。今後新たに来るかもしれない縁談にはすべて断りを入れるつもりですから、結婚するとすれば私には理絵以外にいないのです。

とは言っても、当時の私には、ここ一、二年のうちに所帯をもつという考えはまるでありませんでした。もっと独身生活を楽しみたいという気持ちもありましたが、経済的にとてもそこまでは考えられなかったのです。就職して給料を貰うようになって、書物は多少増えたものの、下宿住まいの私には所帯道具と呼べるものは何ひとつありませんでした。

ところが、私の転勤が発表になると、理絵の側が急に積極的になりました。理絵自身もさることながら、母親がとても熱心だったのです。

女手ひとつで育ててきた四人の子どものうちすでに三人はちゃんと身を固めており、三十歳まであまり遠くない末娘も早く結婚させてしまいたいと希望しているらしいのが感じ取れますし、私が能代市を離れてしまうことになるという点も大きな比重を占めているのが私には見てとれました。

私には、それは普通の母親のごく自然な感情であることがよく理解できました。もちろん、理絵自身にも、これを機に結婚をという希望が急速にふくらみ始めたようでした。

私には、結婚にあたって諒承を得なければならない人は誰もいませんからそういう意味では簡単です。急に発令された転勤で慌ただしく事務処理に追われるなか、私は理絵との結婚を決意しました。

# 第七章　留学生

私と理絵の新居は、理絵の兄が見つけてくれたI町の小さなアパートです。理絵は相変わらず能代の保健所勤務ですし、私の主な勤務場所もI町よりは二駅能代に近い八郎潟町にあるのですが、慌ただしい家捜しで八郎潟町内に適当な物件が見つからなかったというのが最大の要因です。

赴任してみたら、一週間六日のうち五日は八郎潟町内の分教場ですが、一日はI町内の分校勤務になっていましたし、I町の方が秋田市に近いので、私としてはむしろその方が何かと便利だと内心喜んだものでした。

住まいの方はそれでよかったのですが、困ったのは、私の担当する授業の教科目です。

秋田農業の定時制課程への転勤が決まって一週間ばかり経った後、私は慣例にならって、中心校に常勤している定時制担当の教頭のもとにあいさつに赴きました。そこで初めて私の持ち授業が示されたのですが、英語と数学がほとんどで、国語はほんのわずかしかありません。私が、自分は国語科教員の免許しか所有しておらず、英語や数学はまったく門外漢でとてもそれらの教科で教壇に立つことなどできないと訴えると、教頭は、定時制ではそんなに真面目に考える必要はない、英語も数学もあなたの解るところだけ教えてもらえればそれで構わない、と発言しました。

私は唖然としました。学校教育は、定められた教育課程に則り、資格をもった教員がその専門性を生かして児童生徒の指導にあたるというのが大原則です。資格のない者が自分の解るところだけ教えるというのは教育でも何でもありません。

私はその点を強く主張したのですが、教頭は、定時制というのはそういう曖昧模糊としたところが特徴なのだからと繰り返して、結局、私の意見はまったく取り入れてもらえませんでした。つまり私は、生徒たちから見れば英語教師、数学教師になってしまったのです。

週に一日、兄貴分の分校の方から社会科教師が手伝いに来ますが、分教場専任の教師は三人しかおらず、二十代の私を除けば、五十代の主任は農業専門、四十代の中堅教師は国語専門という構成でしたから、私に国語の授業が割り当たる可能性はもともとほとんどなかったというのが実情でした。

専任が三人しかいないので、三日に一回の割で宿直勤務がありました。

そもそも、理絵は日勤で私は夜勤ですから普段から擦れ違いの生活になっているのですが、さらに三日目ごとに私の宿直が加わりますから、夫婦といってもかなり不便な生活を余儀なくされます。わが家にはまだ電話もありませんでしたから、必要なことは万事メモにして意思の疎通を図りました。理絵と私の間でいつまでも新婚気分が続いたのは、こうした勤務状態がかえってプラスにはたらいた結果でもありました。

日中が暇な私は、読書で時間をつぶすとともに、卒論を受け継ぐ代名詞の整理にも精を出しました。ただ、どうしても運動不足になるので盛んに散歩に出かけました。借家から一分も歩けばあとは水田を中心とする田園地帯なので、歩くコースには事欠きませんでした。

赴任して半年ほど経った頃、生徒の一部が、クラブ活動として空手をやりたいと希望し、一番年の若い私が顧問に任命されました。

最初の一ヵ月はただ見ているだけだったのですが、それでは退屈ですし時間がもったいないとも思って、私自身も空手着を購入して部員たちと一緒に稽古に参加しました。生徒は全員八郎潟町内に在住しているので帰宅時間にあまりこだわらず、稽古の終わりが延びてしまう場合も少なくありません。そうなると私は終列車に間に合わなくなってしまって、二駅分をタクシーで帰るのが常でしたが、空手は私の運動不足解消に大いに役立ってくれました。

私は、五年間夜間定時制を経験しましたが、三年目に理絵は秋田保健所に転勤になりました。私たちが居住している町からは能代市よりも秋田市の方が近いので、理絵は多少は通勤が楽になりました。

八郎潟町の分教場で五年間の夜間授業を経験した後、私は、男鹿《おが》半島の付け根に位置する昼間定時制の分校に配置替えになりました。課程は定時制で生徒は卒業まで四年間かかるのですが、授業はすべて日中に行われるので外見は全日制と変わりません。

当時、秋田県内では高校再編計画が進んでおり、この分校を核にして工業高校を新設する計画が進行中でした。その一環として、そこに勤務する職員を順次全日制扱いするという措置が取られており、私もその第一期の一人とされましたので、勤務形態のみならず身分上も全日制の職員と同様になったのです。ちなみに、定時制職員には定時制通信制手当というものが本俸の十パーセント加算されますので、身分が全日制のそれとなってしまった私は、定時制時代より一割減俸になったような印象でした。

加えて、居住しているI町から新任地に通うには交通の便がきわめて悪く、私は理絵と相談のうえ、配置替えの発令と同時に自動車の運転免許取得に取り組み、免許が手に入った時点で軽乗用車を購入してそれで通勤しました。

運転免許取得のため自動車学校に通っているとき、秋田第一高校の同級生と一緒になりました。彼は普通免許はすでにもっていたのですが、急にバイクに興味が湧いて、そのための免許を取りに来たのです。

話し好きのその同級生は、問わず語りに他の同級生の消息についても触れ、そのなかに、私がT大病院に入院していた当時、同じ病院の外科で勉強していた二人の同期生も含まれていました。一人はそのままT大の消化器外科の勤務医として仙台に残り、もう一人の野々村という同級生は、T大卒業後、新設間もない秋田大学医学部の胸部外科の勤務医として帰秋しました。

この時期、T大の畑中医師が第二内科の科長から付属病院の院長に昇進し、その三年後にはさらに医学部長に栄進しました。そうした人事は秋田の地元紙の記事にもなりましたので、途切れ途切れながらT大医学部への私の関心は継続していました。

そうした状況のなかで私の同期生の動静も耳にしていたのですが、野々村の結婚相手までは承知していませんでした。

バイク好きの同級生の話によれば、野々村の妻は、私の父の手術をした県立病院の外科部長の長女でした。私は、父親の死は手術ミスだと信じて疑いませんが、そのお嬢さんが同級生の細君になっているのです。私は奇妙な巡り合わせに驚きましたが、むろん、そうした経緯は一切口にはしませんでした。こちらが損害賠償や慰謝料の請求訴訟を提起してもおかしくないようなミスをおかしたのはあくまでも外科部長であり、その子どもや子どもの配偶者にはまったく関係がないのです。私は、私のこころのなかだけでその事実を父に報告したのでした。

配置替えで赴いた私の新しい職場は生徒数も職員数も多く、担当授業は国語だけで、私は、ずいぶん久しぶりにちゃんとした国語教師に戻ったと実感しました。ただ、夜間定時制と違って、日中自由に使える時間が少なくなり、代名詞のカード作りも思うように進まなくなりました。同時に、大学を離れて十年も経ってしまってなおこのような作業に甘んじているのでは、とてものことに学問のスピードに追いついていけないのではないかとの疑念にもとらわれました。そのころ、私の書写した「虎寛本」が文庫本の形で活字化されたこともそうした疑念を広げるはたらきをし、私は、国語学という学問から次第に離れていく自分を意識しました。

昼間定時制の勤務は二年間だけで、三年目には秋田女子高校に転勤になりました。

この異動は私にとっては意外でしたが、職場の同僚から見ても異例のようでした。ある先輩教師の言によると、秋田農業の定時制から秋田女子校に移る場合は、まず定時制の分校から中心校への配置替えがあり、次に、秋田農業内で定時制から全日制へ昇格、そこで何年間を過ごした後に秋田女子に移るのだそうです。

旧制秋田高等女学校の伝統を受け継ぐ秋田女子高校は県内ではもっとも歴史と伝統のある女子教育機関で、毎年、そこへの転入希望者は百人にものぼるが、そこからの転出希望者はゼロだとその先輩教師はつけ加えてくれました。

私の方から秋田女子校を希望したわけではありませんが、とにかくそこへの転勤が決まって、私は、これで十二年ぶりにようやく生まれ故郷に帰れると喜んだものでした。

理絵も私も秋田市内での勤務になって、I町に居住していなければならない理由は何もなくなりました。早速借家探しに奔走しましたが、なかなか気に入った物件が見つかりません。

そうしているうちに、理絵の実家の方から、新聞広告に出ていた建売住宅を購入したらどうかという話が入りました。秋田市内の中心街衢《がいく》からは少し外れますが、閑静な新興住宅地の一軒家です。頭金を含む資金面での不安があって躊躇していると、とりあえずは理絵の実家で面倒みてくれるということになり、私たちは一も二もなく小さな庭付きのその戸建ての購入を決定して早々に転居しました。ここでも妻の実家の世話になって、私はいささか面目なかったのですが、せっかくのチャンスだからと思ってその好意に全面的に甘えたのでした。

新居は、私の継母と異母妹が暮らしている家まで歩いて十分ほどの距離にありましたので、散歩の途中に立ち寄るなど、ごく自然なかたちで行き来が復活しました。私が秋田市を離れている間も、別に義母との関係が断絶していたわけではないのです。

ただ、私たちが新居に移って程もなく、異母妹がシングルマザーになりました。結婚を前提にして交際していた男性の子どもを産んだ後で、その男性は自分の両親の強硬な反対にあい、異母妹との関係を絶ったのです。子どもの認知も拒否しました。私は、法律的な解決の道を助言したのですが、妹は、もうその男の顔を見るのも嫌だし話もしたくないと言ってそのままになってしまいました。

異母妹は一年後に、小さな建築会社を経営している別の男性と結婚しましたが、自分の連れ子を実子としてその男性の戸籍に入れてもらえるということが最大の要因になったものでした。甥子が父親のいない子ではなくなって、私はそれはそれで安心しました。

実は、私は甥子の実父に一度だけ会ったことがあります。甥子が生まれたと聞いて駆けつけた産院にたまたまその若い父親が居合わせたのです。若者は、出産費用として二十万円かかるが、今は五万円しか持ち合わせがない。とりあえずその五万円を置いていき、明日には残りの十五万円を持って来ると約束して立ち去ったのです。むろん私は五万円をすぐ産婦に渡しましたが、結局は、その後何の音沙汰もなく過ぎてしまったのです。

五万円を受け取る時、私は甥子の実父の氏名も住所も確認しましたから、連絡を取ろうと思えば取れたのですが、甥子の母親がいろいろ迷っていましたし、新たに結婚した相手が、妹の連れ子を実子として入籍してくれましたので、その必要性もあまりなくなってしまいました。変に騒ぎ立てて、甥子が自分の父親は他にいるという事実を知るようになれば、それはかえって本人の不幸につながるのではないかと私は危惧したりもしたのでした。

新任の秋田女子高校で私は赴任当初から一年生の担任を命じられ、弓道部の顧問に任じられました。弓道などまったく縁のなかった私は、定時制での空手のときと同じように自分でもやってみることにし、町道場に通って本格的に取り組むことにしました。

一方で組合役員の末席に連なり、定時制時代に比べればはるかに多忙になったのですが、その忙しさはどちらかと言えば肉体的なもので、精神的には特別きついと感じたことはありません。というのも、当時の秋田女子校は古き良き時代のお嬢さん学校の雰囲気をまだ残しており、教師はそれだけで尊敬の眼で見られるという風情が残っていたからです。

初任の能代女子校にもそうした要素はあったのですが、歴史も伝統も学力もすべて秋田女子の方が一枚上でしたから、教師側かみるとよりやりやすかったのです。早い話、教師に足りないところがあれば生徒の方で黙ってそれを補ってくれていたのでした。

私がちょっとばかり俳句に手を染めたのは、秋田女子に赴任した年の秋も深まったころです。代名詞の調査はどこまでいけば区切りになるのか判然とせず、かりに区切りを見つけて整理したとしても、それを発表する具体的な場を思いつかない私は、秋田女子に転勤した時点で、それまで十年近く続いた私の卒論の延長戦に完全に終止符を打っていました。学問の世界とは決別し、教育界で頑張ろうという気持ちがようやく固まってきていたのですが、それだけではどこか淋しさを補い切れないという気持ちが俳句に興味をもつきっかけになったように思います。

私は、国語科の親睦小旅行で男鹿半島に出かけたときに得た一句を、たまたまその時期に地元新聞社で主催した全県俳句大会に応募しました。

投句から発表までの期間が長くて、投句したこと自体を忘れかけていた晩秋の日曜日の夕刻、私は見知らぬ老紳士の訪問を受けました。その紳士は、その日行われた俳句大会で私の句が講師の特選一席に選ばれたことを私に知らせ、住所が近いからということでその賞品をみずから進んで預かってきたいきさつを語りました。思いもよらない事態に私はびっくりしましたが、紳士から、自分は俳句結社をもっているが、よかったらそこに加入してみないかと誘われると、私はその場で参加を決めました。何かしら創作活動に携わってみたいという気持ちが漠然とながら私のなかにはあったのです。以後、私は毎月一回開かれるその結社の例会に欠かさず出席するようになりました。

秋田女子校は海外留学の盛んな学校でした。私が赴任する以前から何人もの生徒がＡＦＳ（American Field Service）という機関を利用して主にアメリカ合衆国に留学していました。ところが、交換留学が原則のＡＦＳを頻用しているのに、秋田女子ではそれまで一人の留学生も受け入れたことがなく、私が赴任した年の翌年二月にアメリカから来日する女子生徒については、ぜひとも引き受けるようＡＦＳ本部から強く要請されていました。

受け入れの最大のネックになっているのはホストファミリーの確保です。例えば、ロータリーを利用しての留学の場合は三ヵ月単位でホストファミリーが交替しているようですが、ＡＦＳの場合は原則として一年間と決められており、一年を通して留学生を預かってくれる家庭がなかなか見つからないのです。

学校側では生徒やＰＴＡなどを通じていろいろ働きかけましたが、引き受け手が現われません。追い詰められたかたちの校長が、職員会議で実情を報告し、秋田女子の職員のなかで誰か手を挙げてくれる者はいないかと呼びかけました。

高校生の時分に英語クラブに所属していた私は、もともと留学には無関心ではありませんでした。家宅も新築したばかりですし、子どもがいないので部屋も空いています。勤務先の職場が困っているのですから、自分にできることはやるべきだとも思って理絵に話すと、理絵は、おもしろそうねと言ってすぐに賛成してくれました。

こうして、シカゴ生まれのスーザンという十八歳の可愛い女の子が、二月から急遽わが家の一員になったのでした。

年度が変わるまでの短期間、スーザンは、朝は私の車に同乗して登校し、帰りはバスを利用しました。所属学級も私の担任しているクラスでしたが、家でも学校でもすべて一緒なのは本人にとってもホストファミリーにとってもストレスがたまりますので、二年生に進級する四月のクラス替えを機に、スーザンは水町陶子《とうこ》という英語教師が担任するクラスに移動しました。

季節に合わせて通学方法も自転車に変えた結果スーザンの行動範囲も大幅に広がり、級友や、希望して加入したソフトボール部の仲間などから誘われるまま、よく喫茶店などにも足を運んでいるふうで、ホストファミリーとしてはそれなりに安心もしました。

水町陶子と私は同じ二年部の所属ですし、それぞれが、隣り合った互いのクラスの授業に出ていますから仕事上のやりとりも少なくありませんが、さらに学級担任と保護者という関係も新たに加わって、二人が接触する場面はいちだんと多くなりました。

秋田女子校の卒業生である水町陶子は、年齢は私の二つ下ですが、早生まれのため学年は一つしか違いません。一学年上の兄がいて、奇遇にも、その兄は秋田第一高校で私と同期ですし、学部は違いますが、一年浪人してT大の工学部に入ったので、大学も同期ということになります。高校時代も大学時代もまったく交流がないまま過ごし、お互いその存在すら知らなかった同期生が、一方の妹を介して消息を交換し合う結果になったのです。

陶子の兄は、T大卒業と同時に全国ネットのテレビ局に勤務し、東京本社で技術畑の仕事に従事しています。ジャーナリズム関係に憧れたことのある私は、テレビ局と聞いただけで羨ましく思ったものでした。

そうした関係もあって、私はなんとなく陶子に親近感をもつようになりましたが、その後さらに、陶子の父が師範学校で私の父親の二年後輩に当たり、バスケットボールをやっていた先輩として私の父を記憶しているという話を伝え聞いて、私はますます水町陶子に関心をもつようになりました。

どこかに母性を感じさせる陶子がまだ独身であるという事実も、男としての私には、関心を引かれる大きな要因になっていました。

どこの高校に赴任しても、二年次の最大の行事は修学旅行です。私の気持ちが急速に陶子に傾いたのは、この年の秋に京都、奈良を中心にまわった秋田女子の修学旅行を通じてでした。

実は、旅行に出発する二、三日前から、私は風邪気味で微熱がありました。大事をとって受診した掛かりつけ医では、出張はやめた方がいいでしょうと言われましたが、学級担任が風邪で修学旅行の引率を取りやめるといったことは許されるはずもありません。

秋田女子は学年十クラスありますが、修学旅行の際はそれを三、四、三クラスの三つの班に分け、三日間で順次出発していくシステムです。私のクラスは第一班で、担任三人のほかに学年主任と共通担任一人、つまり引率者は合わせて五人で余裕がありませんから、学級担任は何が何でも参加する必要があるのです。私は、T大の医学部で畑中医師と同期であったという私のホームドクターにお願いして風邪薬を多めに処方してもらい、定められた手順に従ってとにかく出発しました。

旅行初日は、秋田から特急〈白鳥〉に乗車して京都に到る約十時間の列車の旅です。私の具合がよくないことを知っているスーザンは、酒田を過ぎたあたりで隣の車輌から私を見舞いに来ましたが、見舞いはそれ一回きりでした。きっとクラスメイトと楽しく過ごしていたのでしょう。

酒田を過ぎると、スーザンの代わりのように水町陶子が何度も見舞いに来てくれました。スーザンから事情を聞いたのでした。全身のだるさが抜けなかった私は、陶子の訪問でずいぶん気がまぎれ、富山を過ぎたあたりからは、隣接する車輌のデッキ付近ばかり眺めているような状態でした。

京都、奈良は秋田より暖かいせいでしょうか、目的地に入ると同時に私の風邪は急速に回復し、三日目の朝には通常の健康状態に復して、私の気分もすっかり軽くなりました。

その朝、着替えている時にワイシャツの袖のボタンが取れて床にころがりました。ワイシャツは他にも準備していたのですが、取れたボタンを陶子に頼んで縫いつけてもらおうと咄嗟に思い付いたのは、この、気持ちの軽さのなせるわざであったかと思います。陶子は、ちょっと待ってねと笑顔で言って、持参した携帯用の裁縫道具でたちまちのうちに私のボタンを取り付けてくれました。

私が財布をスられたのは、翌日の午後、法隆寺の正門前の土産物売り場をひやかしているときでした。日射しもあって暖かく、脱いだ背広を片手に持って歩いていましたから、内ポケットから紙幣入れの上端が覗いていたようです。バスに乗ってから盗難に気づいた私はあわてて露店街に戻ってみましたが、もちろんもうどこにも見当たりはしませんでした。

出発前、生徒たちにくれぐれも盗難には気をつけるようにと話していた手前、私は自分の失態を誰にも明かすことはできません。しかし、紙幣を無くしてしまった私に残っているのは小銭だけで、まだ旅程が三日残っていることを勘案すると心細いかぎりです。

その夜、私がひそかに陶子に事情を告げると、陶子はドジな方ねと言ってころころ笑い、私の希望した額をすぐに貸してくれました。

間抜けなところを二度、三度と見せてしまって、私は妙に陶子に甘えの感情を抱き、陶子の方はどこか私に安心感をもってくれたようでした。

留学生が来たらできるだけ秋田の自然を楽しんでもらおうというのは妻の理絵と事前に話し合っていたことです。五月の連休を利用して、国定公園である男鹿半島を一周しましたが、その時から、秋には十和田八幡平国立公園に連れて行こうと決めてもいました。

実際にスーザンを紅葉真っ盛りの十和田湖と八幡平に連れて行ったのは修学旅行から戻って二週間ばかりのころでした。日程としてはきつかったのですが、その時期を逃すと紅葉は楽しめないのでしょうがなかったのです。

私が、せっかくの機会だからと陶子を誘うと陶子はすぐに応諾し、理絵も賛成して、四人による小旅行が実現しました。

みちのくの奥深くの紅葉を存分に愉しんだのはよかったのですが、帰路は大変な渋滞に巻き込まれてしまい、青森駅が終着の観光バスも大幅に遅れてしまって、予定していた最終の列車に間に合わなくなってしまいました。泊まるしかありません。

ホテルや旅館はどこも満員状態でしたが、ようやく駅裏の古びた小さなホテルにツインを一部屋を確保することができ、女性二人をそこに押し込むとともに、私は、ホテル側に強引に頼み込んでロビーのソファアで一夜を明かさせてもらいました。

好意で貸してくれた毛布にくるまりながら私は眠れない夜を過ごしましたが、気がつくと、想いはいつも陶子に及んでいて、私はあわててそれを打ち消しにかかったものでした。

当初からの計画どおり、スーザンは一年きっかりで秋田を離れました。来秋時の飛行機と異なり、ＡＦＳでは、離秋時は列車を用意していました。

当日の朝、発車時刻が授業時間帯に重なっていたにもかかわらず、学校側の配慮でスーザンの同級生全員が、駅頭で見送りました。むろん、担任の陶子や校長など学校側の関係者、市内在住のＡＦＳを利用した留学経験者、それにホストファミリーである私たち夫婦など、大勢の見送り人がスーザンとの別れを惜しみました。

妻の理絵がスーザンのネックレスに眼をとめ、事情を聴いて短く陶子に礼を述べた場面での理絵の笑顔はつくりものになっていました。真珠のそのネックレスは、日本に滞在した記念にと言って、イアリングとセットにして一週間ばかり前に陶子がプレゼントしたものです。プレゼントの件については、事前にその相談を受けていたので私はその事実を知っていましたが、スーザンはそのことを理絵には知らせていなかったようでした。

一年間の滞在ですっかり秋田贔屓《びいき》になっていたスーザンは、眼に大きな涙を浮かべながら、大きく手を振って秋田の地を離れ、故郷のシカゴに向けて旅立っていきました。

列車の影が完全に消え、関係者とのあいさつも済ませて駅の外に出た私は、スーザンは私と陶子を出会わせ、二人の関係を確実に深めてくれた存在であったのだと、ひとり顧みたのでした。

# 第八章　テスティング

私の秋田女子校勤務は四年間だけで、その後、新設三年目の秋田広陵に転勤となりました。この時期、秋田市内の急激な生徒増に対応するため、二つの普通高校の新設が急ピッチで進められていました。その最初の方が秋田広陵です。対象として考えられているのは主に秋田市内在住の生徒ですが、地価の関係などもあって、校舎が建設されたのは秋田市の最北部に隣接する町のもっとも南側の一画でした。

新設校なので県内各地から三年計画で順次スタッフが集められ、私はその最終年度の一人として赴任したのです。

といっても、別に私が秋田広陵を志願したわけではありません。秋田女子を出て定時制課程に移りたいと希望したら結果は秋田広陵であったというのがその経緯です。

秋田女子校は教員のうちでは大変人気のある職場で、転入希望者は毎年百人にものぼるのに転出希望者は一人もいないと言われているというのは先述しました。出たいという私の希望が一発でかなった所以《ゆえん》です。ただ、新しい職場が全日制の、それも、多忙が予想される新設の普通高校という点はまったく予想外でしたが。

私にとっても秋田女子は魅力的で楽しい職場でした。しかし、大小二つの理由があって、私は他の職場へ転勤したいと希望するに到ったのです。

小さい方は、弓道部の顧問にかかわる問題です。弓道というのはスポーツのなかではやや例外的な要素をもった種目で、指導者もあまり多くありません。秋田女子でも、長い間、体育の教師を含めても経験者は一人も担当したことがなく、技術的な指導は百パーセント外部コーチに頼っていました。

私が顧問を命じられていた当時のコーチは、夫婦そろって弓道の専門家という、その方面では名の知られたカップルの奥さんの方で、錬士六段の称号を有していました。夫君の方は教士八段で、こちらは秋田第一高校のコーチを長く務めていました。

秋田女子に転勤すると同時に弓道部の顧問に任じられた私は、ただ見ているだけではつまらないので、二年目からは私自身もこの夫妻が主宰する個人道場に通い、翌年には二段の免状をもらうところまで漕ぎ着けました。高校生が在学中に取得できる段位は二段までですから、そういう意味ではとにかく生徒並みになったことにはなります。

当時、県民体育大会の弓道競技会の一般の部は三段以上と二段以下の部に分かれて実施されていました。私が、師匠の勧めに従って二段以下の部に出場してみたところ、三位に入賞して賞状をもらいました。私の人生全体を通じ、スポーツで得た賞状はこれだけなので、思い出深い一枚として今でも保存しています。

それはそれとして、学校で依頼しているコーチのもとに、個人的にせよ、私が弟子入りしたのは結果的にマイナスでした。コーチ夫妻は、私を秋田女子校の弓道部の顧問としてよりも自分の弟子として見る度合いが強くなり、私に、技術以外のさまざまな点についても指示するようになったのです。

学校における部活動というのは教育の一環です。しかし、教育の場に身を置いた経験のない夫妻には、教育的にみてどうかと思われる言動も散見され、私は苦い思いでそれを見ていたのですが、自分の師でもあるコーチに私は強く抗議したり申し入れしたりする勇気を持ち合わせていなかったのです。

私は、そうした事情を校長に話して顧問をはずしてもらうようお願いもしたのですが、有段者にもなったのだからぜひその経験を生かしてさらに頑張ってくれと逆に説得されてしまいました。

学校と師匠の狭間に追いつめられた感じの私は、一番簡単な方法としてその場からの脱出の道を選んだのです。その背景には、実は、小説を書いてみたいという気持ちがはたらいており、そちらが大きな方の理由ということになります。

スーザンが秋田を去ったのは二月ですが、その一ヵ月前に、私の短編小説が地元新聞社主催の新年文芸コンクールで第二席に入っていました。十五枚ほどのごく短いものでしたが、全文が新聞に掲載されました。私にとっては、活字になった最初の小説です。賞金も少し出て私は大いに気をよくし、スーザンも「スバラシイ」と喜んでくれたものです。

俳句は俳句でつづいていましたが、小説が二席に終わった事実にどこか悔しさが残っていて、一年置いた後、つまり、秋田女子から転出することになった年の正月にまた同じコンクールに応募しておいたら、運よくそれが第一席に選ばれました。選者は、芥川賞受賞の経歴をもつ純文学系の実力作家なので、私のなかには何か自信めいたものが生まれました。

と同時に、私は、自分を表現するのに適した文学形式は俳句ではなくて小説かもしれないと思い始め、少し真面目に小説に取り組んでみようかと思案したのです。そうした時期が教職員の異動期と重なって、私は、比較的自分の時間を多くもてる定時制課程への転出を希望したという次第です。

新設校はどこも同じですが、秋田広陵も忙しい職場でした。生徒も職員もすべて最初から取り組まなければならないのです。私が赴任したのは開校して三年目に入った四月ですが、高校は三年間が一クールですから、まだまだ草創期ゆえに解決していかねばならない課題が少なくありませんでした。

赴任と同時に二年生を担任した私は、そのまま持ち上がりで翌年は三年生を受け持ち、無事に卒業まで漕ぎ着けて忙しい二年間をひとまず終えました。ホッとひと息というのが実感でした。

卒業式が済んで三週間ばかりしたところでその年度末の人事異動が発表になりましたが、驚いたことに陶子が秋田広陵に転勤になりました。陶子の秋田女子校勤務は七年になってお り、当時は、一校での平均在職年数が七年になっていましたから、そういう意味ではごく自然な異動で、今年はどこかに転勤になるかもしれないと事前に陶子と話し合ったりもしていたのですが、新任先が秋田広陵とは二人もまったく予想していなかったのです。

しかも、異動内示の数日後に職員室に掲示された校内分掌を見ると、私も陶子も新一年生の担任で、教務部の所属になっています。

私が秋田女子校から転出した後、私と陶子の会う機会がまったくなくなっていたわけではありません。自分は本当の父親が誰かを知らない私の甥子と陶子の甥子とが友達関係にあったからです。

陶子の兄の家族は普段は東京に住んでいますが、夏休みや冬休みなどの長期休暇の折には、私の甥と同年の男の子は必ず秋田に帰ってきます。陶子の母が孫の帰省を常日頃から待ちわびているのです。しかし、秋田に来ても同じ年齢の遊び仲間がいないので、私が自分の甥子を連れて行くようにしていました。子ども達二人を伴い、陶子を加えた四人で県内はもちろん、県外のレジャー施設や観光地などにもよく車を走らせたものです。むろん、陶子には私の甥の〝出生の秘密〟は早い段階で伝えてありました。

とは言っても、子ども連れではなかなか二人だけの逢瀬というわけにはいかず、少なからず物足りなさを感じていた私は、陶子が同じ職場に来ると知って、心中で快哉を叫びました。これで、秋田女子校時代と同様、ごく自然なかたちで陶子とかなり自由に接触できるのです。陶子の方も、私ほどではありませんが、その点は喜んでいるふうに私には見えました。

秋田女子の校舎は陶子の自宅から徒歩で十五分の距離でしたが、秋田広陵はバスと列車を乗り継いで一時間以上かかります。最初の十日ばかりはそうしていましたが、見かねた私は、少し遠回りにはなりますが、陶子の自宅近くで陶子を拾い、私の車で一緒に通勤するようにしました。帰りも同様です。

ただし、この件については妻の理絵にはひと言も伝えませんでした。私には後ろめたさの感情が確かにあったのです。前年から県の本庁に異動になっていた理絵は次第に重要な仕事をまかされるようになっているらしく、休日出勤などもあって、私にあまり構っていられない様子なのが私にとってはかえって好都合でした。

私が陶子に自動車の免許証の取得を勧めたのは、もちろん、陶子の通勤事情を第一に考えてのことです。私も一緒に在職しているうちはいいのですが、私が転出してしまえばまたバスと列車を乗り継いでということにならざるを得ないのです。

そうした配慮と同時に、私のなかでは、休日でも夜でも自由に車を運転して自分の仕事の場に出かけていく妻の理絵と同等の活動手段を陶子に保証してやりたいという妙な対抗心もはたらいていました。つまり、私のこころのなかでは、陶子が理絵に迫るほどの大きな影を持ち始めていたのです。

私の心中には気づくはずもない陶子ですが、通勤事情に関する私の心配はすなおに受け止めてくれ、夏休みを利用して自動車学校に通うという気持ちを固めたようでした。

陶子と私が所属していた教務部というのは、普段は在籍や学業成績、さらには時間割や出席簿といった関係の仕事を主に受け持っています。

日常的な仕事の多い教務部ですが、一年を通してみた場合の最大の業務は高校の入学試験に関わる実務です。出題は極秘裏に県の教育委員会で担当しますが、実際の試験や採点、さらには合格発表に到るまでの作業のほとんどはそれぞれの学校の教務部が中心になって推していきます。受験生にとっては一生を左右されるかもしれない仕事なのでいかなるミスも許されず、担当者もすごく緊張します。

当時、秋田県の高校入試は五教科のペーパーテストと面接の総合点で合否が決められていました。教科の方はそれぞれが五十分程度の時間を割り振った密度の濃いものであったのに比し、面接の方は、一つのグループが六、七人からなる集団面接で、各グループの面接時間は七分程度という短いものでした。

何もかも新しい施設設備のなかで、県教育庁の中枢部から派遣されてきた校長は、内容的にも目新しいものをと考えたのでしょうか、入試の面接もグループではなく個人面接にできないか検討するよう教務部に指示してきました。

しかし、定時制や小規模校ならいざ知らず、志願者が四百人を超えるような学校で、しかも、面接全体に要する時間は延長できないというのですからかなりの難題です。教務部の主任は独りで一晩考えて無理である旨を答えたらしいのですが、再度検討せよという強い指示があったということで臨時の教務部会が開かれました。

年齢の割に頭髪の豊富な主任から一人ひとり見解を問われたとき、私は、ある程度の条件が整えば可能かもしれませんが……と、あいまいに答えました。実際、私には、実現できる見通しが立たなかったのです。私の前に発言した人がすべて不可能と断言していたことも心理的には影響したかもしれません。

ところが、最後の発言者となった陶子は、やや上気した表情で、

「可能だと思います」

と断定的に言いました。

いつもすずやかな双眸がこころなしか輝いているように私には見え、その時まとっていた、新調したばかりらしい濃紺のスーツが何か気高い雰囲気をかもし出して私を圧倒しました。紺のスーツに純白のブラウスというオーソドックスな組み合せは、陶子のファッションの基本と言ってよいものでした。

服装のみならず、生き方そのものがオーソドックスな印象の陶子の提案を受けた教務主任は、直ちに具体的な方策について陶子に反問しました。主任として、個人面接の実現可能性

を直感した面持ちです。

陶子の案は、校舎の規模や配置を巧みに利用した独創的なもので、そのとおりに運べば確かに個人面接の可能であることが私にも諒解できました。

会議の翌日、教務主任が、校長の意向だからと前置きして、入試業務のうち、面接関係の仕事の責任者として私を命じ、その下にという形で陶子を任命しました。

小規模ながら重要な仕事を任されたことで私の自尊心は少なからず刺激され、陶子とコンビになったことの幸運に感謝しました。同時に、決してミスの許されない仕事であることに思いを致し、陶子の力を借りながらしっかりと任務を果たさねばと自分に言い聞かせました。もし失敗するようなことがあれば、私も陶子も教師としてはそれで終わりというぐらいの緊張感がありました。

入試事務は、校内でも直接の関係者以外にはまったくの秘密事項です。職員室など、他の職員のいる所で入試関係の話題に触れることは厳禁でしたので、私と陶子は、校長用の応接室を初め、使用していないときの大小の会議室や対生徒用の面談室など、二人だけになれる場所を絶えず探し回らねばなりませんでした。

そのことは、一面では煩雑であったのですが、私としてはひとつの楽しみでもありました。陶子と二人きりになれる場面や時間など通常ではそんなに多くはないのです。

試験当日は、春の淡雪がちらついたりして天気はかならずしも思わしくありませんでしたが、試験そのものは計画どおりに終了し、私も陶子も真実ホッとしました。

翌日の地元紙に私たちの実施した個人面接が大々的に報じられ、私は内心得意になりました。前日、記者と写真担当者の二人が取材に来ていたので記事になるだろうとは予測できていたのですが、まさか三面のトップとは想像していなかったので、喜びの度合いも大きかったのです。個人面接は県内で初めてという点に大きなニュース価値があったようでした。

校長が私たち以上に大喜びし、私と陶子は、教務主任立ち会いのもと、校長室で直々にねぎらいの言葉をもらいました。

その夜、私は、打ち上げと称して陶子を食事に誘い、その続きのように陶子をホテルに誘い込んで、そのまま男女の関係をもちました。むろん、陶子は最初は強く抵抗しましたが、自身の立案したものが大きな評価を受けて気持ちが昂揚していたのでしょう、私が時間をかけながらゆっくり段取りを踏んでいくと、陶子は恥じらいを見せながらも、最後は私のなすがままになりました。

面接入試の事務作業から肉体関係をもつに到るまでの日々を通じて、私は、水町陶子という女性が、単に情的にやさしくこまやかなだけでなく、知的に冷静な頭脳の持ち主であることを知って、ますます陶子に惹かれ、それがいつになるかは分からないが、できれば一緒に暮らしたいものだと願うようになりました。

陶子が、教師になって十五年を経て初めて生徒をなぐったのは生徒指導上の問題が原因です。

陶子は、自身が発案した面接を経て入学してきた新入生の学級担任になりました。担当するクラスのなかに、鈴本浩介という生徒がいます。私も授業に出ているので知っていますが、その生徒は入学当初から気になる生徒でした。表情、とくに目許が暗くて、その年代に特有の溌剌《はつらつ》さがどこにも感じられないのです。入学試験は中位で突破してきたのに入学後の成績は振るわず、何か問題を起こすのではないか心配だと、陶子は受け持った当初から案じており、私もその可能性は小さくないと推測していました。

果たして、五月の大型連休が明けると同時に浩介は校地裏の松林の一隅で喫煙しているのが見つかり、一週間の停学処分を受けました。その後、いっとき落ち着いているように見えましたが、夏休みの最後の日に、今度は、私服ながら秋田駅前をくわえタバコで闊歩《かっぽ》しているところを婦人警官に補導され、その時は、二度目ということもあって二週間の停学、あわせて、もし三度目を起こしたら自主退学も考えてもらうといった処分内容になりました。

いずれの場合も、処分申し渡しの際には保護者に来てもらいましたが、浩介の両親は浩介が小学生の時分から別居状態になっているそうで、二回とも母親が来校しました。浩介の停学期間中は、陶子や学年主任、学年部の生活指導担当者などが適宜家庭訪問して、謹慎中の浩介の指導にあたりました。

三度目は無いと、陶子は願望を込めて信じていたようですが、それが、北方の山々から初雪のたよりが届き始めていた晩秋の午後、浩介がよりによって校舎内で喫煙したというのです。場所は、英語科がヒアリング指導のために使用する特別教室で、たまたま教材用のテープを取りに行った英語科の先輩教師が、無人の部屋の隅っこにしゃがんで一服していた浩介を発見したものでした。

後輩の女性教師の担任するクラスの生徒とあって、その男性教諭はまず陶子に連絡。あわてて陶子が現場に赴くと、浩介がなかば昂然と立ち上がって陶子を迎え入れたというのです。むろん、昂然とというのは陶子の受け止め方であって、生徒の方にはそうして意識はなかったのかもしれません。

しかし、瞬間的に逆上していた陶子は、「三回も同じことを繰り返すなんて、この愚か者！」と口走りながら、浩介の頬を思わず平手で一発なぐったのでした。

「さっきの浩介の哀しそうな顔を、私は一生忘れられないかもしれないわ」

初めて肉体関係をもつ際に利用した駅裏のホテルのソファに浅く腰をおろしながら、陶子がポツリとつぶやきました。陶子自身、私がかつて眼にしたことがないほどの哀しい顔つきをしています。

「起こってしまったものはしょうがない。善後策を考えることが急務だよ」

慰めにもならない言葉をかけながら私は、せっかくホテルに入ったけれど、今日は関係をもつのは無理かもしれないと、内心残念に思ったりしました。

「どうして同じ行為を何度も繰り返すのかしら。私はもう、浩介の気持ちがまったく理解できないわ」

陶子の顔色は沈んだままです。

「それは多分、テスティングだろうな」

「えっ？　何、そのテスティングって」

「それは……」

私は言いかけて一呼吸整え、その間にすばやく頭のなかを整理しました。以前聞きかじったことのある思春期精神医学に思いを致したのです。

私がまだ定時制に勤務していたころ、日中の空き時間を利用して、月に一回のちょっとした勉強会に出ていた時期がありました。中学生から高校生にかけての思春期に特有の心理状態について教えを請う集まりです。妻の理絵が紹介してくれたものでした。

ボランティアで講師をつとめていたのは、県の精神保健センターの所長をしていた精神科医で、受講者は、精神病院に勤務する看護婦や保健婦に加え、小中学校や高校の養護教諭など十数名でした。県で精神衛生に携わっている関係者も二、三人いましたが、理絵は、自分はすでに勉強した事柄が中心になっているからと言って出席しませんでした。

二年間つづいたその勉強会で私は最新の精神医学について多くのことを学びましたが、なかでも、マーガレット・マーラーというアメリカの女性精神科医の理論に特に興味が引かれました。そのなかに、テスティングという概念も出てきていたのです。

テスティングというのは、字義どおり「試す」という意味です。子どもが、親がどの程度自分に関心をもっているか試すのです。自分に対して親が、なかんずく母親がどの程度目を向けてくれているかを喫煙や飲酒などの行動のかたちで試し、一度で足りなければ二度、三度と繰り返して親の関心を自分に向けようとするのです。そうした行動は、意識的、意図的なものではなく、すぐれて無意識的、無自覚的なものなのです。

私は、マーラー理論の骨格部分をかいつまんで陶子に紹介しました。

「私が浩介をなぐってしまったことは、やはり許されることではないのね。だって、育てられ方に問題があったとすれば、本人の責任ではないんだもの」

私の説明を聞き終えた陶子の眼には依然としていつもの輝きがなく、悄気《しょげ》たままです。

「いつでもそうだけど、こういう生徒の場合はとくに、カッとなるのは絶対に禁物だよ。事態を悪化させるだけで何のプラスにもならないからね」

「よく分かったわ。……それにしても、マーラーの理論なんて、先生は詳しいのね」

「いやあ、昔ちょっとかじったことがあるだけだよ」

その時になってふいに感歎したような眼差しを見せた陶子に、私はさりげなく応じていました。妻から勧められた勉強会で学んだという事実は一切口にしませんでした。

「明後日の職員会議で、いまのお話をしてくだされればありがたいわ。三度目だけど、ほかの先生方にもテスティングということを理解してもらえれば、重い処分は免れることができるかもしれない。もともと、そういう生徒に停学といった処分を科すこと自体が無意味なのでしょうけれど」

陶子の頭の中は、処分のための職員会議に向けてすでに動き始めているようです。

「どれくらい説得力があるか分からないけど、かならず僕は発言する。むしろ、いい機会ととらえるべきかもしれない」

私は、真実、そのように判断しました。陶子を助けたいという気持ちが強いのはもちろんですが、新設校ということもあって、生徒の非行にはとかく厳罰主義で臨んでいる生徒指導のあり方に、論理的に疑問を呈したいという意図もはたらいた結果でした。

職員会議は長引きました。処分のための会議は通常は一時間程度で終わるのですが、浩介に関する会議は二時間を超えました。生徒指導部の提出した原案に陶子と私が強く抵抗したからです。

指導部案は、浩介に自主退学を求めるという簡単なものでした。理由も、三度目の違反になるからという単純なものです。

生徒の非行は、成人による社会的な犯罪とは年齢的にも質的にも異なるのですが、どうしても刑罰的な発想になりがちです。その方が分かりやすいですし、手間もかからないからです。

しかし、陶子は、教育的な観点から、なかんずく担任という立場で、退学を強いることの非教育性、不当性を強く訴えて譲りません。

私も、マーラーの考え方を援用しながら、刑事罰的な処分の仕方そのものが間違っていて、生徒の更生にはほとんど役立たない旨を力説しました。

長時間の議論の末、陶子の熱意は一定の理解を得ることに成功して、他の教師から応援の発言などもありました。

しかし、私が述べたことはあまり理解されなかったようです。マーラー理論を完全には自分のものにしていない私の説明に説得力がなかったというのが最大の理由です。陶子を除けば、マーガレット・マーラーという名前そのものを承知している人間もその場にはいなかったのです。

それでも、最終的に浩介は退学を免れ、無期停学ということで決着しました。いくらなんでも喫煙三回で退学というのは社会常識からかけ離れているという意識が、最後に一座を支配した結果だと思います。ここは教育機関であるという事実を多くの教員が再認識したと言い替えてよいのかもしれません。

浩介は退学を免れましたが、逆に陶子と私は、浩介の指導に特別の責任を負わされたように感じて気持ちが引き締まったのでした。

# 第九章　地　震―その二―

鈴本浩介はその後も危なっかしい学校生活を送っていましたが、少なくとも、職員会議で取り上げられるような問題は起こしませんでした。もしかたら、どこかで煙草を吸ったりしていたかもしれません。しかし、学校の関係者の目の届く範囲ではそのような事実はありませんでした。浩介は、頭は別に悪くはないのです。

知能指数的には問題のない浩介ですが、学業成績はいつもギリギリの低空飛行でした。長い停学期間があって授業を充分に受けていないという要素も小さくはありませんが、最大の要因は、こうした生徒は頑張りが利かないという点にあります。頑張らなくては、努力しなくては、と頭の中では分かっているのですが、それを行動化できないのです。

こうした生徒を外から見ていて、努力不足に尽きると評するのは、現象としてはそのとおりなのですが、本質はまったく理解できていないということになります。そして、当時の秋田広陵高校では、そうした教師が大いなる多数派を成していたのです。

年度末を控え、浩介が二年に進級できるかどうか微妙な情勢で、すべての科目が学年末試験の点数にかかっていました。陶子自身の担当している英語と私が受け持っている国語はなんとかなりそうですが、それ以外はどれもはっきりした見通しが立ちません。

学級担任の陶子は、選挙戦の事前運動よろしく、各教科担任からの情報収集と浩介の売り込みに懸命です。というのも、進級できるか落第になってしまうかは、ペーパーテストの結果に普段の授業態度などを加味して判定される決まりになっているからです。

客観的に見れば、プラスしてもらえる要素など少ない浩介ですが、それでも陶子は、浩介は本来やさしい心根の持ち主であることや成育環境に恵まれなかった事実などを強調して、多くの教科担任の同情を得ることに成功していきました。

そうしたなかで、数学一科目だけはどうにもならないことが明瞭になってきました。

秋田広陵の創立当初から数学科の主任を務め、たまたま浩介のクラスの担当になっている謹厳実直な数学教師は、万事が四角四面です。学業成績はペーパーテストによってのみ判定されるべきというのが持論です。授業態度などの平常点は、本人の責任によらない怪我や病気などのために準備されている制度で、浩介のような事例には適用にならないと主張し、もし適用するとすれば、浩介の場合にはマイナス点にしかならないと断言する始末です。

陶子が、学年末試験の始まる一週間ばかり前に浩介の個人指導を願い出たところ、私の数学は普段の授業さえちゃんと聴いていればすべて理解できるはずだと言って、まったく取り合ってもらえませんでした。

このままでは、浩介は数学の単位が取れそうにありませんし、数学は必修教科ですから、単位を落とすとそのまま落第につながります。

「浩介クン、大丈夫かしら」

陶子の顔は、心配と困惑で黒ずんでいます。

「僕にまかせてくれ」

「何か、良い案があるの？」

「まあな」

曖昧に応じた私の頭の中には、多少不穏当な非常手段が浮かんでいました。浩介が受けねばならない数学のテスト問題を事前に見てしまうという計画です。

秋田広陵は大規模校ですから、生徒や保護者へ配布するさまざまな印刷物は膨大な数量になります。そのため学校では、学校の私費で若い女性を一人雇用し、公的なプリント類の一切の印刷を彼女に託していました。定期考査の問題もそのなかに含まれます。

職員室の向かい側に位置する印刷室には最新式の輪転機が二台あり、一台は彼女専用になっていました。他の一台は、学級担任や教科担任などが、学級通信や授業の補助資料を作成したりする際などに自由に利用していました。もちろん、基本的に生徒は入室禁止で、とくに、テスト期間中は厳重に管理されていました。

中間の場合も期末の場合も、考査開始の一週間前に生徒にその考査の全日程が示されます。

学年によって異なりますが、一日に二ないし三科目で、期間は四日ないし五日間というのが標準です。

生徒への公示と前後して教師は作問にとりかかり、あとは印刷すればよいだけという状態の原稿を印刷専門の女子職員に渡すと、その職員はテストの日程表を見ながら順次印刷していくという段取りになります。

そうした基本的な流れを心得ていれば、どの科目の問題がいつごろ印刷されるかはある程度見当がつきます。もちろん、刷り上がった問題は担当者がすみやかにまとめて教務部に提出し、教務部では金庫に入れて考査当日まで厳重に保管しますが、教師は授業その他で忙しいですから、印刷の終わったものが常に直ちに金庫に入るというわけにはいかない場合も少なくありません。長い場合は、印刷後半日近くも印刷室の棚の上に置かれたままになっていることとするあるのです。

浩介の数学の問題が印刷される日にちや時間を注意深く探ってそれを突き止めた私は、その問題の印刷が終わった直後、印刷した女子職員が昼休みのためにその部屋を空けたのを見届けて中に入りました。自分に急ぎのコピーがあるようなふりをして、いつコピーしても構わない原稿を数枚手にしていました。

果たして、刷り上がったばかりの数学の問題が輪転機の脇の長机の上に他のいくつの科目の問題とともに並んでいます。私はすばやく浩介の問題を一枚抜き取り、すぐ、片隅にある最新型のコピー機で複写しました。教科担任によって問題の枚数は程もなく点検されますから、問題用紙そのものを持ち去るのは危険なのです。

その日は、陶子と私の間に何の約束もない日でした。六校時目の、たまたま陶子一人だけが英語科の自席にいるのを確認した私は、職員室の隣の無人の会議室から校内電話をかけ、突然だけれども大事な話があるからと言って、勤務時間終了後にホテルに同道する約束を取り付けました。

「これを、鈴木浩介のために活用してくれ」

ホテルのドアを閉めると同時に、私は、二つ折りにしていた数学の問題を広げました。

「まあ、これは、どうしたの？」

私を見つめ返した陶子の双眸には驚愕の念があふれています。

「何も訊かずに、浩介のために役立ててくれ」

私は、ほとんど命令口調で繰り返しました。

「大丈夫なの？」

陶子の目色は、急激にくもりました。強い懸念にとらわれているのは明瞭です。

「絶対に大丈夫だ。浩介にも君にも、そして僕にも何も起こりはしない。今の秋田広陵で教育の名に値する実践を探すとすればこれ以外の方法はない」

私は、意識して、語尾をキッパリとしたものにしました。

二人の間に沈黙の数呼吸が流れました。

「わかったわ」

陶子が短く、しかし、はっきりと応えました。

それは、私と一緒に地獄に堕ちることがあっても構わないと決断した結果の意思表明でもありました。

表面はおだやかで優しいけれど、芯は果断に富んでいる陶子の本性を見たように私は思いました。

陶子は、浩介のための問題を四つ折りにして丁寧に自分のバッグに仕舞い込み、その後、私たちは習い性のように肌を合わせましたが、陶子はどこか上の空でした。この後の手筈を考えているらしいのは明らかです。

事が済むと、私たちは早々にホテルを後にしました。

浩介は無事に二年生に進級しました。ギリギリながら、もっとも危惧していた数学が合格点に達したのです。

私から問題を受け取った日から三日間、陶子は毎晩浩介を自宅に呼び寄せて数学の勉強をさせました。出題されているのと同じ形式の問題を数字を変えて何度も練習させたのです。ただ、満点を取ったのでは怪しまれるので、百点には到らないが合格点には届くように導いた様子でした。

浩介の成績を陶子に渡す時、数学科主任が、鈴本浩介はどうやら完全に立ち直ったようだなと言ったという話を聞いて、私は、この主任は教育というものをまるで理解していないのだと慨嘆しましたが、むろん、それは言葉にも表情にも一切出しませんでした。

当時の秋田広陵は、一年から二年に進級する際に、六クラスからなる進学コースと二クラスからなる就職コースに分かれ、それにともなって新たに全体の学級編成が行われる仕組みになっていました。

陶子も私も進学クラスの担任になり、浩介は就職クラスに進みましたので陶子はもう浩介の学級担任ではなくなりました。

しかし、陶子も私も、希望して、浩介のクラスの授業には出るようにしました。側面からでも見守り、支援していきたいと思ったのです。

二年生になっても浩介の表情は一向に明るくならず、成績も低迷状態が続いていましたが、一年次よりは多少上向きの傾向を見せていました。幸い、停学で授業に出られないという状態がなくなったほか、新たな担任の若い数学教師が浩介の面倒をよく見てくれているというのが最大の要因でした。

四月に二年生になったばかりなのに、五月の末にはもう一学期の中間考査です。陶子も私も浩介の得点は絶えず気になっていましたが、昨年度の学年末における数学対策のような手段はもちろんとりませんでした。あれはあくまでも非常時の特殊な対応で、平常時では決して許されない教育活動であることは陶子も私も充分承知していました。

陶子と私が手分けして浩介のクラスの教科担任にそれとなく聞いてみると、浩介は、物理と化学は赤点でしたが、それ以外はまあまあの出来で差し当たっての心配はなく、陶子ともども、ひと安心といった気分でした。

四日間にわたった中間考査も四日目の午前中ですべて終わり、これで解放という一年生と二年生は足取りも軽く校舎を離れていきます。ただ、三年生だけは、午後から地元の大学の英文学の教授による進路講話が設定されているので全員在校しており、職員室から一番遠い位置に定められている四階建の最上階の三年の教室の方向からはかすかな喧騒が伝わってきます。

「オレ、身体の具合がわるいようだ」

学年主任から小さな書類にハンコをもらって自席に戻った私に、ラーメンをすすっていた右隣の先輩教師が訴えるようにつぶやきました。

「どうかしましたか……」

覗き込むように上体を傾けた私の足元も突然ゆらゆらし始めました。

「地震だっ！」

背後の社会科の誰かが声を上げました。

「これは、大きいぞ」

前方の数学科の中堅教師です。

縦揺れが急速に烈しくなり、すぐ横揺れが続いて、机につかまらないと立っていられなくなってきました。

私はすばやく職員室の全体を見回しましたが、陶子の姿は見当たりません。

「危険です。机の下にもぐってください。机の下に身を隠してください」

地質学が専門の理科教師のややハスキーな声が職員室内を走ります。

私は、もう一度室内を一瞥しましたが、やはり陶子の姿はありませんでした。

縦揺れに横揺れが加わった複雑な振動は烈しくなるばかりです。先輩教師のラーメンが机上から滑り落ち、入れ物は割れませんでしたが、中の物が私の目の前にも広がってきました。

大柄な身を窮屈そうに曲げた先輩教師が、済まんといった表情で片掌を立てました。

教頭席のあたりからガラスの割れる音がしたのは、花瓶でも落下したのでしょうか。女性教師数人が、時どき交替で教頭の机上に季節の花の一輪を挿しているのです。

陶子はそのメンバーには加わっていないようですが、さしあたっては、今、校内のどこにいるのかが心配です。

仕事机の下の狭い空間で身を縮めながらも、私は、今週、陶子は週番にあたっているのを思い出しました。通常は最終の六校時目が終わってから生徒と一緒に校内を巡回するのですが、考査最終日の今日は、三年生以外は午前中でおしまいなので、昼休みの時間帯の巡回になったのだと気づきました。そうだとすれば、建物内にいる確率が高いですから、そういう意味では私も多少は安心しました。秋田広陵は新造の校舎なので、かなり揺れたとしても、耐震性という点ではまず心配がないのです。

ただ、この烈しい揺れでは、どこにいるにしてもずいぶん怖がっているであろうことは容易に想像できます。〈地震、雷、火事、親父〉のうち、陶子は前の二つが大嫌いなのです。

「先生方、自分の管理区域に異状がないかどうか確認して来てください」

一応揺れが収まったところで、職員室中央の窓際の席から教頭が大きな声をかけました。言われるまでもないことなので、職員が一斉に部屋から飛び出します。

学級担任の管理区域は、自分の担当しているクラスの教室とその廊下なので、私は、小走りに、四階建ての校舎の三階を占める二年生の教室棟に急ぎました。

一時間足らず前に掃除当番が整理していった机の並びの縦横が乱れていたり、逆さまにして机の上に上げた椅子が二脚床に落ちたりしていましたが、教室内に掛けてあるものに異状はなく、壁や天井などに亀裂のようなものが入っているわけでもありません。つまり、地震による被害はないと言ってよい状態です。

自分のクラスに問題がないことを確認した私は、すぐ、二つ奥の陶子の教室に向かいました。

やはり陶子は週番の巡回中でした。各学年から男女一人ずつ、合計六人の生徒と一緒に順路に従って自分のクラスまで来たちょうどその時に地震に遭遇したものでした。生徒たちに指示した後自分もあわてて生徒机の下に潜り込んで烈しい揺れをやり過ごしたとのことでしたが、三人の女生徒はまだ顔色が青ざめたままです。

「今日の巡回はここで打ち切りにした方がいいよ。今、管理職の命令で全職員が一斉に校内の点検に出ているから、生徒たちはもう帰した方がいい」

「後で問題にならないかしら」

私の提案に陶子がちょっとためらいを見せました。任務を途中で放棄するのを心配した様子です。

「今は非常時だ。後で教頭にでも報告しておけば、なんら問題にはならんと……」

私が言いかけている間にまた大きな揺れが襲いました。かたわらの机に手を置かないと立っていられないくらいの横揺れです。

「分かったわ。……それじゃ、今日の週番活動はここで中止とします。三年生はすぐ自分の教室に戻って担任の先生の指示に従いなさい。一年生と二年生は、充分に注意しながら、すぐに帰宅しなさい。心配なことがあったら、学校を出る前に、それぞれの担任の先生に相談しなさい」

陶子は手早くそのように告げ、生徒たちをその場から解放しました。

私と陶子が職員室に戻ると、室内はかなりざわついていました。幸い、校舎そのものにはこれという被害は出ていないようですが、そこここで急遽スイッチを入れられた小型ラジオから流れて来る地震情報が、かなりの切迫感をともなっているからです。

〈……震源地は、男鹿半島沖の日本海で、各地の震度は、男鹿5、秋田4、能代4、本荘3……津波が発生する可能性がありますので、海岸や河口には絶対近づかないでください。繰り返します。危険ですから、海岸には……〉

「この上天気だし、テストが終わったばかりだから……まさか、浜に出かけた生徒はいないだろうな」

私は、窓の外に広がる五月の青空に目をやって、ふいに頭に浮かんだ懸念をそのまま口の端にのぼせていました。さすがに海水浴にはまだ早いのですが、さわやかな風も多少あって、なぎさを散策するには絶好のお天気なのです。

「坪井クン大丈夫かしら。彼は海が好きだと言うし、今日は野球部の練習も休みだそうだから」

陶子が、自分のクラスの生徒の名前を挙げて眉をくもらせました。

「あいつは足が速いから大丈夫だろう」

坪井の旧担任の私は、咄嗟の思いつきで陶子を慰めましたが、鈴木浩介が放課後にその坪井と一緒にいる場面を二、三回目撃したのを想起して複雑な気分になりました。

浩介は野球部員ではありませんが、二年生になって間もないころから野球部の練習を最後まで見学するようになり、それが終わってから坪井と一緒に帰宅しているらしいのです。

友人と言えるほどの人物がいないまま去年一年間を過ごしてきた浩介が、二年生になって何らかのきっかけで坪井と友達になったとすればそれはそれで喜ばしいことです。二人とも秋田駅からの列車通学ですからそうした場面から始まったのかもしれませんし、秋田駅から自宅への道のりも重なっている部分が少なくないようでした。

ふいにまた校舎全体がゆらゆら揺れ、そちこちでガタガタ物音がしました。

「余震も結構強いわね」

陶子が私に同意を求めるように言います。

「本震より強い余震はないと言うから」

ふたたび机にしがみついている陶子に、私は言い聞かせるように告げました。

〈秋田県の沿岸地方には大津波の押し寄せてくる危険があります。海岸近くにいる方は、至急高いところに避難してください。秋田県沿岸に大津波の押し寄せる危険があります。海岸にいる方は大至急避難して……〉

「大津波ですって。大丈夫かしら」

陶子は、不安げに窓の外に視線を送りました。

「ここから海岸まで二キロ以上あるし、この辺は、海面より十数メートル高くなってるんだ。かりに津波が上陸したとしても、途中の松林の砂地にみんな吸い込まれてしまうよ。百歩譲って、この校舎まで津波の先端が届いたとしても、四階の屋上にのぼれば絶対に大丈夫だ。それさえ危ない状況ということであれば、その前にこの町全体が水没してしまっているということになる。そんなことは到底考えられないね」

私は、百パーセント陶子を安心させる理屈を見つけ、私自身の気持ちが落ち着くのも意識しました。

〈交通機関に大きな被害が出ている模様です。現在分かっているところでは、国鉄男鹿線は全線が不通のほか、県道秋田・男鹿線も各地で寸断されている模様で、この方面への定期バスも……〉

ラジオに耳を傾けている間に、小さな揺れがまたひとつ通り過ぎました。

地震発生から十五分以上が経って、ニュースは、地元放送局からだけでなく、東京からの全国ニュースとしても放送されるようになっています。

揺れは東日本全域で観測され、被害も、秋田県内だけでなく、東北一円で発生している模様です。

従来、日本海側では大きな津波の発生はないと考えられていたのに、その常識を覆す大津波が日本海沿岸の各地を襲っているようでした。

「これでは、午後の進学講演会は中止ね。来年のために事前に勉強しておこうと思ってたんだけど、怖くて、とても体育館には入られないわ」

陶子が首をすぼめながら言います。

「大津波が襲うらしいというから、中止は当然だろう。体育館に、生徒、職員合わせて四百人も入っていて、そこを津波に襲われたどうしようもないよ。間もなく、管理職から、中止の話があるだろう」

そう言いながら私が時刻を確かめると十二時二十分でした。

教頭席が空席のほか、進路指導部主任と三年部の学年主任の姿も見えないのは、講演講師と一緒に校長室で昼食を摂っているのでしょう。

〈……男鹿半島の日本海で小舟が転覆して死者が一人確認されたほか、港湾工事中の能代港でも、作業員約四十人が津波に飲まれて行方不明になっているとの情報がただ今入りました。救助隊が組織される計画ですが、津波の第二波、第三波が断続的に来襲しており、二次災害の恐れがあるので……〉

「能代港では、大型貨物船の乗り入れに備え、現在、大規模な岩壁造成工事中なんだ」

ラーメンを食べ損ねた、私の隣席の先輩がポツリと言いました。二カ月前まで、私の最初の赴任校である能代女子高校に勤務していたので、その辺の事情にも通じているふうでした。

すこし大きめの揺れがまたあり、その直後に、教頭、進路指導主任、三年の学年主任が、この順序で職員室に入ってきました。

「先生方、地震はたいしたことがないようなので、午後の進学講演会は予定どおり実施します。もちろん、校長先生も了解済みです」

職員室中央の自分の席に戻った教頭が、立ったまま、両掌でメガホンをつくって、職員室全体に大声で告げました。

そこここでざわめきが起こっています。明らかに、不安と不満の入り混じったざわめきです。

「この大地震だというのに、講演会もないだろう」

私の声は、つぶやきにしては大きなものになっていました。

そばにいた数人が私に視線を向け、陶子の双眸は明らかに同感の意を表しています。

「いつまた大きな余震が起きるか分からないし、このままでは危険だよ。二年部として、中止を申し入れることはできないのかなあ」

私はなおひとりごちながら自分の学年主任の姿を探しましたが、あいにく職員室内には見当たりません。

緊急事態ではあるし、私は、思い切って自分で教頭に掛け合ってみることにしました。

「教頭先生、津波が来るかも知れないというこの大きな地震のなかでの講演会は、やはり危険だと思われるのですが」

私は、できるだけ穏やかに切り出しました。うまい具合に強めの余震でも発生してくれればと期待しましたが、そううまくは運びませんでした。

「津波の来るところはすでに来てしまったようだし、余震も収まってきた。今、体育館を見てきたが何の異状もなかった。ヒビ一本入っていない」

直ちに講演会場を点検してきたところはさすがに管理職だと感心しましたが、だからといって、このまま引き下がるわけにはいきません。

「今のところ異状がないとしても、この後いかなる揺れが襲って来ないでもありません。津波も、最初の津波より後の津波の方が大きい例も少なくないと聞いております。ここはやはり慎重を期した方がよいと思うのですが」

「大丈夫だよ。本校はまだできて四年しか経っていないんだ。しかも、最新の工法で建てられている。津波も、かりに来たとしても、校舎の建っている地点は海岸から二キロ以上も離れているから、ここまで海の波が来る心配はない」

「それはそうかも知れませんが、交通機関の問題もありますので」

私は論点を変えました。

「ラジオの報道によると、国鉄はかなりの区間が運休しているようですし、道路もあちこちで遮断されています。うちの学校の生徒は汽車やバスでの通学が多いのですから、できるだけ早めに帰してやらないと、明るいうちに自宅にたどり着けるかどうかはっきりしない生徒もいます」

「その点は君の言うとおりだが、時刻はまだ一時前だ。講演を聴いた生徒を帰すころまでには復旧しているだろう」

「そうなってくれればいいのですが。いずれにしても、こうした場合は安全優先が大原則だと思われるので、やはり帰宅させた方が……」

「君もしつこい男だな」

ふいに、教頭の顔が怒気を含んだものに変わりました。

「午後は予定どおり講演会を実施するということで、すでに校長の決裁が出ているんだ」

教頭は、管理職としての権威を前面に押し出してきています。

「この際、校長先生のお考えを変えていただくことはできないのですか？」

「そんなことはできない。本校は進学校だ。少々の地震に負けているようでは、大学合格などおぼつかない」

「それとこれとは全然話が違うじゃないですか」

反駁しながら、私は思わず苦笑していました。論理も何もあったものではないという印象です。

「確かに」

教頭の声が急に小さくなりました。

「確かに、君の指摘するとおり、スジの通らない話ではある。しかし、時にはそうした非合理を通さねばならない場面もあることを知ってほしい。いずれ校長から直接話があるかと思うが、君は将来この学校を背負って立つ人間だ。主任から管理職へと育っていってもらわねばならん人材だ。ここで校長の意向に背くことは、君の将来にマイナスにこそなれ、決してプラスにはならん。そこのところをきちんとわきまえてほしい」

低くて小さな声音ながら、教頭はそう言い切って、私に横顔を見せました。あとは一切受け付けないという意志が明瞭です。

私は、ある種の衝撃を受けてしばし呆然としました。むろん、衝撃の内容は、教頭に横向かれたことではなく、講演会の問題が教員としての私の将来と関連づけられたことです。どう対処したらよいのか即座には判断をつけかねて、私は、肉体的にも精神的にその場に棒立ちになっていました。

「生徒が二人、ずぶ濡れで保健室に助けを求めてきたそうです。ケガをしているらしい」

校内電話をとっていた生徒指導主任が、ふいに大声で職員室内に緊急事態を触れました。教頭と対峙するかたちになっていた私は、あわてて他の教員とともに保健室に向かいました。

「まあ、浩介クンと坪井クンじゃない」

昨年担任した生徒と今年担任している生徒が並んで手当を受けているのを見て陶子が絶句しました。

「二人とも擦過傷だけで、骨折などはないようです」

それぞれを丸椅子に座らせて応急手当をしていた養護教諭が、周囲に簡潔に報告します。

「坪井クン、どうしたの？」

陶子は、上半身にバスタオルを羽織らせてもらっていた坪井誠にまず説明を求めます。

野球部員であることを証明する坊主刈りの頭はほぼ乾いていますが、濡れそぼったワイシャツがかたわらの椅子の背もたれに二枚掛けられていました。

「海岸で二人で砂遊びしていたら、当然ゴーという音がして、海面が波立ったので、あわてて土手に逃げようとしたけど、間に合わなくて、波に呑まれたんです」

「二人とも？」

「はい」

坪井誠が恐縮そうにうつむくのに合わせて、鈴本浩介も不安そうに頭を下げました。また停学処分にでもなるのではないかと心配しているのかもしれません。もちろん、地震による津波に巻き込まれたというのであればそうした処分の対象ではありません。

乱れた長髪が濡れたままの浩介は、開校と同時に赴任した新進の養護教諭の消毒薬に顔をしかめていますが、養護教諭は構わずに必要な処置をほどこしています。

「二人とも、助かってほんとうによかった。でも、坪井クンは膝にも傷があるわ」

陶子が、二人の生徒の頭部を交互に拭いてやりながら、両人の四肢を改めています。

浩介の担任は、今日は忌引き休暇で、朝から出勤していません。

「波に流されている途中で、テトラポットにぶつかったんです。その時、身体のあちこちに傷がついたんだと思います。でも、そのテトラポットにしがみついていたおかげで、浩介君もぼくも助かったんです」

まだ紫がかった唇をした坪井が、事実の概要を告げます。

話しながらその瞬間のことを思い出したのか、二人ともそのまま黙り込みました。顔に出ているのは恐怖の表情でした。

「頑張って、よくここまで逃げてきた。今、先生たちのトレパン、トレシャツを貸すから、傷の手当てが終わり次第すぐに着替えろ。風邪を引いたら大変だからな」

私は、砂でザラザラしている二人の頭を撫でてやりながら元気づけました。

「生徒が波に飲まれたんだって」

その時になって、ようやく教頭が保健室に入ってきました。

「学校が終わったら真っ直ぐ家に帰ればいいものを、あちこち遊びあるくからそんなことになるんだ。今後は注意しなさい」

被災した生徒を見下ろしながらそれだけ言うと、教頭はすぐに部屋を出ていきましたが、出入り口で立ち止まり、

「先生方、間もなく進学講演会が始まりますから、体育館に移動してください」

と声をかけ、私に視線を合わせて、一刹那、眼を強く光らせました。必ず出席するようにとの催促です。

私は反射的に欠席を決め、確認するように陶子に視線を合わせると、陶子の眼は明確に、同意の意思表示をしていました。

講演会は予定どおり実施されましたが、その会が始まる頃から、いったん帰路についた生徒たちの一部が、集団であるいは単独で学校に戻ってきました。通学用の列車やバスがストップしてしまってどうしたよいか分からないというのです。全部で六十人は下りません。

管理職を初め、各分掌の主任や学年主任、それに三年生の学級担任と進路指導部所属の全職員が講演会に出ていて、職員室に残っているのは、進路指導部に入っていない一年生と二年生の学級担任だけです。全職員の三分の一以下の人数です。

帰宅困難の生徒が発生している旨のメモを体育館に届けても、体育館からは誰ひとり出て来ません。

手不足は否めませんでしたが、職員室に残った私たちは、手分けして交通機関、生徒の自宅、保護者の勤務先などに電話連絡し、帰りの足を失った生徒たちのために最善の努力をしました。どうしても保護者と連絡のつかない生徒に関しては、急遽、職員が自分の自家用車を運転して生徒の自宅あるいはその近くまで送り届けることにし、陶子は坪井誠と鈴本浩介を含む三人を、私は自分のクラスの女生徒二人を同乗させて、そこからは歩いて帰ることが可能だという地点まで運んだものでした。

二時間の講演会が終了してからやっと放課になった三年生の事情はさらに深刻で、その日、すべての生徒の帰宅を学校として確認できたのは深夜になってからでした。

昭和五十八年（一九八三）五月二十六日の午前十一時五十九分に発生し、結果的に私の教師としての〝出世〟に影響を及ぼしたらしい大きな地震は「日本海中部地震」と名づけられました。震源は秋田県能代市沖八十キロの海底で、震源の深さ十四キロ、マグニチュードは七・七という巨大なものでした。

秋田、青森、山形三県の日本海側で最大十メートルに達する津波が発生し、死者百四人、家屋の全半壊三千余棟、流失または沈没した船舶七百余りという大きな被害に見舞われました。

百四人の死者のうち百人が津波による犠牲者で、日本海側では大きな津波は発生しないという根拠のない俗説を微塵に打ち砕く結果となりました。

当日、秋田県北部の内陸に位置する合川《あいかわ》南小学校の児童四十三人が男鹿市の加茂青砂《かもあおさ》地区に遠足に来ていましたが、弁当を開き始めたところを津波に襲われ、十三人が幼い命を喪いました。

多くの子ども達の突然の死は、全国民に大きな哀しみをもたらし、合川南小学校にはローマ法王ヨハネ・パウロ二世からも哀悼のメッセージが寄せられましたが、そうした報道に接するにつけて、陶子も私も、坪井誠と鈴本浩介の僥倖に改めて感謝の念を抱いたものでした。

# 第十章　母校

学生時代、夏休みに徒歩で帰省した後の私を山行に誘ってくれた従兄弟が穂高で滑落死したのは、学年は同じものの年齢は私より一歳下の従兄弟が三十九歳の正月でした。

当初は単独で県内の山しか登っていなかった従兄弟は次第に山の魅力にとりつかれ、県内では名を知られた山岳会に入会して、国内の名山、高峰の頂上を次々に極めていました。

そうした状況が続くなか、ただの山登りでは飽き足らなくなったらしく、次には県内随一のクライマーズクラブに所属して、海外にも足を伸ばすようになりました。三十五歳のときにはヒマラヤに遠征し、名峰ナンダ・デヴィ（女神ナンダ　七八一七メートル）のすぐそばにある六千八百メートルほどの未踏峰を征服してデヴィ・ムクト（女神の冠）と命名した登山隊の一員としてその頂上を極めてもいました。

そのころから、年末から年始にかけては数人のグループで日本の北アルプスに出かけるのが慣例になっており、滑落したその年も例年どおりに穂高に入ったのでした。

それが、西穂高の天狗のコル付近を縦走中に急峻な崖下に転落して死去してしまったのです。同行者の証言によると、従兄弟は雪氷で覆われた斜面を滑り落ちていく間、ピッケルで必死に制動作業を試みたのですが、その年は、柄の短いピッケルの性能を試すということで通常のピッケルを携行しておらず、それが十全に機能しなくて、最終的には、ほぼ垂直の崖下に落下したのでした。

私たち遺族の頭には慰霊登山ということが思い浮かんだのですが、冬山をすぐに素人が登れるはずもなく、関係者の支援を得て実際に登山が実現したのは翌年の夏でした。

私が穂高に出かけることについて、周囲からは健康上無理だからやめるようにとの助言もありました。しかし、小学生の時分、従兄弟と本当の兄弟のようにして育った私は、穂高行きをどうしても諦めることができず、仙台の畑中医師に電話で相談してみました。

T大の学長に何か問題が生じたらしくて、今は医学部長職にある畑中医師が学長代行を務めている時期でしたが、私の腎臓はもう何も問題はないのだから心配はないと言って逆に励ましてくれました。

勇躍穂高に挑み、慰霊も果たして私の気持ちも落ち着きましたが、自分の健康に初めて大いなる自信をもった登山でもありましたので、そういう意味では亡き従兄弟に内心ひとり感謝したものでした。

私が初めて単行本を出版したのは、四十五歳を迎えた年の三月です。

それまでに十編ほどの小説がたまっていましたので、その中から、地元新聞社主催のコンクールに応募して入選した作品など三編を選んでまとめた中編小説集です。

できれば地元の出版社から出したかったので、市内に二社ある出版社のうち、名前の気に入った方の会社に話をもっていったのですが、作品を読んでもらう前に断られてしまったので、東京の出版社からの刊行になりました。

ほとんど売れはしませんでしたが、それでも、自分の著作物が書店の一角に、大家の作品と一緒に並んでいるのを眺めるのは大いなる快感をもたらし、少なからず私の虚栄心をくすぐりました。

私が『文学秋田』の同人になったのもその中編集がきっかけです。秋田市内の私立短大に勤務している、T大文学部の先輩が声をかけてくれたのです。明治二十五年創刊の『文学秋田』は、秋田県内ではもっとも古い伝統をもつ同人誌で、現在は、地元の私立大学の学長を務めている文学者が主宰し、先輩はその雑誌の事務局長の立場にあったのでした。

先輩に勧められるまま私は『文学秋田』に何編かの短編小説を書き、最初の単行本を出した翌年には、それらを含めて七編から成る短編小説集を上梓しました。

地元出版に妙にこだわりのあった私が、前回は拒否された出版社を避け、地元の別の一社に打診したところ、快く承諾してもらうことができました。

著書を二冊もった私が、自分の母校である秋田第一高校に転勤したのは、短編集を出した翌月でした。

妻との関係はそのままですし、陶子との付き合い方も何も変わってはいません。歪んだ三角形のなかで、私ひとりだけに変化があったということになります。

もともと切羽詰まったかたちで教職に就いた私は、勤務地や勤務校には特別こだわりのようなものはありませんでしたが、母校だけは一味違っていました。〝故郷に錦を飾る〟といった趣きがどこかにあったのです。

私が学んだ当時の秋田第一高校は秋田駅前の一等地にありました。私たちが卒業した翌年に、駅から二キロほど北に離れた高台に移転して現在に到っており、校地や校舎、それに周囲の景観など往時とはまるで異なるのですが、私の母校である事実にはいささかの変更もありません。私は、若い後輩たちと活発な議論を展開してみたいといった気持ちをもちながら、青春時代の三年間を過ごした母校に赴任しました。

着任してみると、私は十クラスから成る二学年の男子クラスの担任になっていました。そのこと自体には何の違和感もなかったのですが、一年生から三年生まで三十クラスあるうち、男子だけで構成されている学級は私の担任するただ一つだけという事実にはかなり驚きましたし、一年生には女子だけのクラスが存在するのを知って少なからず面喰らってしまいました。

というのも、県民から〈一高〉の名で親しまれている秋田第一高校の淵源は明治六年で、高校としては全国でも四番目に古い学校です。長い間、在校生は男子のみで、女子の入学は戦後の話になります。

私が在籍していた当時は、一学年五百人のうち女子は三十人だけで、その三十人が二クラスに分けられていました。つまり、十学級中、二学級は共学ですが、残り八学級は男子だけだったのです。

それが、赴任してみたら男子クラスは全校で私の学級ただ一つだけ、しかも、その年度から、一年生に女子だけのそれが誕生していたのです。入学者の四割近くを女生徒が占めるようになり、家庭科など、女生徒必修のカリキュラムを考慮しなければならないという事情で女子クラスが出現したという経緯のようでした。

国語科の時間割の関係で、私は、その女子クラスの授業も受け持ちましたが、そこは、私が最初に赴任した能代女子校や、陶子と知り合った秋田女子校のクラスの雰囲気とまったく同じでした。共学を期待して一高を選んで来たのに女子だけの学級に入れられて残念と口にする生徒もいたりして、私も微笑を禁じ得ないところがありました。

私が卒業してからすでに三十年近くが経過し、校舎の所在地が完全に変わったうえ、男女の比率も大きく異なっていますが、百年以上にわたって脈々と受け継がれてきた一高精神はやはりどこかに漂っているように私は感じました。それは、行儀のよい表現を用いれば「文武両道」ということになりますし、ラフな言い方をすれば「蛮カラ精神」といったものです。

私のクラスは男子だけなので、後者の雰囲気がまだ色濃く残っている印象でした。

私が男子だけのクラスを担任するのは教師になって以来初めてですが、母校ではあるし男同士ではあるしということで、別に気後れのようなものはありませんでした。むしろ、気安さの方が優っていたかと思います。

ただ、生徒たちがひどく幼い印象を与えがちな点は予想外でした。東大や京大の志望者などの多い頭のよいクラスですし、性格的、人格的にも好もしい感じの生徒がほとんどながら、全体的にどこか幼稚な雰囲気が抜け切れていない点が気になります。

私は、生徒が幼く見えるのは自分の年齢が進んだ故だろうと自分を納得させて、日々の学級指導を展開させていきました。

私のクラスの幼稚さがもっとも悪いかたちで外に現われたのは、担任して半年以上が過ぎ、二年生恒例の修学旅行に出かけたときでした。

秋田第一の修学旅行はコース、日程ともにごくありふれたものでした。最終日の車中泊を含め、四泊五日で京都、奈良を中心に見学してくるのです。

私が一高生であった時分も京都、奈良でしたから、四半世紀以上にわたって基本的なパターンは変わっていなかったのです。

ほとんど同じコースながら私たちのころ六泊七日であったのは、秋田と京都を結ぶ直通列車がなく、往復とも、途中どこかで一泊しなければならなかったからです。私たちのときはそれが上野でした。上野駅近くのいささか湿っぽい旅館で寝苦しい一夜を過ごしたのを記憶しています。

私の担任する二年E組は、他の四クラスとともに、学年主任の率いる第一班として出発しました。

副主任が責任者の第二班五クラスは、次の日に、まったく同じ時刻、同じコースで後からついてくることになります。一般客と相乗りなので、十学級すべてが一度に同じ列車を利用するというのは物理的に不可能なのです。

秋気さわやかな駅頭で、校長以下の学校関係者、一部保護者の見送りを受けて秋田駅を発った旅行隊の初日は、ただ列車に乗っているだけです。

青森、大阪間を日本海に沿って走る特急〈白鳥〉に秋田から京都まで乗車しますが、朝七時過ぎに乗って十時間かかりますから、車内での動き以外には何もないのです。

〈白鳥〉は、秋田女子校でも修学旅行に利用した列車ですから、私には別に珍しくはありませんが、生徒の多くは初めての体験なので、過ごし方もさまざまです。

窓外に続く日本海の景色を楽しむ者、読書を始めた者、早くも仲間同士トランプに興じている者など、狭いなかでの長い時間を思い思いに消化しています。

居眠りを始めた生徒は、昨夜昂奮してよく眠られなかったのでしょうか。

教職員は、生徒の指導の意味も兼ねて、一車両に最低一人は必ず乗車しています。一般客も乗っているので、生徒にあまりみっともない行為や態度があれば注意を促さねばなりません。

しかし、一高生はそんなにバカではありませんから、特に教師の注意が必要な者は見当たりませんでした。

私の座席は進行方向に向かって左の山側ですから、海もあまりよく見えません。私は、秋田駅を発車して一時間も経たないうちに読書に集中していました。読みかけの長編小説を持参していたのです。

本当は書く方の仕事をしたいのですが、修学旅行の引率中、つまり勤務中であってみればそんな勝手は許されません。まだ携帯できるパソコンなど存在せず、物理的にままならない時代ではありました。

京都、奈良が中心の修学旅行ですから、見学箇所は必然的に神社仏閣が多くなります。教師は、何度か引率しているうちに寺院の建築様式の違いや安置されている仏像の特徴なども次第に頭に入ってきますが、まったく初めての大部分の生徒にとっては、どこの寺社も御本尊もほとんど差異がありません。同じものを連続して見せられているような気持ちになるのも無理からぬ話です。定められたスケジュールに従って仕方なくバスを降り、仕方なく寺門をくぐるという結果になります。

そうしたなかで、ただ一ヵ所、薬師寺だけはどの生徒も印象に残ったようで、この点は、能代女子校や秋田広陵、さらには秋田女子校の生徒たちと同じでした。五重塔の多いなかでここは三重塔という要素も小さくありませんが、ここで聞かせてくれる説経がいかにもユーモアあふれたものだからです。

とかく辛気《しんき》くさくなりがちな仏法の解説を、まるで落語でも話すような語り口でしてくれるのは、私が生徒であった時分からの伝統のようです。それでいてちゃんと宗教的な中身はあるのですから、説明してくれる若い僧たちもそれなりに勉強し、修行しているのは間違いありません。そうした姿勢がまた、長年にわたって生徒たちの共感を呼んできたのでしょう。

仏教がすっかり形骸化しつつある現在、そうした努力を惜しまない薬師寺側の姿勢は、教師側から見ても好ましいもので、奈良を見学するのに薬師寺を省いている学校はこれまで聞いたことがありません。

昔の修学旅行は最初から最後まで全員が同じコース同じ日程でまわったものですが、最近は、自由行動日というものをどこの学校でも設けています。出発前に四、五人のグループをつくり、そのグループ単位で行動日程や見学場所を決定して、その日は引率教諭とは無関係に行動するのです。

秋田第一の修学旅行では、京都で一日、奈良で半日、そのグループ行動日が設定されていました。

事前に届け出てあったとおりに行動するグループももちろんありますが、むしろそうでないグループの方が多いというのは私も出発前に聞いていました。

京都でお寺を見物しているはずのものが甲子園でプロ野球を観戦していたり、宝塚劇場で楽しんでいたりといった具合です。なかには、阿波の鳴門や広島の原爆記念館まで足を伸ばした例も過去にはあったそうです。

私が一高生であった当時は制服が定められていたのですが、学生運動が華やかなりしころ、一高の生徒たちの間で制服廃止の運動が盛り上がり、隣接する国立大学からオルグが入ったりなどもして、秋田第一では着装の自由化が実現していました。

普段でも私服で通学する生徒が少なくないうえ、修学旅行ではほぼ百パーセントが私服でしたから、どこへ出かけて行っても、高校生と見破られたり学生として枠をはめられたりするようなことはまったくと言ってよいほどありませんでした。

生徒が、事前に四国や広島への遠出を届け出ないのは、学校側から駄目と言われることが明白だからです。

当時は、修学旅行にかかる経費は一人当たり七万円以下と県教育委員会から指示が出されていましたし、かりに経費の問題をクリアしても、引率者が付き添わない遠出は学校では許可しません。むろん、生徒の安全第一を考えてのことです。

過去の遠出はすべて事後承諾ということなのです。

デタラメと非難されればそれまでですが、私は、それで生徒の見聞が広まり見識が高まるのであればそれも良しとしたいと思っています。安全さえ確保できていれば、必ずしも、隅から隅まで、担任教師に届け出てあるとおりに動かねばならないというものでもないと考えられるのです。

そして、秋田第一の生徒は、そのような教師の信頼を裏切るようなことはしないというのが私の基本的な信念でした。

生徒の自由行動日を設けることは、教師にとっても少なからずメリットがあります。生徒を引率しなくてもよいから、まず何といっても楽なのです。

もちろん、生徒がグループ行動中は、職員は宿舎に待機していて、何かトラブルの生じた生徒から連絡があった場合に備えるということになっていますが、それは建て前というものです。

実際は、旅行業者の添乗員に残ってもらい、職員も二、三のグループに分かれて見物に出かけるのが普通です。生徒から宿舎に連絡があっても、添乗員で処理しきれない場合だけ教師に通報してもらえればよいのです。

その教師は、これまた業者で出してくれたタクシーで移動しているのですが、生徒に何かあればすぐに無線で速報してもらえる段取りになっていますから、特別心配なことはありません。

私が最初に赴任した能代女子校ではまだ自由行動というのはありませんでしたが、秋田広陵、秋田女子の修学旅行では、いずれもそうしたスタイルが一般化していました。

私の担任しているクラスを含め、修学旅行隊のすべてのグループが宿舎を出たのを見届けた私たち教師陣が二台のタクシーに分乗して向かった先は、高雄（尾）、槇《まき》の尾、栂《とが》の尾のいわゆる〈三尾〉です。

京都の中心街からは結構遠いですし、見るべき建物としては高雄の神護寺と栂の尾の高山寺くらいしかないので、旅行隊が全体で足を伸ばすことはあまりありませんが、この地域はとにかく紅葉がきれいなので、私も一度ぜひ行ってみたいと希望していました。

秋田第一の前の教職歴が二十二年もあるのに、私は修学旅行の引率経験は四回しかありませんでした。教師としての在職年数が同じだと平均して六回、多い人だと九回にも達していましたから、私はいかにも少ないという感じでした。

身近なところでは水町陶子が私の倍の八回を数えており、「こと修学旅行に関するかぎり、わたしは＊＊先生の二倍働いている」と言って笑っていました。なぜか知りませんが、私は二年生に関わる機会が少なく、一年や三年を担当するケースが多かったという事実の反映です。

神護寺で盛りの紅葉を楽しみ、カワラケ投げに興じたあと、私たちは高山寺に移動しました。有名な「鳥獣人物戯画」が見られるお寺です。

ウシ、ウマ、サル、ウサギ、カエルなどお馴染みの動物から、麒麟、龍など想像上の動物に到るまで、実にさまざまの鳥獣が、四巻から成る墨一色の白描画のなかに描かれています。

動物の擬人描写も豊富ですし、娯楽に打ち興じる人間の姿も興味深いものがあります。

——日本の歴史のなかでも特に激動期と言われる中世のさなかに、いったい誰が、何の目的でこんな絵物語を描いたのであろうか

同僚たちの最後尾についてひとりそんなことを思量しながら、私は、必ずしも安価ではない「鳥獣人物戯画」の複製の巻物を陶子へのおみやげとして購入しました。

妻のこともチラと頭を掠めましたが、この旅行中、妻には何のみやげも用意しませんでした。

京都駅を午後八時五十分に発車した青森行きの寝台特急〈日本海〉は、十時ちょうどに敦賀に到着します。

特急にしては珍しく、〈日本海〉の敦賀での停車時間は十分もあります。交換か何かの関係なのでしょう。

今夜この列車で寝て起きれば、修学旅行も終わりです。明朝八時には秋田駅に到着しているのです。

四泊五日の日程と言っても、五日目は午前八時まで、しかも、私たち第一班はその五日目が日曜日にあたっていましたから、八時で勤務が終了するのに一日分の代休がもらえることになっており、ひどく儲けた感じになっていました。

そうした感情が底流にあるうえ、ここまで特別な事故や事件もなく旅程を消化して、五人の担任を含む八人の引率教諭はみな常ならずゆっくりした気分でした。

女性一人を除く七人の男性教師が主任のいる車両に集まり、三段ベッドの最下段二つを利用して、窮屈な姿勢で向き合いながら、それぞれ缶ビールや裂きイカなどに手を伸ばしていました。

酒は好きだと公言している割には強くない主任が、たて続けに日本酒のコップを二杯干して、早くも酩酊状態になりかかっています。

旅行期間中、一番緊張を強いられたのが主任でしょうから、これは仕方のないところかもしれません。

他の同僚も皆いつもより饒舌で、修学旅行もこれで終了といった安堵感が、旅行中で最大の笑い声のなかに溢れています。

十分間の停車時間も半ばを過ぎたころ、大きく切り取られた窓ガラスに自分の影が映っているのに気づいた私が、何気なくその窓の外に目を凝らすと、そちこちの車両から降りた一高生がプラットホーム上の自動販売機に群がっているのが見えました。

コンクリートと鉄骨だけの寒々としたホームに一般客の姿はなく、駅員も視界には入っていません。

敦賀を出ればあとは停車時間の充分ある駅はなく、あっても深夜になっていますから希望どおりのものを買えるかどうかは分かりません。

京都駅前の巨大なローソク型の塔の下で全員一斉に摂った夕食は、若い胃袋を満たすには量が足りなかったような印象もありますから、生徒たちが夜食用にインスタントラーメンの類でも購入しているのだろうと想像できました。

事実、他人の分まで抱え込んだらしく、熱さをこらえながらカップラーメンを両腕一杯に抱えてそろりそろりと列車に戻って来る生徒もいました。

「缶ビールを買っている者がいる」

引率している担任のなかでは一番年長で、いわば担任頭ともいうべき社会科教師がふいにそう言って、ホームの一角を指さしました。

校内での所属分掌が生徒指導部ということもあって、今回の旅行では生徒指導関係の最高責任者という立場にあるベテラン教師です。

私が、指摘された方向に視線を向けると、確かに何人かの生徒が自動販売機で缶ビールを買い込み、それをすばやく上着やセーターの下に隠し込んでいます。

見張役なのか、腕組みをして周囲に気を配っている小柄な生徒が一人います。私も古典の授業に出ているクラスの生徒で、文芸部の一員でした。

「あっちにもいる」

反対側の、列車後部を確かめながら、若い英語教師が眼鏡を光らせます。

そこでもまったく同じ光景が展開されていました。こちらの見張役は演劇部員のはずです。

おみやげ購入のために日程の一部に最初から設定していた京都の新京極での買い物タイム

の折、家族へのみやげとして地元の銘酒を買った生徒が何人かいたことは私も承知していますが、敦賀の駅頭で手に入れた缶ビールがおみやげ品でないことは瞭然としています。車内で飲むつもりなのです。

私は緊張しました。

男子だけの私のクラスが、酒類に興味や関心がないとは考えられません。体質的にアルコール類を一切受け付けない生徒は別にして、多少なりとも飲める者は、購入したからには必ず缶を開けるに違いないと思わねばならないのです。

秋田第一は、生徒の非行に関しては大変厳しい学校です。勉強だけでなく、人間としても一流になってほしいという期待が反映されているのです。

前例にならえば、喫煙は二週間、飲酒は三週間の停学を免れません。

私は他の担任たちとともに急いでホームに出ました。酒類を買うのを直ちにやめさせねばならないのです。

幸いなことに、私のクラスの生徒はホームには見当たりません。

私は安堵しました。自分の心配が杞憂に過ぎなかったことが判明して、多少はしゃいだ気分にすらなりました。

その時の私は、自分も生徒指導部の一員であり、第一班全体の生徒指導に関して一定の責任を負わねばならないことを忘れていました。

自分の担任に見つかった他クラスの男子生徒がその場で叱責されています。

別のところでは、現物を没収され、肩をすぼめている生徒の姿もありました。

「念のために車内を点検してみましょう。すでに買って戻っている生徒がいるかもしれません。先生がた、直ちに各学級の車両の点検をお願いします」

担任頭が当然の指示を出します。

にわかに生徒指導部員に戻った私は、率先するかたちでその場を離れ、自分の生徒たちが乗っている車両に急ぎました。

発車して左右に揺れ始めた車両を二つ通り抜けると、私の担任する二年E組がまとまって乗車している最後部の車両でした。

デッキから自分の車両へのドアを開けて私は唖然としました。

狭い通路に立ったまま、あるいは窓際から倒した小さな椅子に腰かけて、十人前後の生徒が缶ビールを飲んでいます。

それも、今飲み始めたという感じではなく、かなり以前からという印象です。敦賀の駅に降り立った生徒は見かけませんでしたが、それは、京都で乗車する前にすでに購入していたからでしょう。生徒の方が一枚上手であったのです。

私は憮然としました。自然に両のこぶしを握り締めていました。

私の姿を見つけた生徒が逸早くベッドの中に逃げ込みますが、それでも、七、八人の生徒の顔と名前が私の脳裡に残りました。

　学級の副委員長に選ばれている生徒が混じっていて、私は、意外の感と同時に強い衝撃も受けていました。

　私は、とりあえず、車両の端まで歩いてみました。

　今や、生徒はすべて通路から姿を消しています。

　あと二、三ボックスで終わりというところで、ふいに黄色地に青の縦縞が入った派手なパジャマ姿の生徒が一人、缶ビールを片手に私の前に姿を現わしました。私が来たことに気づかなかった様子です。

　パジャマの色柄は、一高サッカー部伝統のユニフォームに合わせたもののようでした。

にきびのいっぱい出ている顔を真っ赤にしたサッカー部所属のその生徒は、空いている右手を上げて、

「センセェー」

と、だらしない語尾で私に声をかけます。明らかに、一緒に飲もうと誘っている仕草でした。

「馬鹿やろっ！」

　私は、完全に酔っ払っていて、善悪の判断もままならなくなっている生徒をとりあえず一喝しましたが、咄嗟にはその後の態度を決めかねました。

　一瞬、この事態を主任に報告して判断を仰ごうかと迷いましたが、その考えはすぐに打ち

消しました。

上司に報告してしまえば問題が大きくなり、帰校後、全職員による処分会議を経て、全員停学処分を免れなくなるのは必定です。かりに十人が三週間ずつ停学になれば、停学を合計した述べ日数は二百十日に達します。

これでは、その後の学級経営がきわめて難しくなりますし、担任としての指導力も問われかねません。

四月の赴任以来、全校を見ても非行で処分された生徒は一人もいませんし、聞けば、秋田第一で処分生徒が出るのは三年に一人くらいだといいます。

私は赴任初年度ではありますが、大学を出たばかりの新米教師でもありませんし、修学旅行の引率も初めてではありません。

旅行隊第一班の生徒指導について一定の責任を負う立場にあることも頭を離れませんでした。

すばやくあれこれ勘案した私は、この場で事を収めようと肚《はら》を決めました。

とは言っても、相手は酔っ払っているのですから、ただ口頭で注意するだけでは十全の効果は期待できません。〝経験不足〟でまだ自分の〝適量〟など知っているはずもない生徒たちですから、私の注意の後にまたひそかに飲み始め、急性アルコール中毒でも起こしたら、今度は停学どころの騒ぎではなくなります。場合によったら生命にかかわりかねない危機を招来し、途中で列車を止めてもらわねばならないような事態さえ生じかねないのです。――ここで百パーセント事態を鎮静化させねばならない。それには、身体で理解させる以外に手段はない

私は躊躇なくそう判断しました。

どこの高校でも、修学旅行中の非行はその期間中に何らかの方法で処理するのが慣例みたいになっている事実も承知していました。

私は、自分たちの車両が最後尾で、しかも、たまたま一般客が一人も乗っていないという状況に感謝しました。

私は通路を引き返し、頭に残っている私のクラスの生徒をすべてベッドから呼び出して、後ろのデッキに移動させました。酩酊状態で私に誘いかけてきた生徒も含め、全部で七人でした。隣のクラスの生徒もいたはずですが、確信がもてないのでそれは省きました。

パジャマ姿が二人いましたが、副委員長は先刻のジャンパーと違ってきちんと学生服を着込んでいました。

飲酒していた生徒は他にもいたのだろうと推測できましたが、私の眼に入った生徒以外の生徒は詮索しませんでした。あまりに数が多くなり過ぎるのを私は恐れていました。

当然のことですが、それまでの二十二年間、私は生徒に体罰を一度もいかなる形でも加えたことはありません。しかし、私は、今それを破る決意をしました。

ようやく事態の重大さに気づいたらしい酩酊状態のサッカー部員を含め、一列に横並びさせました。

背丈がばらばらで、ずいぶんデコボコしています。

怯《おび》えたように上目を遣ったのは会社社長の息子で、母子家庭の生徒にはどこか昂然としたところがありました。

「罰として、これから、頬を一発ずつ殴る。眼鏡をかけている者ははずせ。顎を引き、両脚をしっかり踏ん張って立て」

誰かの小説で読んだ旧軍隊の一場面を思い浮かべながら私はそのように告げました。

これからやろうとしている行為がバレれば、体罰だけでも大変なことになるのに、怪我でもさせたら退職も覚悟しなければならない場面でした。

最後尾なので一般客が通りかかる心配はありません。

私は、車掌が遠くの車両に出かけていることだけを願いました。

生徒の態勢が整ったところで、私は自分の生徒の左頬を右の平手で一発ずつ順番に殴っていきました。

副委員長など、普段の素行からは考えられないような真面目な生徒も混じっていましたが、手心は一切加えませんでした。こういう場面では〝平等〟が一番大事なのです。

殴打の音は、今や最高スピードに達したらしい長大な寝台特急の騒音がかき消してくれました。

　殴りながら私は、一高に来て初めて、生徒を憎いと思いました。それは、体罰などを考えたこともない私に体罰を強いるような不祥事をしでかした生徒たちに対する憎さであり、信頼を裏切られたことに対する哀しみの裏返しと言ってよい性質の憎さでした。

　生徒たちは誰も何も言わず、もちろん抵抗の素振りもありません。自分たちの非を悟ったらしく、いかにも観念した様子でした。

　普段はあまり叱ることのない担任の、しかも体罰に接して、いささか度肝を抜かれたのかもしれません。

「あとは、各自のベッドに帰って寝ろ。解散」

　私はぶっきら棒にそれだけ言うと、先に立って通路に戻りました。その時になって初めて、私は自分の掌が火照っているのを覚えました。

　車両の中ほどの寝台から、女生徒が一人、後ろ髪を乱して逃げるように隣の車両に走り去って行くのが目に入りました。浮気の現場を亭主に見つけられた尻軽女のような逃げ方でした。

　私はふと、一高の女子生徒も落ちたものだと思いましたが、そのベッドは詮索しないことにしました。修学旅行を契機にいくつかのカップルが誕生するというのは事前に聞いていましたし、よそのクラスの担任に迷惑をかけたくありませんでした。

　私は、私の車両に教師が私一人しかいなかった偶然に感謝しました。これで、この問題は二年Ｅ組の生徒と担任だけで片付けることができたと思いました。

問題を起こした生徒の保護者に告げる気もありませんでした。

それが、私がかつてそこで学び、いま教鞭を執っている一高のやり方なのだと信じました。

今は全員がベッドに入り、カーテンも閉めてこもごも身をひそめているのを感じながら、
私も、私に与えられた入り口近くのベッドに身を横たえたのでした。

# 第十一章　主　任

　修学旅行中の飲酒事件は、旅行後も、一切表面化することはありませんでした。私が陶子以外の誰にも話さなかったこともありますが、実際に飲酒した生徒を含め、クラスの全員が、この件に関しては完全に沈黙したというのが最大の要因だと思います。明らかになれば処分を免れない事柄を自分たちから口にするような生徒は、一高生ならずともどこにもいるはずがないのです。

　陶子は、私の話を教育者としての良心を隠さずに聴いていました。彼女としても初めて耳にする類の事件で、自身の今後の指導に生かせる要素が内包されていると直感したような面持ちでした。

　アルコール類をまったく受けつけず、酒の危険性については考えたこともないらしい陶子は、列車のデッキでの具体的な体罰の場面ではいささか顔をしかめていましたが、私が、酔っ払いが相手なので言葉では通じないこと、急性アルコール中毒は死に通じる危険性を内包していることなどを説明すると、私の咄嗟の対応を一応受け入れてくれました。他に選択肢のない緊急措置として納得してくれたのです。

旅行後、私の二年E組は飲酒事件などなかったかのように平穏な日々を送り、全員揃って無事三年に進級しました。進級時に恒例にならってクラス替えがあり、私は新たに共学クラスであるB組の担任になりました。これはまったく偶然なのですが、三年B組には、飲酒事件を起こした生徒は一人も含まれていませんでした。

一高の三年生にあるのは、基本的には、各自の希望する大学に向けての勉強だけです。その点は生徒たちもよく心得ていて、私が黙っていても必要な学習にはきちんと取り組んでいました。そういう意味で時間に余裕のある私は、生徒たちが卒業するまでの間に単行本を一冊出版することを決めました。百五十枚ほどの中編がすでに一作できており、それに新たに百五十枚の中編を連作の形式で書き継ぐことにしたのです。

はからずも、生徒たちの受験勉強と私の小説執筆が競争のかたちになりましたが、私は、そうした関係にあることを生徒たちに伝えて、私なりの生徒への激励ないしは督励としました。

一年後、一部の生徒は希望を実現できなくて浪人生活に入りましたが、七割近くの生徒は第一または第二志望の大学に進学していきました。私の三年B組の進学先は、秋田第一としては平均的な大学であったと言ってよいと思います。

今はちりぢりになっている昨年の二年E組からは、東大に一人、京大に一人、東北大に五人が合格していました。全体を通じても東大三、京大二、東北大三六という数字でしたから、修旅行中の飲酒は絶対に許されないものの、二Eは学力は高いクラスであったことが証明されて、私もそれなりに嬉しく思いました。

中編二作から成る私の三冊目の単行本は一高の卒業式前に完成しました。私は、装幀がとても気に入ったその書策を私のクラスの希望者すべてに配布しましたが、話を聞きつけた旧二年E組のメンバーのなかにも欲しいという生徒がいましたので、むろんそちらにもサインを入れて贈呈しました。

この時期、仙台市に本社のある東北新報紙で〈みちのくの作家シリーズ〉という企画を連載していました。その十何番目かに私が選ばれたということで、担当者がわざわざ秋田を訪れ取材していきました。文化欄の半分を割いたその特集記事は少なからず私の虚栄心を満たすと同時に、小説にたいする自信のようなものを私に与えてくれもしたのでした。

母校に赴任して三年目から私には学級担任業務がなくなりました。そして、その代わりのように、国語科の主任を命じられました。

命じられたと言っても、総務部や教務部などの分掌主任のように管理職から直接言い渡されるのではなく、職員室の黒板に張り出される校務分掌一覧を見て初めて、自分が教科主任であることを知るのです。そういう意味では格の低い主任と言えます。

適否は別として、受験校での主要三教科と言えば英語、数学、国語と相場が決まっています。

私が主任になった当時、秋田第一は国語の成績が優秀で他の教科を引っ張っている、というのが受験業界の一致した評価でした。

新しく主任に就任した私は、先輩たちが積み上げてきたその実績をまず守らねばならず、さらに多少なりとも上積みをはかっていかねばなりません。＊＊が主任のときに成績が下がったと言われたりしたら、自尊心まで傷つけられてしまうことになるのです。

主任は、それまで出る必要がなかった毎月一回の主任会議に出席しなければなりませんし、国語科の主任は教育課程委員会や大学進学率向上対策委員会など、校内で行われるほとんどの会議に出席しなければならないシステムになっていますから、公的な拘束時間がそれまでよりも多くなりました。

国語科内部の問題に関して言えば、こちらも毎月一回の科会を主催しなければならないだけでなく、私を含め十人から成る国語科全体の動きにもそれなりの目配りが必要でした。

細かいことを挙げれば、国語科のお茶やコーヒーの類がなくなれば、係りの先生に伝えて補充しておいてもらわねばなりません。もし、その若い教師が何日も忘れていれば、結局は私自身がお茶を買いに走らねばなりませんでした。

私は、夫としては買い物に出かけることはほとんどありませんでしたが、国語科主任としては、時おり学校の近くのスーパーに買い出しに行ったものです。

私はそれまで、いかなる部門の主任も経験したことがありませんでしたので、そうした目で同僚を見るということはありませんでしたが、その立場に立ってみると、国語科職員の新たな一面が見えてきて、おもしろいと思うと同時に戸惑うことも少なくありませんでした。なかでも、主任として気がかりなことが二つありました。

一つは、国語科職員の間に能力差が存在することです。

よその学校のいわゆる職員室に相当する大きな部屋は一高にもありますが、それは、毎朝、全職員による十分ほどの打ち合わせを行うためのもので、それ以外は、ほとんどの職員が各教科の準備室で過ごしています。昔も今も、一高は教科指導が中心の学校であり、教師もまず教科の実力と指導力が求められるのです。

部屋が小さくなるので、特に見たり聞いたりしようとしなくても、同僚の仕事ぶりや生活ぶりが自然と目に入ってきます。

授業の直接の準備である教材研究や質問に来た生徒との応答などから、その教師の国語に対する姿勢や能力などがおのずからにして見えてくるのです。

その教師の教科指導の能力をはかるには何といっても授業を参観するのが一番ですが、研究会でもないかぎり、そういう機会は滅多にありません。最近はそれほどでもない様子ですが、むやみに他人の授業を見てあるかないというのは、依然として教師社会の一種の不文律のようなものなのです。

しかし、授業以外に教師の能力を推し量る方法がないわけではありません。それは、テストの問題を丹念に分析することです。
一高の国語科では、かりに一学年を四人の教師で担当しているとすると、テスト問題は一人二十五点ずつ出題し、それらを合わせて百点にするのが一般的なやり方です。印刷する前に、各自の出題した問題を検討し合いますが、設問の中身や問い方をみれば、その教師がどういうところに力を入れてどのような授業を展開しているかをある程度知ることができます。

ポイントのずれた問題や、一高生のレベルに合わない問題を平気で出してくる教師は、一高の教師としては失格ということになります。

能力のなかに勤勉という要素も含まれるとすれば、国語科には能力の劣る人物、つまり怠惰な職員がおりました。

定期のテストにせよ不定期のそれにせよ、テストを実施した場合にはきちんと採点し、採点後の答案は生徒に返却するのが原則です。

ところが、私が卒業生を出した後の春休み、私が国語準備室内を掃除しているときに、ゴミ捨て用のポリバケツの中から、百点のうち五十点分だけ採点済みの古典の答案が一クラス分出てきました。解答者の氏名を確かめると私のクラスのものでした。

しかし、その成績は、定められた様式に従って担当者から私に報告があり、それに基づいて、卒業成績全体が整理され、その結果として生徒たちはすでに皆卒業してしまっているのです。

要するに、私のクラスの古典を担当したSという教師が、生徒たちの答案を半分だけ採点し、それを倍にするか何かして成績を出したものと推測されます。普段からSは万事仕事の遅い男でしたが、これほどとは想像だにできなかったので、公私両面で私は少なからずショックを受けました。

Sは私と同じ年に秋田第一を卒業した教師ですが、大学の入学から卒業まで六年かかったそうで、その時点では、主任である私の次に位置する立場にあったのでした。

主任として気がかりなことの二つ目は、業者の接待に弱い職員が存在するということです。一高は規模の大きい学校ですので、副教材として用いる参考書や問題集の類はかなりの数にのぼります。業者側から見ると、一高で使ってもらっているという事実は他校での恰好の宣伝材料にもなります。

そんなわけで、教科書のみならず、副教材類の一高への売り込み合戦はかなり烈しいものがあり、それは各種の誘惑を伴っています。私の場合で言うと、私の著書をまとめて五十冊購入するのでぜひ採択に協力してほしいといった具合です。

教師も人間であり生活者ですからそれぞれにさまざまな事情や弱点を抱えています。そこにつけ込まれてついつい業者寄りの言動に走ってしまう教師も存在するのです。

もし、一高の国語科が業者と癒着しているという噂が持ち上がったりすれば、そこで失われた信頼を回復するには多大のエネルギーと時間を要することは疑いありません。

教科主任というのは、そうしたところまで気を遣わなければならない立場であったのでした。

国語科主任に命じられた翌年に、私には新たに図書主任という任務も加わりました。校内の組織には総務部、教務部、生徒指導部など十ほどの校務分掌がありますが、図書部もそのうちの一つです。分掌の主任は、九つある教科主任よりは一段各上という扱いになっていましたから、私はいささか〝出世〟したかたちになります。

ただし、総務、教務などの主任は手当が出ますが、図書は視聴覚などとともに手当の出ない主任なので、分掌主任のなかでは格下とみなされています。念のためにつけ加えておけば、教科主任は手当の一切出ない主任です。

図書部は気楽な分掌でした。というのも、臨時職員ながら、十五年間にわたって一高で司書の仕事をしてくれている女性がおり、ほとんどの仕事は彼女がこなしてくれるのです。何か重要な判断が必要なときは私の出番となりますが、そんなケースなど年に一回あるかないかといった程度だったからです。

国語科主任も二年目に入って大分慣れ、私には精神的にも物理的にも少なからぬ余裕が生まれていました。そうした状況を有効に利用しない手はありません。私は、秋田県の大潟村《おおがたむら》をテーマにした、私にとって初めての長編小説に取り組んでみることにしました。

長大な秋田県沿岸のほぼ中央部に大きな半島が突き出していて、単調な海岸線に変化を与えています。男鹿半島です。その半島の付け根にあたる部分に、かつて、琵琶湖に次いで日本で二番目の面積を誇る半鹹《はんかん》の湖が展開していました。八郎潟です。広大なその海跡湖を干拓し、大規模農業のモデル農村として発足したのが大潟村です。昭和三十九年のことでした。

　私の実母の生家が八郎潟の西岸に位置していましたので、私は、幼いころ、家族に連れられて小舟で湖面に乗り出し、ハゼ釣りに興じたりした思い出があります。八郎潟は、もともと私にとっては懐かしい湖なのです。

　秋田広陵に勤務していたころ、成績優秀者の多くが大潟村から来ている生徒であることが、折にふれ、教職員の間で話題になりました。

　その理由はよく分かりませんでしたが、事実として私もそれは実感できました。私の担任しているクラスの生徒もそうだったからです。

　私が、全国各地からの入植者が多数を占める人口三千余りの大潟村に具体的に興味をもったのはそのころでした。休日を利用して何度か大潟村を訪れ、新生の大地の息吹と広大な村の自然に触れているうちに小説を書きたくなって、自分が担任している坂崎京子という生徒の父親を尋ね、機械化された大規模農業について基本的な教示をうけました。

　滋賀県庁を退職して家族ともども大潟村に移住したというパイオニア精神あふれる坂崎氏は、豊かな関西弁のなかに時おり変なアクセントの秋田弁をまじえて、大潟村での農業経営のみならず、広く日本農業の現状と課題を熱っぽくかつ論理的に私に語ってくれました。

私は、そこで得た見聞をもとにして百枚ほどの小説を書き、『文学秋田』に発表しました。それで一区切りのつもりでいたのですが、秋田第一で卒業させた唯一のクラスに大潟村出身の桜井まどかという大変優秀な生徒がおり、それがきっかけでまた何となく大潟村が気になっていました。

私の頭に、大潟村の生徒はなぜ成績優秀なのかという疑問が再びよみがえり、機会があったら今度こそきちんと明らかにしたいという思いがありました。

図書部所属で時間的に余裕のできたのを幸いにして、私は再び大潟村に取り組んでみることにしたのです。

今回の私の意図は、大潟村の開拓当初を長編小説化することです。

先にお世話になった坂崎氏は第四次の入植者なので、私は、今度は第一次入植である桜井まどかの両親のもとをたびたび訪れることになりました。

まだ土曜日が半ドンのころでしたので、私は土曜の午後や、日曜・祭日を利用して何度も桜井家を訪れ、さまざまなお話を伺いました。

迷惑と知りながら私は、自宅のほかに、作業中の圃場《ほじょう》にもたびたびお邪魔して最新の大規模農業の実際を見せてもらったばかりでなく、時には、トラクターやコンバインの運転席に乗せてもらって取材したこともありました。

大潟村に足を運ぶたびに私の筆は進みました。ドキュメンタリー作家は、よく、足で書くというような表現をされたりしますが、私もそれを実感として理解しました。自分はドキュメンタリータッチの作品に向いているのかもしれないと自惚《うぬぼ》れたりしました。

ただ、足を運ぶといってもこれは勇み足であったかもしれないと苦笑せざるをえない経験がないわけでもありません。

大潟村の小説に取りかかる前、私は中編の恋愛物を書き、その小説の背景にベートーベンの交響曲第九番「合唱付き」を援用しました。何かの参考になればと思い、さまざまな指揮者による第九の演奏レコードを何枚も買ってきてそれを聞きながら執筆しました。ところがどうもしっくりいきません。

そうしているうちに、秋田市民による第九演奏会が実施されることになり、合唱団員の募集がありました。私は、レコードより実際に歌ってみるのが早いと判断してそれに応募し、年末に県の文化会館で二百人の仲間とともにあの「歓喜の歌」を合唱したのです。

実際に歌ってみても小説にはたいして生かすことができませんでしたが、私はたちまち第九のとりこになってしまい、その翌年以降も、秋田市で二回、能代市で二回、それぞれの市民による第九演奏会に参加することになったのでした。

小説を書くという観点だけから言えばいささか踏み込み過ぎの感を免れないところもありますが、もともとベートーベンが好きな私は、ほんのわずかではありますが、楽聖のシンフォニーに当事者の端くれとして参加することによってベートーベンの音楽への理解がより深まりましたから、それはそれで意義があったと顧みています。

私は、直近二回の単行本をいずれも秋田から出版していました。一年余りかけて完成させた今回の大潟村の小説は東京から出したいと希望しました。国のモデル農村と位置づけられた村の開拓当時の模様を全国の人に知ってもらいたいという気持ちと同時に、私の小説が全国でも通用するものかどうか本格的に試してみたいという気持ちもあったのです。

あれこれ探した結果、神田の小さな出版社と折り合いがつき、起筆から一年半という、想定していたよりは短い時間で私の最初の長編は上梓に漕ぎ着けることができました。

以前、秋田の出版社から出した本も書店には並びましたが、それは郷土コーナーというところが主でした。

ところが、大潟村を舞台にした小説は、他の大家の作品に混じって、ちゃんとした文芸コーナーに、しかも平積みで並べられていました。秋田市内のどこの書店に行ってもそれは同じでした。

私は、本を買う予定もないのに、ただ自分の小説の並べられている状態を眺めるために何度も書店を訪れました。

私が、自分の小説を陶子にプレゼントしようとすると、陶子は、自分の分は自分で本屋に行って買うと言い、友達にあげる分も含めてということで二冊購入してくれました。

妻の方も、出版の事実は承知していたのですが、そのことについては何も話題にはなりませんでした。

郷土コーナーに置かれた書籍は、半年くらいはそのままですが、一般文芸コーナーの作品は回転が速く、一、二週間売れ行きをみてたいしたことがないと分かるとたちまち隅に追いやられ、二、三ヵ月後にはほとんどが出版社へ返品となります。

桜井夫妻の協力を得ながらの綿密な取材に基づいた私の小説は、三ヵ月後には秋田市内のどの書店からも完全に姿を消していました。

私は、小説を書くことも難しいが、書いたものを売るということがいかに難しいかを、悔しさとともに思い知らされたのでした。

図書部は気楽な分掌でしたが、そこは二年間で終了となり、次に命じられたのは視聴覚部の主任でした。しかし、視聴覚部は図書部以上に気楽、というよりも、暇と言った方が適切で、分掌主任のなかではもっとも格下とみなされている閑職でした。当初、私は、左遷されたような意識に苛《さいな》まれたものです。

視聴覚部の主な仕事は、生徒会の三大行事、つまり、春の運動会、夏の学級対抗、秋の文化祭を写真やビデオに撮って残しておくことです。

しかし、撮影そのものは各学級から選出された視聴覚委員三十人が手分けしてやってくれますから、私が実際に何かをしなければならないという場面はありません。視聴覚機材の収納されている部屋の管理をしていればそれでよいのです。そこは鍵のかかる部屋で、日常はまったく使用されていませんから、具体的には、鍵をきちんと保管しておくことが私の唯一最大の仕事なのです。

どんな些細な分掌であっても、学校運営にとって必要だからそれが設置されているわけで、私も、視聴覚部そのものに基本的に反発していたというわけではありません。私が衝撃を受けたのは、私が視聴覚部の主任を命じられたのと時を同じくして、国語科で私の下の席次になっていたSが教務主任に抜擢された事実です。

現在は少々異なりますが、学校の管理職は、長い間、校長と教頭と決まっていました。それ以外はすべて平教員ですが、教務主任はその平教員の中ではもっとも高く位置づけされた職掌で、教頭職にもっとも近い立場にあるのです。S先生は教務主任になったのでコースに乗った、と職員間ではささやかれていました。コースというのは、もちろん管理職へのそれで、そういう言い方にならえば、私はコースから完全にはずれてしまったということとなります。

秋田県の管理職登用システムは、校長の推薦を受けた者しか管理職採用試験そのものを受けられないようになっていますから、校長の心証を害するようなことはあまりしない方がよいというのが、管理職適齢期に近づいた人間の鉄則です。積極的には、管理職に気に入られるような言動に腐心すればなお結構ということになるでしょう。

管理職になると平教員とは異なる給料表が適用されて、毎月の俸給が上がります。それは夏冬のボーナスや将来の退職金、さらにはその後の年金受給額などにも連動していきますから、生涯賃金という観点で見ると、管理職になるかどうかは小さくない意味をもっています。つけ加えて言えば、秋田第一や秋田女子など伝統ある大規模校の校長経験者は、退職して十年経つと叙位叙勲の沙汰があるのが通例ですから、好む好まないは別にして、その人の人生に〝箔〟がつくことにもつながるのです。

管理職になるかならないかはそうした意味合いを有しているので、最初の段階で平等の受験機会が与えられていないというのはやはり問題であろうと、学生時代に経済的な苦労を余儀なくされた私などは思ってしまうわけですが、そうした考えが大きな声になることはなく、旧来の登用試験がいまだに続いているというのが実情でした。

経済問題を抜きにしても、私のなかに、学校の先生になったからにはいつかは校長職に就いてみたいという漠然とした願望は確かにありました。しかし、それが、ぜひ管理職にならねばといった強い欲求にまでには到っていませんでした。所詮、私はデモシカ教師なのです。

しかしながら、私が一番格下の主任なのにSが教務主任になったという事実は、簡単には受け入れられませんでした。むしろ、強い反発を感じたと言った方が適切です。学歴、職歴、能力のどれをとっても、私がSより劣るとは思えなかったのです。

コースに乗ったSは、多分、この後は順次栄進していくのでしょう。それに反し、コースから逸れた私には、最終的には窓際の椅子しかないのかもしれません。いや、現在すでに窓際にあると言ってよいのでしょう。

そうした認識は私をひどく落ち込ませ、小説を書こうとする者が、管理職になれるかどうかで思い煩っているようでは話にならないという思いの間で大きく揺れ動いたのでした。

Sが完全にコースを歩みつつあるというニュースは、はからずも陶子を通じて私の耳に入ってきました。

陶子はもともと生徒第一、授業ひと筋といったタイプの教師で、管理職などにはまったく興味も関心もありません。むしろ、あれは俗物がなるものだという、ほとんど偏見に近いような意識の持ち主ですらあります。その陶子に、管理職登用試験を受けるようにとのお誘いがかかったのです。

夏休み直後のある晴れた一日、昼食を取り終えてつかの間の休息をとっている背後から教頭が近寄り、すぐ校長室に赴くよう陶子に促しました。

いかにも突然で、何事だろうと訝りながら校長室を訪ねると、陶子にソファーを勧めた校長はすぐ本題に入りました。管理職試験を受けないかというのです。

唐突ではありますし、もともとそんな気持ちもなかった陶子は、自分は最後まで生徒たちと直接触れられる場所にいたいと述べ、登用試験を受けることを断りました。

すると校長は、教師として楽な道を選ぶのかと詰問し、受験を強要します。校長には、例えば県の教育委員会など、背後からの命令に従っているような気配が感じられます。校長は、受験用の簡単な参考書なども陶子のために準備していました。短時間ではとても断り切れないと察した陶子は、しぶしぶながら受諾してしまいました。

登用試験はそれから四ヵ月後に行われたのですが、その場にはSも姿を見せていたのです。管理職試験云々は私にはどこからも一切話がなく、試験がいつ、どこで、どのような形式で実施されたかといったことはすべて陶子から聞いて初めて耳にしたのです。

噂によると、この試験を一回で通る者はほとんどおらず、現に陶子も不合格でしたが、Sは合格していました。

陶子は、翌年はしっかり覚悟を決めて受験を明確に拒否し、以後受験の機会もありませんでした。

一発で通過したSは、合格した翌年には、県北の小さい高校ながら、教頭として晴れて赴任していきました。

その間、私には受験の機会すら与えられず、そういう意味では悶々とした日々を送っていましたが、そうした私の状態をさらに落ち込ませるような状況が周囲では相次いで発生していました。

まず、私の父の手術を担当した外科部長の娘婿で胸部外科を専門とする野々村が秋田大学医学部の助教授の職に就き、前後して、その野々村とT大で一緒に勉強した消化器外科医がそのままT大医学部の助教授に就任しました。

他方、一高の一年次に野々村や私も同級生であった秀才が東京大学経済学部の教授に栄進して、こちらも一高関係者の間で大きな話題になりました。

ほぼ時を同じくして衆議院議員選挙が実施されていましたが、ここでは、入院中の私に『神曲』をプレゼントしてくれた黒江英明が北海道三区から立候補して当選しました。

高校時代、英語クラブで、横山泰彦と私を合わせてステテコ三人組と揶揄された一人である黒江は、大学卒業と同時に北海道開発庁に入り、最初は東京勤務でしたが、やがて勤務地が札幌に変わりました。彼はそこで保守党の長老議員と懇意になり、その長老が第一線を退く際に、その地盤をそっくり受け継いだのでした。

国内でも有数の鉄鋼メーカーに就職した横山泰彦は、重要な仕事を任されて現在はアフリカに長期出張中です。

かつての仲間や同級生、同期生がそれぞれの分野で活発に活動している状況を遠く近く耳にしながら、私は小さな国語科、暇な視聴覚部のしがない主任として、羨望と嫉妬に苛《さいな》まれながら鬱屈した日々を過ごしていましたが、一つだけ、こころ慰められる出来事がありました。

私が視聴覚部の責任者となって三年目の春、私の父がかつて勤めていた自動車販売会社が創立五十周年を迎えました。記念事業の一環として社史を刊行し、私にも送ってくれました。ページを繰っていくと、父の業績が写真入りで紹介されている部分があり、それはそれで私の感慨を喚び起こしました。

二百ページほどの上製本の最後尾に現在勤務している社員の一覧が載っており、そこの整備部門に、秋田広陵でいろいろ関わったあの鈴木浩介の名前があったのです。

浩介は、高校卒業と同時に、東京の建築会社に就職したのですが、何か事情があって今は、私の父の二十年もあとの後輩社員になっているということのようでした。

陶子も、上京して以降の浩介の消息については承知していませんでしたので、私が社史を見せると、秋田にいるのであればまた会う機会もあるでしょうと言って、とても嬉しそうにしていました。

教育者の本当の喜びというのはこういうことなのだろうと、陶子と私はしばし満ち足りた気分で語り合ったものでした。

# 第十二章　甲子園

私は結局、視聴覚部に四年間留め置かれました。その間に私は、日本で最初のロケット打ち上げに取材した長編小説を書いて単行本にしました。

わが国初のロケットは長さ三十センチ、直径二センチほどのそれで、名前もペンシルという可愛らしいものです。東京大学の生産技術研究所で開発したものですが、打ち上げは秋田県の道川《みちかわ》海岸で行われ、以前からその事実に関心をもっていた私は、今は往時の跡形もないその砂浜に何度か通って構想を練り、作品化したのでした。

職場での私の仕事に大きな転機が訪れたのは、私が秋田第一に転勤して七年目も終わろうとする三月下旬のことです。

すでに教職員の人事異動は発表になり、私は最低もう一年は母校の教壇に立つことが決まっていました。

校内分掌はまだ発表になっていませんが、私は、来年度もまた視聴覚部に違いないと思い込んでいました。学校の様子に特別変わったこともありませんし、私が赴任して以来二人目となっている校長も前年度と同じですから、同じような学校運営、同じような人員配置がなされるものと想像できたのです。

春休み中の三月二十五日、残務整理のために出勤していた私は、第二教頭を通じて、突然、校長室に呼ばれました。

「硬式野球部長をやってもらえませんか」

両側に二人の教頭と事務長を侍らせた色黒の校長が、開口一番そう言いました。

秋田第一の野球部には硬式と軟式の両方があるので、公式にいう場合は硬軟の区別をはっきりさせるのが慣例です。

「ぜひ承諾してもらいたいし、承諾してもらえれば、明日のうちに甲子園に向かってほしい」

ひと呼吸置く間もなく、校長が畳みかけます。

「現部長が、急に県の教育委員会に転出することになったのです」

入れ歯の噛み合っていないらしい第一教頭が補足しました。

そこまで聴いて、私は事情の概略を諒解しました。

秋田第一の硬式野球部は、三日前に始まったセンバツ高校野球大会に出場するため、十日以上前から大阪市内の宿舎に滞在しています。

部長、監督、コーチなどのスタッフと約五十名の全野球部員が、秋田駅前で関係者や市民の盛大な見送りを受け、そのまま夜行列車で旅立ったのですが、その見送りには私も出かけていたのです。

「急な話で申し訳ないが、事情が事情なので、特別な支障がなければぜひ承知してもらいたい」

いつものように三つ揃い姿の校長は先を急いでいます。なにしろ、大会がすでに始まっているのですから無理はありません。

「今、この場でご返事しなければならないということですね」

私は、ひとつだけ呼吸を入れました。すばやく気持ちを整理する必要がありました。

「そうしてくれることを期待しています。＊＊先生に断られたら、また最初から考え直さねばならないのです」

そう言って校長はゲジゲジ眉毛をちょっと寄せました。私が断ったら本当に困るのでしょう。

二人の教頭も厳しい表情をくずしておらず、私以外の人間は考えていないような雰囲気でした。

私は引き受けざるを得ないのを悟りました。断らねばならない理由も特にはありませんでした。

「うまい具合に最初の試合に勝てば、その次の試合からはベンチにも入ってもらわないといけない」

チラリと眼を光らせた校長は、私の心底を見透かしたような急ぎ方をしました。

一高は、初戦で和歌山県代表の高校と対戦することが決まっています。そして、その試合に勝てば、二回戦は四月になってからですから、当然、新部長がベンチに入るという段取りになるのです。

秋田第一は、今回を含めてセンバツには五回、夏の選手権大会には十七回の甲子園出場を果たしている名門です。とくに、大正四年（一九一五）に行われた第一回選手権大会の準優勝校である事実は、校史に燦然と輝いています。

そういう野球部の部長となれば、校内だけでなく、対外的にも注目度の高い要職です。

「私は、野球をまったくやったことがないのですが」

私の肚《はら》は受諾で固まっていましたが、一応、遜《へりくだ》った態度をとりました。

「野球は知らなくて一向に差し支えない。野球は監督がやるのだから。あなたは、高い立場から野球部全体を見てもらっていればそれでよいのです」

私の反応を予期していたような校長の素早い反応でした。

高い立場とはどういうことかなどと聞くのは野暮というものです。そんなバカバカしい反問などしないと判断したから私に目をつけたのでしょう。

「やらせていただきます」

そう言って私は、ソファーに座ったまま小腰をかがめ、頭を下げました。

「それじゃ、明日の午後、校長と一緒に飛行機で大阪に飛んでください。とりあえず選手団とは別のホテルに宿泊してもらい、明後日の午後の試合が終わり次第、選手団と合流してもらいます。ホテルの場所や今後の日程などはこのようになっています」

いつも温顔の事務長が、笑顔で書類を差し出します。手回しのいいことですが、今さら私は何も言いません。

「それじゃ、＊＊先生の航空券もすぐに手配していいですね」

次第に則ってというような間合いで、事務長が私に最終的な確認を求めます。

「いや、実は、明日東京に行く予定になっているんです。一泊して、朝一番に東京から新幹線で大阪に向かうようにさせていただきたいのですが」

私は、ちょっと姿勢を正して、自分の事情と要望をすぐにその場で伝えました。

明日の夜、神田の中華料理店で、小さな文学会が開かれることになっています。

私もかつて応募して佳作に入ったことのある地元新聞社主催の文学賞の審査員を囲む会です。

三年前に始まったものですが、芥川賞作家一人、直木賞作家一人、それに、紫綬褒章受章の著名な劇作家が出席するので、私としても楽しみにしている会でした。

――夕刻から開かれるその会に参加し、翌朝の始発に乗って大阪に向かう。一高の試合は午後からだから、応援には充分間に合う頭の中でそのように整理しながら私は、野球に関わってしまえば、もう小説を書いている時間などなくなってしまうのかもしれないと、ふと思いました。

いかにも慌ただしい私の甲子園入りでしたが、試合の方は和歌山代表の私立の強豪校に圧倒されてしまい、私のベンチ入りはなくなってしまいました。

試合に敗れた日の夕食時に、部長交替が選手諸君に告げられ、前部長が退任、私が就任のあいさつをしました。

食事を済ませた前任者は、かつて私の担任していたクラスが飲酒事件を起こした寝台列車〈日本海〉を利用して早々に秋田に帰っていきました。

選手団統率の責任者となった私は、事前に定められていたスケジュールに従って、翌日の午後、新幹線で東京まで戻り、そこで一泊した後、やはり列車で秋田に帰りました。

東京に立ち寄ったのは、一高野球部の東京ＯＢ会が主催してくれた慰労会に出席するためです。一高が甲子園に出場した場合には必ず東京で一泊し、その慰労会に選手団全員が出席する習わしになっていたのです。

宿泊するホテルで御馳走になった後、部長、監督、コーチは帝国ホテルで別途慰労を受けるようになっており、主催者側の人物を誰ひとり知らない私は、初めて帝国ホテルに入ったこともあっていささか緊張しましたが、一高の野球部長になるというのはこういうことなのだと、今さらのように感じ入ったものでした。

野球部が帰校して三日後には早くも新年度がスタートしました。私は国語科主任も視聴覚部主任もなくなり、通常の授業と野球部の仕事だけになりました。新米部長が働きやすいようにこの際余計なものは学校側で排除してくれた結果でした。

ただ、私から主任の肩書きがなくなり、学校運営の基本的な事項を審議する主任会議に私が出られなくなったのを不都合と判断したようで、研修会館主任というものが新たに設置され、私はそこの主任ということになりました。

一高の硬式野球部は小さいながら専用の合宿所をもっています。合宿所という名称を研修会館に改め、私をそこの主任にしたというわけです。従来も合宿所の責任者は存在したのですが、その役柄では主任会議に出席する資格がなかったのです。

私は、管理職のきめ細かい配慮に感心したものでした。

野球部長の新年度の仕事は、まず野球部員の名簿づくりから始まりました。

遠征や怪我などにも対応できるよう、本人の場合は氏名・住所はもちろん身長・体重から始まって血液型に到るまで、両親に関する欄は、それぞれの勤務先やそこの電話番号まで入った詳細なもので、一般社会であればプライバシーの侵害と受け取られかねない項目も数多く含まれていました。

ほとんどの土曜日と日曜日には、練習試合が組まれています。県内チームが多いのですが、県外の学校も少なくありません。

練習試合に合わせてその日程を保護者に連絡する。練習試合でも四人きちんとつける審判の約束を事前に取り付けておく。一高主催の練習試合当日のスタッフの昼食を、相手チームの指導者の分も含めて準備する。

そうした作業はすべて部長の仕事ですし、遠征の場合は、もちろん監督、コーチと一緒に出かけなければなりません。

大小の公式戦の組合せ抽選会に出席してクジを引くのも部長の大事な仕事です。甲子園大会は別にして、キャプテンにむやみに学校を休ませなくてもよいようにするための配慮の結果です。

野球部父母の会との連絡は頻繁かつ濃密なものを要求されました。というのも、試合会場に選手や用具を運んでもらわねばならなかったからです。

秋田市内で試合が行われる場合は、選手は原則として現地集合で、全員が自転車でやってきます。

ただし、市内の場合でも、試合前に行うシートノック用のボールを初め、選手個人のバット、グローブ、スパイクなどの道具類は、父母の会にお願いしてワゴン車で運んでもらうシステムになっていました。

また、市外に出る際には交通機関が必要になりますが、公式戦以外は学校から一切費用が出ませんのでこれまた父母の会におんぶせざるを得ません。

毎月の練習試合の日程を前月の月半ばまでに示し、選手や用具を運ぶ車両を準備してもらう依頼状を部長名で出さなければならないのです。

一高は、野球部の歴史だけで百年近くになりますから、野球部のOB会も大きくて活発です。四月下旬、新入部員がだいたい落ち着いたところで、三年生までの生徒全員をレストランに集めて激励会を開催してくれます。もちろんスタッフも同行しますが、スタッフに関しては日を改めて別の席が設けられ、かなりの規模の財政的援助もしてくれます。私の月給のほぼ二ヵ月分に相当する現金を頂戴できるのですが、使途にいかなる制約もなく、領収書を提出する必要もありませんでしたので、受け取った方としてはとても使い勝手のよいお金でした。

OB会主催のそうした会合の折のあいさつや金銭の受領はすべて部長の責任でなされていました。

ただ、会計の実務の一切は副部長が担当してくれる仕組みになっていましたので、私は、結構規模の大きい会計をすべて副部長にまかせ、私は、必要な現金をその都度もらうようにしていました。

秋田第一は県内随一の伝統校なので、他校の創立何十周年といった記念行事の一環としてよく招待試合の申し出を受けます。おめでたいことなので断るわけにはいかず、これには必ず出かけなければなりません。

歴史の古い一高には昔からのファンが少なからず存在し、その人たちが集まって独自の後援会を結成しています。

試合の応援はもちろんですが、毎日の練習もバックネット裏から見守ってくれていますし、大きな大会の前には差し入れなどもあります。ほとんど一高の卒業生が含まれていないそうした団体との友好関係にも部長は気を配っていかねばなりません。

それやこれやで私は結構忙しいのですが、放課後の練習はできるだけ見にいくよう心がけました。

野球と授業以外は仕事がないように配慮されていましたし、なにより、懸命にボールを追いかける生徒たちを目の当たりにするのが楽しかったからです。

私の最初のベンチ入りは、秋田市内の十チームからなる市内リーグ戦の第一戦で実現しました。

野球場のベンチというのは意外に寒いものだというのが、私の第一印象でした。

試合当日が花冷えの日であったことや、午前中の試合で、三塁側の一高ベンチが日陰に入っていたことなどもありますが、三十人ぐらいの人間が腰かけられるだけの長椅子が背後の壁に沿って造り付けられているだけで、あとはがらんとしています。

グランンドに向いた側がガラ空きのただの長方形の造作と言ってよいのです。

前面に防球用の低い壁はありますが、選手の出入りに便利なようにところどころに切り口が開いており、こちらも、とてものことに風や寒さを防ぐ用はなしませんでした。私にも選手たちと同じ帽子とグランドコートが支給されており、帽章のAのマークや校名入りのコートを私は誇らしく思いましたが、気持ちだけでは寒さに勝たれませんでした。

最初私は、ベンチのどこに座ったらよいものか迷いました。選手も監督も何も言いませんからどこに座ってもよいのでしょうが、少なくとも、プレイする選手たちの邪魔にだけはならないようにしないといけません。

監督が、生徒に命じて自分用の椅子を一脚用意し、既設のバットケースの脇に陣取ったので、私はその後方の、造り付けのベンチに腰をおろしました。監督の近くにいる方が、野球についてもいろいろ話が聞けるだろうと思ったからです。

以後、私が野球から離れるまで、監督と私のベンチ内での位置関係は変わることがありませんでした。

ベンチから野球を見るというのは新鮮な経験でした。

ピッチャーズ・マウンドというのは慮外に盛り上がったものですし、センターの最深部というのはかなり奥まったところにあります。

応援団の応援は、自校のものは頭上を素通りしていってほとんど聞こえず、相手の歓声やブラスバンドの演奏が実によく響いてきます。

もちろん、グランドに出ている選手には自校の応援がよく聞こえるのでしょうから、心配するには及ばないのでしょうが。

監督の出すブロックサインの内容は私には分かりませんでしたが、サインを受けた選手の動きから逆にそのサインが判明することもありましたし、ベンチに出入りする選手たちに口頭で与える攻守さまざまな指示やアドバイスも私には目新しものばかりで興味がひかれました。

試合中、野球に関する初歩的な質問にも監督は笑顔で応えてくれ、これなら私も部長としてやっていけそうだと思いました。

私のデビュー戦を含め、秋田市内のリーグ戦は全勝で優勝してしまいました。

一高はセンバツに合わせて冬期間も実戦的な練習を欠かしていなかったのに対し、他校はおおむね新年度が始まってからのスタートでしたので、四月の段階では大きな戦力差があったのです。

選手たちは喜び、私たちスタッフも気をよくしていましたが、もちろん、それで満足していたわけではありません。

誰も表立って口には出しませんが、私たちはひそかに春夏連続して甲子園に出場することを狙っていましたし、地元マスコミも早くもそれを話題にし始めていました。もし、実現できれば、一高として二十九年ぶりの快挙になります。

伝統の強力打線がありますし、他チームにいけばエースになれるピッチャーが三人揃っていますから、実現の可能性は充分あると判断できました。

高校野球の場合、秋田県の地区大会は、県北、中央、県南の三つに分けて行われます。五月に行われた春の中央地区大会で私たちは優勝し、全県大会でも準優勝して東北大会に進出しましたが、青森市で行われた東北大会では宮城県代表の私立の強豪校に一回戦で敗れてしまいました。

このうち、東北大会での敗退は、相手が甲子園常連校であることを考えればある程度は納得できます。しかし、その前の県大会準優勝は想定外でした。その試合もセンバツに臨んだメンバーそのままで対戦したのです。

負けた原因について監督は技術面を中心にいろいろ検証していましたが、私も私なりに考えてみて、大会期間が一学期の中間考査と重なっていた事実に思い当りました。

秋田第一は県内随一の進学校で、どの学年の生徒も百パーセントが大学への進学を希望しています。もちろん、野球部員も例外ではありません。

進学ということが常に頭にありますから、生徒たちは、テストになると、それがどのような種類のテストであれ、本能的、動物的にそちらに気持ちが向き、時間の長短はありますが、まずは勉強時間の確保が優先されます。進級や卒業に直結する定期考査となればその傾向はさらに強まります。その分、物理的にも精神的にも、野球の練習に影響が出るのは免れ難いのです。

高校野球は教育の一環ですからそれはそれで受け止めねばなりませんが、選手たちの学業成績を見ると、野球の練習時間を割いて頑張った割には思わしい結果が出ていませんでした。成績査定の職員会議の資料には、野球部員の赤点が特に目立っていたのです。

野球部以外の運動部員の成績全体が必ずしもほめられる状態ではなかったのですが、その中でも野球部は悲惨と評してよいほどの状態でした。

こうした状態が今後も続くと年度末に進級や卒業にも影響してきますし、大学への推薦入学を希望する場合には高校からの内申にも悪影響を及ぼします。

どこの学校でも、強い運動部ほどそうした問題は深刻のようですが、部長である私としてはそんな呑気なことは言っておられません。野球そのものの指導は監督やコーチの仕事ですが、部員の学力向上対策は部長の大事な業務なのです。

センバツ大会は、東北大会のみならず県大会でも優勝しなくても出場できますが、夏の選手権大会は県大会での優勝なしには絶対に甲子園出場がかないません。そして、甲子園をめざす夏の県大会は一学期の期末考査と重なる日程になっています。

――学力に対する不安を取り除いてやらないと選手たちは野球に専念できない

そのことを身をもって悟った私は、東北大会終了後、野球部員だけを対象にした勉強会を開くことにしました。野球の練習に影響の出ない時間帯を選ばなければなりませんので、朝の自主練習が始まる七時より前の一時間程度、つまり六時開講ということになります。

対象は希望者全員で、教科はとりあえず英語、数学、国語の三教科です。担当者は、数学は副部長、国語は私ということで部内で間に合いましたが、英語はどうしても野球部の外にお願いしなければならず、私は、何かと野球部を応援してくれている英語科の女性主任に頭を下げてなんとか引き受けてもらうことができました。

私の本当の気持ちとしては陶子に頼みたいたいところだったのですが、いくらなんでも、他校の教師を招聘するというのは、どこから見てもやはり無理と言わざるを得ませんでした。

意気込んで始めた勉強会ですが、当初はほとんど効果が上がりませんでした。テストになると動物的に教科者や参考書をむさぼる生徒たちですが、テストと直接関係のない時期は教科書などはほとんど見向きもしないのです。

私は、ここはテストで必ず出題される部分などと強調して生徒たちの気を引くよう努めましたが、生徒たちの感想を聞いてみると、会計を担当しているだけで練習はもちろん試合にも姿を見せる必要のない副部長は通り一遍の講義が多かったようですし、英語科の主任は、こうした勉強会に出席すること自体に人間として成長していくうえで大きな意義があるといったような内容の、教育一般の話が多かったようなのです。

もちろん、それらがまったく無意味だとは私も思いませんが、当面の成績を上げたいという私の意図とはいささかかけ離れているのも事実でした。

七月に入り、地元紙のみならず、夏の甲子園大会を主催する全国紙でも、秋田県大会の焦点は秋田第一の春夏連続出場が実現するかどうかだといったことが大きな話題になり、一高の練習は量的にも質的にも限界に近づきつつありました。

当然のように朝の勉強会に参加する生徒は少なくなり、最初に英語、次いで数学の出席者がゼロになって、その二教科は開講を取りやめざるを得ませんでした。ボランティアでやってもらっているのですから、生徒がいないのに先生に朝早くから来てもらうというわけにはいかなくなったのです。

私の教科には、キャプテンなど、かろうじて一、二名の出席がありましたが、これは、部長である私に義理立てしてくれたものでした。

甲子園への出場校を決める夏の大会は三週間後に迫っていて選手たちは最後の猛練習に励まねばならないのに、その一週間前には期末の定期考査があります。選手たちは野球と勉強の板挟みにならざるを得ません。

一般的な話になりますが、最近の甲子園の出場校の多くは私立の高校です。一高のように、少ないながらも毎年東大の合格者を出している公立高校はほとんど甲子園に手が届かない状況になって、夏の大会では特にそれが顕著です。

私立の高校は、その気になれば全国から有望な選手を集められますが、公立高校は学区の枠を超えることができませんから、最大限に見積もってもそれぞれの県内に限られます。

一高の場合は、入試の際に、中学校時代の運動部員としての実績を合否の判定基準に含めていませんから、成績面でも入部してくる生徒は限られています。

入学後の練習環境にも大きな違いがあります。私立の野球の強豪校は、入学先が体育科やスポーツ科学科等の場合が少なくないようなのです。かりに、そうした学科に進学して野球を専攻すれば、日々の授業がそのまま野球の練習になるです。授業の一環ですから、施設設備もきちんと整っているのが一般です。

一高は普通科の学校なので、部活動はすべて放課後になり、活動のための予算も貧弱です。硬式野球部専用のグランドは用意されていますが、狭くて歪《いびつ》です。敷地を有効活用するため、センターの定位置のすぐ背後に室内練習場が建てられていますので、センターを守る生徒は本格的な背走の練習などできないといった具合です。

たまに、私立の高校で、甲子園にもよく出場するし東大にも数多くの合格者を出すという学校がありますが、そういう学校は入学時から学科が分かれているのが通例です。つまり、甲子園に来るのは体育科の生徒で、東大に進むのは普通科の生徒です。

そうした高校では、甲子園組と東大組はまったく別の生徒ですが、秋田第一は、野球をやる生徒と東大をめざす生徒は同一の人物なのです。

公立の進学校がなかなか甲子園に出られないという事情は、私も以前から何となく感じてはいましたが、部長になって初めて、その根本のところが見えてきたのでした。

――二十九年ぶりとなる甲子園連続出場はぜひ実現したいが、かといって、生徒たちの成

績不振を放置しておくわけにはいかない
　選手たちと同じようなジレンマに陥った私は、対応策についてあれこれ考えをめぐらせました。もっとも効果のある方法をしかも迅速に実施に移さねばならないのです。

　結論として私は、かつて秋田広陵で鈴本浩介のために陶子と一緒に緊急避難的に用いた方策を援用することにしました。

　ただ、自分の選んだ方法に完全には自信がもてなくて、私は、短時間ながらその問題について陶子の意見を聞く機会をもちました。帰宅途中に、市内の中央部にある城址公園の駐車場で落ち合い、その車中で話し合ったのです。

「賛成できないわ。あの時とはまるで条件が違うじゃないの」

　ひととおり私の説明を聞き終えた陶子が、低くかつ短く第一声を発しました。

「やはりな」

　多少たじろぎながら私もそのように応じました。ある程度予想できた反応ではあったのです。

「基本的には許されない行為だと思うけど、他に策がまったくないというのであれば、実施する場合の制限を可能な限り厳密にということになるのかしら」

　私がいかにも落ち込んだ表情をしていたのでしょう、陶子が助け舟を出すように言いました。

聞いてみると、陶子にもそれに似た経験があるようなのです。

陶子が現在勤務している秋田実業高校は駅伝が強く、暮れに京都で行われている全国大会にも何度か出場しています。

有望な選手を全県各地から集めますが、入試成績にはあまりこだわらず、ほとんど走力だけで合格させる場合も少なくありません。当然、日常の授業についていけない生徒も現われますが、補修授業や個別指導などで補うことができない場合は、最終的には点数を水増ししてやるらしいのです。

私の父親が師範学校を卒業して初めて勤務した県南の奥深い村からやって来たある生徒は、走力は抜群ですが、陶子が担当している英語がまるで駄目で、入試でも零点に近い点数でした。それでも、駅伝部の監督の強い要望で合格させたのだそうです。

そういうやり方で入学を許可した生徒は、学校が責任をもってきちんと卒業させる責任がまずあります。

僻陬《へきすう》の地と評してよいその村には中学校が一つしかなく、その生徒が教わった英語の先生は正規の英語教師の免許を所持していないことが後に判明しました。高校でも定時制などによくある免許外指導で、私が若い時分の一時期〝英語教師〟〝数学教師〟であった事実は陶子も承知していました。

それやこれやを勘案して、点数が不足だからといって直ちに不合格にするわけにもいかないと考えた陶子は、今後の頑張りに期待するという意味を込めて、その長距離ランナーの点数をかさ上げしてやったのでした。

ちなみに、その生徒は高校卒業後、スカウトされて東京の私立大学に進みました。正月恒例の箱根駅伝を四年連続で走り、四年次にはキャプテンにも選出されました。社会人となって最初に出場した〈びわ湖マラソン〉では五位に入って新人賞を受け、現在は、わが国における一流の長距離走者の一人に数えられています。

それはさておき、陶子の指摘するように、秋田広陵での経験や他校の駅伝部の生徒の例を直ちに秋田第一の野球部に持ち込むことはできません。しかし、私は、今の一高野球部の置かれている状況はそれらに準じるものだと判断し、それに基づいて慎重かつ大胆に具体的な対策を講じていったのでした。

私の主観としては苦心の末の対応策が効果をあげたのかどうか、選手たちは、少なくとも後顧の憂いなどもたなくて済む程度の点数をとり、誰もが意気軒昂といった表情で、夏の甲子園大会の県予選に臨みました。

春の大会の準優勝校である第二シードの秋田第一は、夏の甲子園に通じる試合を順調に勝ち上がっていきました。優勝するためには五試合勝たなければならないのですが、四試合目、つまり準決勝までは投打がよく噛み合い、これはもしかしたら負けるかもしれないといった場面には一度も遭遇せずに済みました。

反対側のブロックを、これまた順当に駆け上がってきたのは、大方の予想どおり市立の商業高校でした。第一位にシードされている強敵です。

一高に入るときの成績がトップで、入学式では新入生を代表して宣誓したほど勉強はできるのに、先攻後攻を決めるジャンケンではあまり勝ったことのないキャプテンが、決勝戦前のジャンケンでもやはり負けて一高が先攻となりました。

しかし、私たちは、試合直前にグランドに撒《ま》かれた水がまだ乾かないうちに四点を挙げていました。

内心、この四点で私は勝ったと思いましたが、もちろん言葉には出すのはタブーです。私のみならず、監督も選手も誰一人として勝敗を口にする者はいません。試合の結果は終わってみなければ分からないのです。

現実問題として、どちらも五試合目ですから、選手たちには少なからず疲労がたまっており、なかには怪我をかかえてしまった生徒もいますから、いつどこで何が起きるか分からないのです。

果たして、中盤あたりから両軍のピッチャーが打たれ始め、交替した投手も簡単には相手を抑えきれなくて、最終的に私たちが勝利を収めたのは十対六といういささか大味なスコアでした。

大味であれ何であれ優勝は優勝です。私たち野球部もスタンドの応援団も歓喜にあふれ、グランドでは胴上げが、スタンドでは万歳がいつまでも続きました。

私も、初めて宙に投げ上げられる不安定な快感を二度三度と味わったものでした。

センバツの場合は、出場決定から実際に試合をするまで二ヵ月前後ありますから充分な準備期間を確保できますが、夏の大会は、代表権を得て十日ほどで甲子園での開会式になるので、日程的にはかなり慌ただしいものにならざるを得ません。

県大会優勝の祝勝会、報告会、甲子園への激励会、壮行会、挨拶まわりなどが連日のように組まれ、選手もスタッフも大忙しです。そうした折の公的なあいさつの多くは部長の役目なので、私は、自分の授業のない時間は、あいさつ類の文案づくりに精を出しました。古い歴史と数多い実績を誇る秋田第一の野球部長ともなれば、あいさつにもそれなりの内容が必要だと考えた結果でした。

甲子園へは飛行機で向かいました。一刻も早く現地入りしたいという監督の意向によるものです。航空機の利用は一高としては初めてで、贅沢だという声も一部にはありましたが、窮屈な日程や選手たちの健康などを考慮するとそれが最適なので、私も積極的に監督を支持しました。

秋田を離れる直前に、一般市民も参加して行われた盛大な壮行会には仕事着の妻の姿も垣間見えましたが、陶子は事前の予告どおり顔を見せませんでした。陶子とはその三日ばかり前に短い逢瀬をもつことができており、私としてもそれで充分であったのです。

秋田第一は、過去、春夏合わせて二十二回甲子園に出場しています。優勝したことはありませんから二十二敗しているのですが、そのうち八回がその大会の優勝チームです。この春に戦って敗れた和歌山県代表の高校も、結局優勝して凱旋していったのです。

一高はどうもクジ運がよくないと地元のマスコミでも話題にしたりしていましたが、組合せ抽選会でキャプテンが引いてきた相手は鹿児島県代表でした。春も夏も優勝経験のある私立の強豪校です。クジ運がよくないと改めて実感させられた思いでしたが、むろん、そんな弱音は誰も口にしませんでした。

大会四日目で、その点はちょうどよかったのですが、第一試合でしたので、私たちは朝四時起きして体調を整え、万全を期して試合に臨みました。

しかし、基本的な力の差は如何《いかん》ともし難いところがあり、先制、中押し、ダメ押しというパターンで相手に点を取られ、最後に一矢は報いたものの、結局七対一で敗退を余儀なくされてしまいました。

センバツでも一回戦負け、今回も初戦負けということで選手にもスタッフにも悔しさは残りましたが、全国の壁の厚さも同時に感じた次第でした。

翌日の午前を荷物の整理と発送、午後をおみやげの甲子園グッズ購入に当てた私たちは、そのまま大型バスで恒例の一泊旅行に向かいました。行き先は四国の金毘羅さんです。

元旦を除く三百六十四日間の練習に耐え抜いた選手たちへのささやかな御褒美であり、スタッフのつかの間の息抜きです。

リラクッスした一夜を過ごした翌朝、選手たちと約束した五時に起きた私は、すがすがしい空気のなか、選手たちに冷やかされたり励まされたりしながらあの有名な階段を登り詰め、観光化に抗して厳然と自己の存在を主張している尊社に参拝しました。

四国から飛行機で東京まで戻り、そこで東京在住の野球部ＯＢによる慰労会に出席して一泊しました。スタッフだけ帝国ホテルでもてなしを受けたのもセンバツのときと同じでした。

東京から秋田までは列車の旅になりましたが、このころになると選手にもスタッフにも一度に疲れが出てきた感じで、私も、ほとんど居眠り状態で過ごし、秋田駅頭に出迎えてくれた校長以下の学校関係者、選手の保護者、それに一般市民などの数の多さにびっくりしてあわてて覚醒したような状態でした。

# 第十三章　窓　際

部長になって二年目の春も市内リーグ戦から始まり、一高は前年と同じように順調なスタートを切りました。

私たちは二年連続の甲子園出場をねらい、今度は甲子園でもぜひ勝って昨年の借りを返したいという気持ちでした。

しかし、二年目になると、最初の年にはなかったさまざまな雑音が私の耳にも入ってくるようになり、なかでも金銭の問題については少なからず気を遣わされました。

硬式野球部では、部費というものは一切徴収していません。日常の経費はすべて公金でまかなわれています。

内訳は、生徒会予算、ＰＴＡ予算、それに、甲子園出場時の募金の残余金等です。

生徒会とＰＴＡは合わせて六十万円で、これではとても年間の経費は賄えません。

そこでありがたいのが、甲子園出場の際に寄せられた寄付金です。

秋田第一の甲子園関係の予算規模は五千万円というのがここ数回の常識です。

残念ながら、最近は緒戦で敗退することが多いので、募金のうち一千万円くらいは剰余金になります。その一千万を五本の定期預金にし、毎年二百万ずつ野球部で使用していくのです。そのお金があるから、一高野球部は割に資金が潤沢なのでした。

それにしても、一千万残るということは、逆に言うと四千万は使うということで、何にそんなに金がかかるのかと聞かれたりすることがあります。

理由は簡単で、甲子園出場の場合は、必要な経費の多くが募金から支出されるようになっているからです。

もちろん、主催者側から旅費、宿泊費などが出ますが、それは規定の登録人数分に限られます。金額で言うと八百万円ほどです。

しかし、甲子園出場は野球部員すべての力を合わせて勝ち取ったものですから、登録した選手以外を学校に残していくというのは情として忍びないものがあるのみならず、教育的にもマイナスの要素になります。

登録人数は全部員の三分の一に過ぎませんから、多数を占める非登録者の分はすべて学校側の責任、具体的には募金で賄わなければならないのです。

甲子園に古びたユニフォームを着ていくわけにもいかないということで、全部員や監督、コーチのユニフォーム、帽子、ストッキング、スパイクなどもすべて新調するのが慣わしになっています。

部長の帽子やグランドコート、ホテル内で着用するトレパン・トレシャツやTシャツの類なども、生徒と同様の新品が支給されました。

さらに、ピッチングマシーンや防球ネットなどに破損したり老朽化したりしたものがあれば、この機会にすべて新しいものに取り換えます。

選手が怪我や病気で個人的にかかる医療費は普段はもちろん個人負担ですが、甲子園では、主力選手のかかりつけのマッサージ師を秋田から呼び寄せたりする費用や、試合前日、希望する選手に注射や点滴をほどこすために要する費用、つまり、医師と看護婦の交通費や宿泊代などもここからの支出になります。

金毘羅さん詣での費用もこの範疇にあることは改めて言うまでもないでしょう。

野球部長になって驚いたことの一つは、野球というのはずいぶん金のかかるスポーツだという事実でしたが、当事者として甲子園に行ってみていっそうその感を深くしたのでした。

春の県大会も間近に迫ったある日、私は、突然、この春に着任したばかりの校長に呼ばれました。教頭を通さず、校長から直接校長室に来るようにという連絡を校内電話で告げられたのです。常にはないことなので、私は多少訝《いぶか》りながら校長室に入りました。

「野球部長をやめてもらえませんか」

私が腰を降ろすのを待って、新校長が、何かに追い立てられるかのように早口に言いました。結論を最初にという面持ちがありありとしています。

「どういうことなのでしょうか」

教頭も立ち合わせずにいきなり野球部長を解任する校長の真意が分からなくて、私はあいまいに応じていました。

「今日限りで、野球部長をやめてもらえませんか」

数呼吸おいたところで、校長が私の顔を覗き込むようにしてまた言いました。

「承知しました」

私は、今度はひと言で応えていました。

分掌の任免権限は百パーセン校長にありますし、校長の今の言い方は、形は疑問形ですが、内容は命令です。解任の根拠を質さねばならない理由も私には特にはありませんでした。私は野球の専門家ではないのです。

私が即座に解任を承諾すると予想していなかったらしく、校長は天気具合など世間話を二、三持ち出しましたが私はそれにはまったく乗っていきませんでした。

「他に用事がございませんのでしたら、これで失礼させていただいても宜しいでしょうか」

私は腰を浮かしながらも、ことばは丁寧に辞去の意思表示をしました。

「あなたの代わりには副部長を昇格させる予定です」

校長が、あわてたようにつけ加えました。

私は、それにも何も応えませんでした。すでに解任を言い渡された者が、後任の人事についてあれこれ容喙《ようかい》する必要もありませんでした。

ただ、こんな性急なやり方で一高野球部は大丈夫なのかという危惧だけは残りました。

しかし、私はそうしたことも口には出しませんでした。部長解任という難題を無事に成し終えた後の安堵感のようなものが校長の面輪に見て取れたからです。

野球に関しては一切が終わったというのがその時の私の印象でした。心身の緊張が一気に弛緩していくのが自分でも分かりました。

廊下に出て時計を確かめると、校長との面談には十分もかかっていませんでした。

国語準備室に戻った私は、校内電話を使って、たったいま部長を解任された旨を監督に伝え、今日の練習の折に部員たちに連絡してくれるよう頼みました。

私は、その日以後、野球部の練習を見に行くのをやめました。

ところが、解任を言い渡されてからちょうど一週間後、ふいに校長に指示されて、私は高級料亭に赴きました。教頭二人が同席していました。

「この前の話はなかったことにして、野球部長を続けてもらえませんか」

お互い最初の一杯を傾け合ったところで、校長が、多少慌ただしげに切り出しました。

「すでに、選手たちに部長が交替したことは伝わっていますから」

校長のとった部長交替という措置に何か齟齬《そご》が生じたらしいのを直覚しながらも、私は、多少すねたように応じました。

「生徒の方はどうにでもなりますから、その点の心配はいりません」

校長の口調はひどくあっさりしたものです。

「新部長も、副部長に戻してもらって構わないとの意向です」

第一教頭が、側面援助は自分の任務という態度を明確にしています。

この人たちは教育者とは評し難い、と私が思ったのはその時です。

新部長を副部長に戻すという話はまだしも、生徒の方はどうにでもなるという認識や表現は、教育の原点からもっとも遠ざかったものと言わざるを得ません。教育の中心は生徒なのに、それが、太陽系で言えば一番外側の惑星よりも外にはじき飛ばされているのです。

しかし、現実の事態は即断を要求しています。躊躇はできません。

「野球部は、新部長のもとですでに動き出しています。県大会の開会式も明後日に迫っていますから、ここで私が部長に戻ったりするのは、選手たちにふたたび余計な動揺を与え、保護者の顰蹙《ひんしゅく》をかうだけです」

私は、自分で自分を落ち着かせながら、部長に戻る意思のないことを明確に伝えました。

「我々がこんなにお願いしても駄目ですか」

校長の顔には怒気と哀願のいろが混在しています。

「申し訳ありません」

私は、校長の発言の中の「こんなに」という部分に、管理職が揃い、しかも高級料亭に招いたのに、という意識が隠されているのを感じ取り、いささか仏頂面で応じていました。

校長はすばやく教頭二人と眼まぜし、その後は、部長問題には一切触れることなく、デザートが出るまで沈黙がちな盃を重ねました。

帰り際に、校長の指示に従ってタクシー券が私に渡されました。固辞したのですが、第二教頭が強引に私の胸のポケットにねじ込んだのです。

私はその小片を、疾走するタクシーの中で千切り、ちょっとだけ窓を開けて夜風のなかに飛ばしてやりました。

私が部長をやめた時、部員たち全員で寄せ書きをしてくれました。勉強会が役立った旨を書いてくれた生徒が少なからずいましたが、その中の一人が、一高卒業後にドラフトを経て、イチロー選手が所属していた関西のプロ球団に入りました。一時期、三番打者として大活躍し、現在は、仙台を本拠地とするチームに移籍して頑張っています。

野球部長解任は少なからぬショックを私に与えましたが、時間的にはかなりの余裕が生まれました。授業と野球しかなかったものが、野球がすっぽり抜け落ちたわけですから、職場での半分は自由時間になったような感じです。

完全な窓際族になった私は、部長在職中はほとんど一行も書けなかった小説にふたたび筆を染め始めました。

秋田県中央部の沿岸に長大な砂防林を造成して領土と領民を守った秋田藩の砂留方《すなどめがた》の役人

を主人公にした小説です。以前に小説化したロケット開発や大潟村同様、秋田県の歴史の一ページを刻むものとしてこれも書き残しておきたいと考えた結果でした。

部長在職中は、日曜・祭日には必ず練習試合が組まれていて自由になりませんでしたが、今はすべてを自分の時間として利用できるようになっています。周囲から嘲笑や罵倒を浴びながらも辛抱強く植林事業に取り組んでいった下級の一藩士が植樹した広大な松林を私は何度も訪れて構想をふくらませ、執筆への意欲を切れ目なく充填《じゅうてん》していきました。

勤務時間中、授業のない時間を利用してひたすらワープロ打ち続けましたが、たまたま私が国語教師で、書くという行為が不自然に映らなかったせいでしょうか、それとも、年度早々に野球部長を解任された事実を慮《おもんぱか》ってでしょうか、どこからも誰からも苦情や非難めいたことを言われた記憶はありません。

小説が順調に進んで気をよくしていた私ですが、翌年早々に、苦い思いに苛《さいな》まれる事態に遭遇しました。私と同期で、現在は県北の工業高校の教頭職にあるSが、四月からどこかの校長に栄進するだろうとの噂が流れ始めたのです。

私は、表面は平静を装っていましたが、内心は穏やかではありませんでした。私には、管理職登用試験を受けるようにという話すらまだないのです。かつては、国語科内での序列は私の方が上でしたが、今や完全に逆転されリードされたのを私は認めざるを得ませんでした。

その時期と前後して、私の同級生や同期生たちが次々に社会的地位を高めていきました。

秋田大学医学部の野々村は助教授から教授になり、野々村とT大の外科で一緒に勉強した同期生もやはりT大の教授に昇進しました。

東京では、東大経済学部の教授が経済学部長に就任し、三回目の当選を果たしていた黒江英明は保守党の農民部長におさまっていて、次の総選挙を突破すれば農林大臣間違いなしといった噂が、一高関係者の間でささやかれたりしていました。

客観的にみれば、私たちの年代が社会を動かす中核になりつつあるということだったのですが、バスに乗り遅れた感じの私は、周囲のそうした状況に少なからぬ嫉妬と焦燥感を覚えていつもイライラしていました。自分の力ではどうにもならないのが現実でした。

Sが、県南の小規模校ながらそこの校長として赴任していった時期の人事異動で、県職員である私の妻が課長補佐に昇進しました。補佐ですから管理職ではありませんが、年齢や履歴からみて、大きな失態がなければ次は課長が約束されているようです。

私は、職場でも家庭でも立場を失ったような感覚に陥り、その分、陶子との逢瀬で気を紛らわす機会が多くなっていきました。

一度管理職試験を受けて落ちた陶子は、学校運営よりは、授業で直接生徒に接する仕事の方が楽しいし教育者としてもやりがいがあると言って、その後は、登用試験そのものを断っていました。

もともと、管理職になることに特別の意味を見出していなかった陶子は、私の気持ちの凹みをよく理解していないようでしたが、そのことは私にとってはかえってプラスにはたらき、少なくとも陶子と逢っている間だけは男の世界の出世競争を忘れることができました。

　妻が課長補佐になった翌々年の春、思いがけない出会いが私にありました。徒歩で帰省した折に最後の夜を過ごさせてもらった石橋健治の弟が、理科教師として秋田第一に転勤してきたのです。今はすっかり中年の体型ですが、まだ中学生であった当時の初々しい顔がよみがえって、私はなつかしさの感情を味わうと同時に、御両親を初めとする石橋家の人々の近況にも触れることができました。

　私と同期の石橋自身は、秋田大学を卒業してそのまま教員生活に入り、県内各地の高校をいくつか回った後、秋田市内の普通高校で社会科の教鞭をとっている事実は私も承知しています。年賀状のやりとりはずっと続いていたものの、直接会う機会がないまま三十年近くが経過してしまい、本人よりも先に弟の方に再会したというのがことの次第でした。

　徒歩帰省の関連で言えば、三日目に宿泊させてもらった大石田の母子家庭の母親とも三年ほど年賀状の交換がありました。ただ、T大を志望していた一人息子が受験に二度失敗し、結局は東京の私立大学に進んだというたよりを最後に音信が不通になってしまいました。

　ビールと冷や麦を御馳走になった後、夜空を見上げながら星座の数々を教えてもらった醍醐小学校の北山教諭との年賀状交換は十年以上続きました。しかしこちらも、先生から定年退職の挨拶状を頂戴したのを最後に年賀状も途切れてそのままになってしまいました。

同期生の石橋が管理職になったという報道はありませんし、一高に転入してきた弟もその話はしませんから、彼も平教員のまま頑張っていると思われます。

私は、受験の機会さえ与えられれば必ず試験を受け、一発で合格して管理職になってみせる、と陶子に本気とも冗談ともつかず口にしたりしていましたが、その後もそうした声は一切かからず、気がつくと私の〝受験適齢期〟はとっくに過ぎ去っていました。

継母がガンで他界したのはその適齢期が終わる少し前です。今は二児の母親となっている異母妹から連絡があって私が入院先に駆け付けた時にはすでに臨終間際という状態でした。それまでの詳しい病状を私は知らされていなかったのです。

喪主は私が務めました。義理であれ何であれ母親であることには違いないのです。ただ、福島県のいわき市に住んでいる実妹は葬儀には姿を見せませんでした。自分は義母にはほとんど思い出というものがないし、あってもそれは不愉快なものだけだというので私も欠席を容認しました。その代わりのように陶子が参列して私の気持ちを慰めてくれました。

陶子とは別に、葬儀には義母が私の父と再婚する折にその当時の婚家に残してきた子ども四人のうち、長男と長女が出席しました。心根のやさしかった二男は二十歳代ですでに病没しており、東京在住で私と同年の末娘も参列しませんでした。私が大学に入る前にはその四人全員と何度か会ったことがありますが、三十年も間が空いた後の再会とあって、私は、出席した二人にもあまり懐かしさの感情が湧きませんでした。どちらかといえば、儀礼的な要素の勝った挨拶と近況報告を交わし合った程度と言えばよいかと思います。

　葬儀が終わって一ヵ月もしないうちに悶着が発生しました。

　私の父親が鬼籍に入ったとき、わが家には墓地も墓石もありませんでしたので、父の遺骨は先祖代々の墓に合葬されました。私が仙台で入院中のことで、私の意向とは関係なしに取り計らわれたのです。そこには※※家代々の人間が埋葬されていますが、私の実母も入っていますから、父は彼岸で最初の妻に再会したことになります。

　亡くなった義母を代々の墓に葬ることに私は直ちには賛成しかねました。そこはもともと本家の墓ですから、別家である私は別途に用地を求め墓石を建てねばなりません。本来は父がやるべきであったのですが、それができないまま逝ってしまったので、私に引き継がれる結果になったのです。

　葬儀後すぐには動きかねましたので、私は義母の遺骨をとりあえず菩提寺に預かってもらいました。ところが、異母妹はその遺骨を私に断りもなしに持ち出し、自分の夫の墓地に埋葬してしまいました。私の菩提寺の住職に確認すると、私の承諾を得ているとのことだったのでという返事が返ってきました。

　義母にはわずかながら家屋敷と預金がありましたから、相続の問題も発生しました。父が泉下した折、私は大学を卒業するまでの資金をもらいましたが、実妹は一銭も渡されておりません。義母の遺産の一部は、この際、私の実妹にも分けてやりたいというのが私の気持ちでした。

私はそうしたことを直接に、あるいは手紙に認めて異母妹に伝えましたが、ある日突然、弁護士から公式の書状が届きました。内容は、異母妹の依頼を受け、爾後、遺産相続等に関わる一切の事務処理を担当することになったので、本人と私が直接接触することを禁止するというものでした。

私は、つかの間、唖然とし、すぐにひどく哀しくなりました。しかし、気持ちはすぐに決まりました。異母妹とは関係を絶つ覚悟をしたのです。私もいわき市にいる実妹もそれなりに暮らしていますから、義母の遺産がどうしても欲しいというわけではなく、異母妹がそれで幸せにやっていけるならそれで構わないと判断した結果でした。

これは後で判明したことなのですが、義母が亡くなった当時、小規模な建築会社を経営していた異母妹の夫は資金繰りにひどく困っており、いくら些少でもよいからと言って、夫婦で相談のうえ、義母の遺した土地家屋を売り払い、預貯金も含めて全ての遺産を借金の返済に充てたのでした。

しかし、それでも経営の立て直しには到らず、最後は夜逃げして家族全員が行方不明になってしまいました。

夜逃げと知ったとき、私は直ちに、かつて私が勤務したことのある秋田広陵高校から五百メートルほどの距離にある妹の家を訪ねてみました。閉め切られた玄関にさまざまな書類が乱雑に貼り付けられていましたが、そのほとんどが、直ちに借金を返済せよ、居所を知らせよという内容のものでした。

裏に回ってみると、勝手口に鍵が掛かっていませんでしたので、私は恐る恐る中に入ってみました。

家を出る直前に食事したらしくて、茶碗や箸が汚れたまま残っているほか、天井からは洗濯物がぶら下げられたままになっています。屑籠からはゴミが溢れ、数匹のハエが室内をわがもの顔に飛び回っていました。

悲痛な気分で自宅に戻った私は、恥を忍んで親戚のいくつかに電話してみました。妹夫婦は、小口ながら、親戚という親戚ほとんどから借金していることが分かり、現在は岩手県内のどこかにいるらしいというところまでは判明しましたが、それ以上は先に進みませんでした。借金取りに追いかけられるのを恐れて居所を厳重に秘匿しているようなのです。

私は強い衝撃を受けました。父の残した家族が今は完全にバラバラになっているのです。みずからの生命を終える直前、父は、枕元に立った私に懸命に何かを話しかけました。大学を中退して秋田に帰り、家を守れと伝えようとしたのかもしれません。しかし、私は大学に留まり、卒業もしましたが、父の家族を極限まで破壊する結果に到らしめたのは厳然たる事実です。私は、父親に似てあの世とやらは信じない方ですが、もしあの世というものが存在し、私がそこに行ったとしたら、どんな顔をして父と向き合ったらよいのかいまだに態度を決めかねています。優柔不断のきわみと非難されても返す言葉がないのです。

# 第十四章　離　婚

　年度が始まって程もなく野球部長を解任されたため、私はその年度の残りを典型的な窓際族として過ごしましたが、管理職がこれではまずいと考えたのかどうか、翌年四月からは国語科主任に復帰したほか、新たに設けられた教育相談部の主任を命じられ、同窓会の仕事も手伝うようになりました。

　いじめ問題に代表されるように、近年、生徒の精神生活をめぐってさまざまな問題が発生するようになり、それに対応するために新設されたのが教育相談部です。

　そうした分掌は県内の高校にはまだほとんど存在していませんでしたので、私も、どのように推し進めたらよいのかよく分かりません。しかし、何もしないわけにもいかないので、分掌の一員である養護教諭の意向も聴き、教育相談というのはどういうものかという啓蒙からまず始めることにしました。

　具体的には、かつてテスティングなどについて学んだ勉強会のノートをひっくり返しながら、職員向けに「こころ」と名づけたB四版の資料を月一回くらいのペースで発行したのです。

この仕事は、後には生徒向けの「いのち」、保護者向けの「きずな」と拡大し、三年後に、正式のスクールカウンセラーに毎週二回来校してもらうというシステムの確立につながりました。

その間、私と妻と陶子との関係は何事もなく経過しました。何事もないというのは、三人の関係性においてという意味であって、それまでの日常の延長線上に位置する出来事は、当然ながら三人それぞれに発生していました。

まず、陶子は五十二歳になった年に、市内では秋田第一に次ぐ進学実績を誇る共学の高校に転勤になりました。普通科の他に英語科を併設しているところが大きな特色になっている学校で、英語教師の陶子には都合のよい職場のように私には思えました。

そこはまた、〝出生の秘密〟を有し、親とともに夜逃げを強いられた私の甥子が学んだ高校でもあります。甥子は部活としてレスリングに励み、三年次には国体の個人の部で準優勝を果たした学校ですから、私としても親近感がありました。

さらにつけ加えれば、陶子の新任校には石橋健治が以前から在職しており、陶子を通じて石橋の教師としての消息に触れることができるようになるのも私にとっては喜ばしいことでした。

陶子は定年まで八年残しています。秋田県における教員の一校あたりの平均勤務年数は七年ですから、陶子がそのままその職場で教員生活を終える可能性は高いように私たちは思いましたし、英語に力を入れている学校なので、英語教師である陶子は、そこへの転勤をそれなりに喜んでいるようでした。

私と同じで、陶子より二歳年上の妻は、陶子の勤務先が変わった年の春に、秋田市の南部に隣接する中都市の保健所の所長に就任しました。女性の保健所長は県内では初めてでしたので、地元紙上でも話題になったりしましたが、もちろん、私も陶子もその件には一切触れないようにしました。

私は一年置きぐらいのペースで小説を出版し、仙台に本社のある東北新報からの依頼に応じて、六週間に一回エッセイを載せるといったような経験を八年間しました。

妻が保健所長に就任した年、東大で経済学部長の職にあった一高時代の私の同級生が東京大学の学長に選出されました。この快挙は、一高はもちろん同窓会でも大きな話題になり、無理に日程を取ってもらって大々的な講演会なども実施されましたが、その二年後に、今度は、T大の外科教授の職にあった同期生がT大の学長職を襲いました。

秋田一高を同時に卒業した二人が、全国に七つしかない旧帝国大学のうちの二つ学長を占めたのです。これはまったく前例のないことでしたので、一高関係者の間ではもちろんですが、全国的にも大きな話題になり、いやがうえにも一高の名声が上がりました。東大の学長は同級生、T大の学長は同期生ということで、私も、羨望は隠せないものの、基本的にはとても誇らしく思ったものでした。

そうした外部の状況とは別に、私に関わって事態が大きく動いたのは、私と妻が五十七歳、陶子が五十五歳のときでした。定年まで三年を残して妻が勤めをやめたのです。

女性管理職の積極的登用という全国的な流れのなかで妻は管理職になったのでしたが、意図的、政策的な昇進が意に染まなかったようですし、自家用車を運転しての長距離通勤も楽ではなさそうでした。

私の目から見れば、妻の能力は管理職としての仕事をこなしていくのに充分なものでしたので、職を辞したいと告げられた時は一応遺留しましたが、最終的には、自分の好きなようにしたらよいだろうと無責任に応じていました。

妻が退職し、毎日家にいるようになって、私はいささか不便を感じるようになりました。つまり、公務員として働いている妻は日中はまったく家を留守にしていますし、時には残業があったり出張があったりもします。管理職になってからは部下の私的な会合にも呼ばれたりして従来以上に家を空けることが多かったのです。妻が不在のときは、私が陶子と接触する場合も特別な配慮は要りませんでした。

しかし、妻が自宅にいることによって生じる不便さは、物理的のみならず、精神的な面でも私は感じざるを得ませんでした。妻に監視されているような気分が徐々に増していったのです。

それまでの私は、陶子と逢うのは、昼でも夜でも、妻が留守になる時間帯を基本にしていました。私が留守になる理由をあえて妻に告げる必要がないからです。

しかし、常時妻が家庭にいるようになってからはそうもいかなくなり、私はそのたびごとに何かしらの理由を考えねばなりませんでした。私は、職場の同僚との付き合いを主に持ち出し、高校や大学の同窓会や同期会などをそれに加えました。

とは言っても、職場の飲み会がそんなに多くあるはずもありませんし、同窓会の類は年一回と相場が決まっています。私はほどなく行き詰まざるを得ませんでした。

私は当初、妻が退職した事実を陶子に告げていませんでした。妻を話題にするのは、事の大小にかかわらず、陶子と私の間に不愉快な気分を漂わせるからです。そうしたことによって、多少なりとも二人の間に亀裂が生じるのを私は極端に懼れていました。

ところが、どこからどう伝わったものか、半年近く経ったある日、何の前ぶれもなしに陶子が、

「奥様がお仕事をお辞めになったそうね」

と、ポツリ口にしました。

突然のこととて私は咄嗟には反応しかねたのですが、隠していてもいずれ表面化するのだと思い直して、正直に事実を肯定しました。

「その時点で知らせてくれればよかったのに」

陶子はちょっと恨めしげに眉根を寄せましたが、それはつかの間だけで、すぐに通常の表

情に戻り、

「今年の紅葉は例年より早いそうね」

と、話題も変えてしまいました。

私は救われたような思いでそれに合わせていきましたが、内心に決意めいたものが湧き出してくるのも感じていました。

これまで二十年近くにわたって、いわばダラダラという印象で続けてきた陶子との関係に最終的に決着をつける時期が間近に迫りつつあることを実感したのです。

まったく予期しなかったことですが、離婚は妻の方から切り出されました。

「離婚しましょうか」

夕食後の後片付けが済んだところで、妻が唐突に口にしました。言い方は唐突でしたが、語調は落ち着いたものでした。

「突然の話だな」

ふいを衝《つ》かれた私は、何か言わねばならないと思って、とりあえずそのように反応しました。

「お話するのは突然ですが、わたし自身は前々から考えていたことです」

日中、美容院に行って髪を整えてきたらしい妻の口調は、相変わらず淡々としたものです。

「離婚の理由は何かね」

妻と別れられそうだと分かって私はにわかに昂奮し始めていましたが、強いてそれを抑え、なかば義務的にそう質問していました。離婚話を直ちに受け入れるのは、いかにも待ち構えていたような印象を相手に与えるのでまずいと咄嗟に判断した結果でした。

「あなたは、かなり以前から水町陶子という女性と交際していましたね。交際期間の長さから言っても深さから言っても、妻である私の存在を完全に裏切ったものです。わたしはもう、あなたの妻であり続ける必要もありませんし、その意思もまったくありません。だから離婚するのです」

　妻は相変わらず感情を抑えた口調でそう言いましたが、その心中に怒りがあふれているであろうことは想像に難くありません。私はただ沈黙するしかありませんでした。

「わたし、退職したあと、わるいけど興信所に頼んであなたの行動を調査してもらったんです。前々からあなたの言動には不自然なものを感じていましたから」

　輪郭のはっきりした妻の面輪全体に、一刹那、勝ち誇ったような表情が浮かんで消えたように見えました。

　私は、一瞬のうちに、自分の完敗であるのを悟りました。

　ふだんから理詰めにものを考え、仕事が丁寧で、身のまわりの整理整頓もきちんとしているタイプの妻には、手抜かりといったものがほとんどありません。今回の件も落ち度なく実行したのであろうことは容易に推察できるのです。

　そのとき、私のなかでは陶子に関しても似たような思いが及んでいました。高校時代は文系よりも理系の教科目が好きだったと陶子は言っていますし、実際の言動も、論理的と感情的に二分すれば前者の方に分類するのが適切なのです。

私は、三十年も前に組合主催の研究会で初めて知り合い、一緒に鳥海登山も経験した音楽教師を漠然と思い浮かべました。どこか鷹揚としてぼんやりしたところのある旧家育ちのその女性が、新たな魅力をもった存在として私の眼裏によみがえったのです。ただ、その女性は現在は内陸部の高校に勤務しながら家庭を守っているはずですから、今さらどうこうできるはずのものでもありませんでしたが。

妻の口から興信所云々が出たからには、あとは事務的と言ってよい空気のなかでの話し合いになりました。いや、話し合いというには時間が短かすぎるかもしれません。十五分足らずですべては終わったのです。

妻の要求は簡単でした。私の仕事や趣味に関連した書籍類を除き、名義上は共有の財産になっている土地や家屋のすべてを自分のものにしたいというのです。

私自身の行動を顧みるまでもなく、その要求は当然と即断できましたのですぐにそれに同意しました。ただ、自家用車は二台ありましたので、その時点でそれぞれが使用していたものをそのまま引き続いて各自が所有することにしました。

私の要求も簡単なものでした。陶子との不適切な関係にかかわって、慰謝料や損害賠償などの請求を将来にわたって一切放棄してもらうというものです。

いかなる形にもせよもう私の顔など見たくもないと決意していたのでしょう、妻は私のその要求をあっさりと受け入れました。

わずかに問題になったのは愛犬の扱いでした。法律上、愛玩動物は夫婦共有になっており、離婚する場合はそれぞれに所有権を主張できるとバラエティ仕立てのテレビ番組でやっていたのを想起したのです。かわいい小型犬で、私にもよくなついていましたから、私にも引き取りたい気持ちがあったのですが、離婚と同時に家を出なければならない私には、現実問題として無理なことも目に見えてはいました。

十万円で購入した血統書付きの犬でしたので、次善の策として私は五万円を要求してみました。それで餌を買って、愛犬へのせめても手切れの品としたかったのです。

しかし、妻に拒否されて私はあっさりその提案を引っ込めました。たかが犬一匹のことで、せっかく手に入ろうとしている〝独身〟という身分にケチをつけられたくないというのがその時の率直な気持ちでした。

離婚の意志が一致し、財産分けも問題ないとなると、残っているのは離婚届の提出の時期だけです。

私が、翌日の自分の授業時間や放課後の職員会議などを確認して、市役所に出かけている余裕がなさそうだと告げると、妻は、用紙は半年前から準備してありますからと言って立ち上がり、すでに自身の署名捺印を済ませてある書類を自室から持って来て、私の目の前に広げました。

私は、妻の手回しの良さに妙に感心するとともに、私に対する妻の瞋恚《しんい》がいかに強烈なものであるかを改めて悟らされました。

私は、ほとんど反射的に、空いている夫の欄に署名捺印しました。二十八年間夫婦であったのに、別れるには十五分しか要せず、夫婦関係というのはいかにもはかないものだということを実感したものでした。

そうした私の感慨を無視するかのように、妻は、離婚届を明日の朝一番に市役所に提出するつもりだと告げました。つまり、明日にも私に出て行ってもらいたいという意思表示です。

私は多少あわてましたが、翌朝、出勤すると同時に、電話帳でとりあえず適当なアパートを探し出し、その後の最初の土日を利用して引っ越しできるよう手配して、そのとおりに事を運びました。

離婚届が出された日から引っ越しが済むまでの五日間はホテル暮らしをしました。

離婚や引っ越しの事実を私は一週間ほど誰にも伝えませんでした。物理的にも精神的にも慌しくてその余裕がなかったのです。

しかし、現職の教員が住所や電話番号を勤務先に知らせておかないのは許されないことですから、それらは離婚の事実と併せてまず校長に告げました。

鷲鼻《わしばな》の校長は「そうですかと言ってジロリ私を見つめましたが、それ以外は何も言いませんでした。離婚理由など幾つかの質問を予想してそれへの回答を準備していた私は、安堵すると同時に妙に拍子抜けがしたものでした。

陶子に一切を話したのは、校長に伝えた翌日の夜です。私の新居となった古風なアパートに呼び寄せたのです。

「まあ」

と言って陶子はしばし絶句しました。

それから、

「いざとなれば意外に実行力があるのね」

と、感心したようにつけ加えました。

「まあな」

私はどこかニヤけた気分で応じていました。

「それにしても、本以外は何もないのね」

乱雑に書籍類の積み上げられている室内を改めて見回しながらの感想です。

「日用品は、おいおい取り揃えていくさ」

今後に対する具体策など何もないのに、私は妙に明るい気分で、ひとり呑気を装っていました。

完全なる〝自由〟を獲得した私は、それまで経験したことのない大きな解放感に包まれていました。結婚という制度や法律のくびきから解き放たれた事実にこころが純粋に反応しているという印象でした。

私は、その感覚をとても貴重なものに思いました。簡単に手放すべきものでないと断じました。

離婚に漕ぎ着けるまでの二十数年間、私は、離婚した翌日にも陶子と再婚したいとの希望をもっていたものですが、実際にそうした事態に立ち到ってみると、私の気持ちはそのようには動きませんでした。再婚して、またあのような拘束状態に陥るのかと想像して嫌悪すら覚えました。

世の中には男と女しかおらず、男女が協力し合うことによって人類は進歩発展していくなどという論理は、お為ごかしの説経にしか思えなかったのです。

「君との結婚は、僕と君の双方が定年退職してからにしよう。その方が、生徒に与える影響も少ないし、職場にも迷惑をかけないで済むから」

――今すぐこの女性と結婚したら、いずれまた離婚という結果を招きかねないのではないか

そんなふうに思案しながら私は、陶子が夕食用に買い整えて来たボリュームの豊かな弁当のフタをおもむろに開けたのでした。

私はアパート暮らしを二年四ヵ月続けました。離婚から私の定年まで一年四ヵ月ありまし

たし、陶子の定年はさらにその一年後になっていたからです。

私が定年退職する年は秋田第一の創立百二十周年と重なっていましたので、学校と同窓会が協力して精力的に記念行事の準備を進めていました。

私に与えられた仕事は二つです。

一つは、百二十周年記念誌の発行を担当する部門の一員として、百十年から百二十年までの十年間の学校の動きを原稿用紙五十枚程度にまとめる作業です。私は、教務日誌や生徒会誌など関係資料にあたりながら筆を進めましたが、東大とT大の学長に関してはそれぞれ一項目を立てて、私たちの学年をさりげなく宣伝しておきました。

もう一つの仕事は、過去百二十年間の卒業生のなかで、文化勲章や学士院賞、芸術院賞を授与された人など、傑出した業績を残した人物四十人ほどを挙げてその来歴と事績を一冊にまとめるというものでした。対象となる人物の選定はそのための委員会ですでに決定しており、私に与えられたのは、具体的な執筆作業です。一人につき十枚程度でという要請でした。

書き進めること自体にそれほどの難しさはありませんでしたが、資料収集にはいささか苦労しました。百二十年の間には学制がたびたび変わっていますし、校舎が何度か火災に遭っていてほとんど参考資料が学校には残っていない先輩も少なくなかったのです。私は必要に応じて古本屋や図書館に出かけ、なんとか期日に間に合わせて分厚いその書籍の発行に漕ぎ着けることができました。

校歌の一部をとって『先蹤《せんしょう》追いつつ』と命名された箱入りのその著作物は、全校の生徒、職員、それに同窓会の希望者などに配られましたので、私としてはやり甲斐のある仕事になったのでした。

定年退職と同時に、私は地元の予備校と専門学校から臨時の講師を頼まれ、週に三日は外に出なければなりませんでしたので、そうした日は基本的には外食で済ませるようにし、自宅での食事の準備や食器洗いの手間をできるだけ省くようにしました。どうしても自宅で食事をしなければならない場合もなるべくコンビニを利用するようにしましたが、そうしたなかで、賞味期限と消費期限の違いを覚えていったりしました。それまで私は、別れた妻から「あなたは下宿人と変らない」と言われるほど厨房とは無縁であったのです。

夏冬の長期休暇やゴールデンウィークなどの際には陶子が日にちを決めてアパートにやって来て、料理づくりしたり隅々まで掃除したりしてくれました。アパート暮らしを始めて一ヵ月も経たないうちに、私は、二度と手にするとは思えない書籍を古本屋に売り払っていましたので、二DKの私の住まいもそれなりの居住空間になっていて、多少はほこりもたまるようになっていたのでした。

現職当時と違って時間に余裕のできた私は創作活動に励むと同時に、陶子と相談しながら結婚について具体的に考え始めました。

最初の問題は、二人の新居をどこにするかということでしたが、これは慮外にトントン拍子に事が運びました。

陶子が母親と二人暮らししている家の隣地百坪ほどが空き地になっており、たまたまそこが売りに出されていました。私は、陶子および陶子の母親と相談して、私の退職半年後にとりあえずその土地を購入しました。

あとはあまり急ぐ必要はありませんでしたので、一年ほどかけ、休日を利用してデイトかたがた陶子と一緒にモデルハウスや大型家具店などを見て回りました。

老舗の住宅会社と正式に建築契約を交わしたのは、私が退職した年の秋です。私たちも設計段階から関わることができましたので、二人にとってそれなりに理想的な住まいが出来上がっていきました。二階の東側の窓から秋田第一の校舎を遠望できるのが私にとっては魅力の一つになっていました。

翌年の一月に新居が完成してまず私がそこに入り、三月末日で定年となった陶子が四月から私と暮らすようになって、五月に正式に婚姻届を提出しました。ほぼ予定したとおりの日程で順調に私たちの新しい生活がスタートしたのです。

ただ、いわゆる結婚式や披露宴はしませんでした。〝六十歳の花嫁〟を陶子は嫌がりましたし、私にも、今さらという感じが強かったからです。

しかし、まったく誰にも披露しないというのも非常識なので、陶子と私の親戚のうちで特に親しく行き来している十人ほどを自宅に招き、新居のお披露目もかねて会食しました。

　土地や建物はもちろん、家財や家具もほとんどゼロからの出発でしたので、私と陶子の退職金のほとんどが新生活のスタートに使われてしまいましたが、陶子にはなおそれと同額に近い預貯金が残っていて、新妻の慮外に裕福な事実に私はひそかに救われた思いがしました。

　その金額の大部分は、県北の名家の出であるという陶子の母親が、娘の結婚資金として陶子の名義で早くから積み立ててくれていたものでした。

　最初の結婚のときもそうでしたが、今回も結婚に伴う費用の多くを妻の側に頼る結果になって、私は男としていささか不甲斐なさを感じないわけにはいきませんでした。が、私はそうした思いは口にも態度にも出さず、そういう意味では図々しく、新たな生活環境に入っていったのでした。

# 第十五章　地　震 ―その三―

夫婦どちらも退職してからの結婚ですから、基本的には朝から晩まで、一日中一緒に過ごすことになります。

たまに案内状をもらって小・中・高の同級会や同期会などに出席すると、退職後はゴミ扱いされるようになったと冗談を飛ばしたり、孫の世話で疲れ切ってしまうとこぼしたりする旧友もいましたが、子どもも孫もいない私にはそういうこともなく、初めて本格的に家事に取り組むことになった陶子が何かと妻としての世話を焼いてくれるので、私は三十年ぶりに二度目の新婚生活を味わっていたと言ってよいと思います。

私の退職後にすぐ話のあった専門学校の講師は三年で終わりになっていましたが、週一回の予備校の方はその後も五年間続き、専門学校を退いた翌年からは、就職対策の一環として始まった県立大学の文章力養成講座にも顔を出すようになりました。秋田県立大学は、かつて私が小説化したことのある秋田藩砂留方《すなどめがた》の栗《くり》田《た》定《さだ》之《の》丞《じょう》が植樹した広大な松林の一画に建っていますから、私にとっては個人的な親近感のある大学でもありました。

私は秋田第一高校に十五年勤務し、終盤の五年間は同窓会の広報の実務にも携わっていましたので、惰性のようなかたちながらその仕事も続けていました。時どき母校に行けるので、それはそれで楽しみではありました。同窓会専用の建物は校舎に隣接しており、そこに行けば若々しい後輩たちの姿を目の当たりにすることができたのです。

昔ふうの表現を借りれば〝有閑マダム〟と言ってよい女性を中心にして二十人ほどが集まり、秋田市内を拠点に文章サークルを結成しています。発足して二十年目の春、指導者を病気で失ってしまいましたが、たまたま同じ春に私が定年に達したという偶然の巡り合わせで、私は毎月一回、指導者という立場でその会にも足を運ぶようになりました。

秋田県南部の海岸に位置する本荘市に、これまた二十人ほどの母親だけの読書会があります。私が初めて単行本を出した時にそれを取り上げてくれた団体です。私がまだ四十代であった頃のはなしです。しかし、それが縁で、今でも年に一、二度講師として本荘市まで車を走らせます。

初めて本荘の読書会に参加した数年後、秋田農業の定時制で同職した先輩教師が、秋田市民を核にして日本文学愛好会という組織を立ち上げました。文学に興味関心をもつさまざまな年代の男女五十人ほどの集まりです。毎月一回講師を招き、古代から近代まで、日本の文学に関わる幅広い話題を講演の形態で享受するというのが活動の中心になっている団体です。その第一回目の講師として私が呼ばれ、近代小説のあれこれについて述べたのですが、こちらも、それがきっかけになって、現在も年に一度話をさせてもらっています。

わが家の近くに、ＡＦＳ秋田支部の責任者を務める大学教授が住まいしています。そうした地縁で私たち夫婦とＡＦＳのつながりが復活しました。秋田市内の高校に留学してきた生徒に日本語を教えることになったのです。

数年間に、アメリカ、カナダ、オーストラリア、中国、韓国などの留学生が　毎週土曜日の午後にわが家にやって来て日本語を勉強していきましたが、家の中の勉強だけではつまらないので、時には校外学習と称して男鹿半島や田沢湖などに連れて行ったりもしました。

わが家の向かいに引っ越してきて間もない幼児との〝おつきあい〟が始まったのは、中国からの女子留学生が日本を去って間もなくの二月下旬の朝でした。

たまたま私が、ゴミ置き場にゴミ袋を置いて戻ってきたところ、ちょうどその児が玄関口に姿を見せていたのです。

「坊や、おはよう」

私が、子どもの背の高さに身を縮めながら声をかけると、最近の子どもにしては珍しく両頬の赤いその幼児は小さく右手を振りましたが、表情は硬いままです。

私は咄嗟に、降り積もったばかりの新雪で小ぶりの雪玉をつくり、

「ポイッ」

と声をかけながらそれを道路の中央に投げて見せました。

表情をくずすことなく私の動作を眺めていたその児がふいに、

「ポイして」

と催促しました。

私は喜んで同じ動作を繰り返しましたが、そこに出てきた母親が、

「バスに遅れるから、もう行きますよ」

と声をかけ、

「保育所に通ってるんです」

と言って私に会釈すると、あとはわが子の手を引いてそそくさとその場から立ち去っていきました。

この朝がきっかけになって、両親と三人暮らしの大斗一家と私たち夫婦の交流が急速に深まりました。保育園が休みの日を中心に私たちはよく大斗を外へ連れ出し、遊園地であそんだり一緒にご飯を食べたりするようになったのです。

大斗が小学校に入ってからは、学校開放日に夫婦で参観に訪れ、授業中の様子や給食の食べっぷりなどを見学しています。間もなく三年生になります。

この小学校には、私と陶子が秋田女子校で関わった生徒二名が教師として勤務しており、今は中年となったこの二人に会うのも楽しみです。

一人は三年次に陶子が担任した生徒で、むろん陶子はよく知っています。彼女はソフトボー

ル部員でしたので、シカゴから留学してきて同部に入ったスーザンとは部仲間でもあり、スーザンのホストファーザーを務めた私も顔を合わせる機会は少なくありませんでした。

もう一人の方は、二年次の担任は陶子、三年次の担任は私ということで、私ども夫婦にとってはとてもこころ近しい教え子です。夫君が、かつて陶子が勤務した、駅伝競技の強い実業高校に勤務中という事実もプラスの方向に作用しているといった具合です。

私は秋田一高の昭和三十六年の卒業生で、同期会の通称をサブロク会といいます。そのサブロク会は、毎年、正月とお盆の時期に秋田市内で全体的な懇親会を開催しますが、それとは別に、市内在住の有志二十人ほどが集まって、月一回昼食会をもつようになりました。私が母校に勤務して数年経ったころです。

発足当日、その昼食会にも名前があった方がよいということになり、命名は私に任せられました。私がその場で、「水の会」とか「風の会」でよいだろうと提案したところ、それはあっさり拒否されてしまいました。重みがなくて駄目だというのです。昼食会はホテルでということが基本になっており、ホテル側で玄関口に出す〝今日の催し物〟といった看板にふさわしい名前を考えろというのです。

仕方なく引き下がった私が、後日、『論語』の一節を拝借して「里仁《りじん》会」を再提案したところ、それは仲間の賛同を得ることができました。私の名づけた会ということでもありますので、私は都合のつくかぎりその昼食会には出席するようにしています。

一高の英語クラブで仲間であった〝ステテコ三人組〟のうち、黒沢英明は完全に故郷を引き払って北海道の人になってしまい、今は会う機会もありません。もう一人の横山泰彦は東京在住ですが、年に数回帰省するので、そのたびごとに、双方とも夫婦連れで夕食をともにします。横山の妻が秋田女子校の卒業生なので、同窓である私の妻ともよく話が合うようです。

横山も私も柿、特に干し柿が大好きで、季節になるとそれぞれが競争のようなかたちで干し柿づくりをし、互いに自慢し合ったりしています。

それやこれやで私が外に出る機会がないわけではありませんが、生活時間の全体から見ればそれはごくわずかです。たっぷりある時間を利用して私は小説を書くことに精を出しました。小説にしてみたいという素材が幾つかあったのです。

最初に来るのはやはり教育関係の題材で、私自身や私の父、さらには陶子の両親などが登場する小説をいくつか書きました。私の父は、自動車会社に務める前は十年ほど教壇に立っていましたし、陶子の父親は定年まで教師を務め上げ、母親の方も、陶子の兄が誕生するまでは教員として働いていたのです。

二番目は、文学者として私が特に興味をもっている人物、具体的には山上憶良、紫式部、松尾芭蕉などの人生や業績を小説化することです。一部は在職中に上梓していましたが、遅れていた分を具体化していったのです。

最後は、秋田県の歴史に残る人物にスポットを当てたもので、長大な砂防林を築いて国土と住民を守った栗田定之丞《さだのじょう》、日本最初の南極探検家として知られる白瀬矗《のぶ》、秋田蘭画の中心人物である小田野直武《おだのなおたけ》といった具合です。

どの小説もたいして売れはしませんでしたが、私の創作活動をどこかで見てくれていた人があったとみえて、退職四年目の一月に、県知事名の文化選奨というものが私に授けられました。それまでの努力が認められたと感じて私は嬉しかったのですが、もう現職は退いているのだからという妻の意見に従って大きな祝賀会などは開きませんでした。

受賞後に、私は新たな自伝的小説を書き始めましたが、それは、私と陶子の間の愛について確認したいという思いがあったからです。

結論的に言うと、私たちの愛は傲慢であったと私は結論づけざるを得ませんでした。むろん、二人の間だけに限っていえばきわめて純粋な愛だと自負しましたが、周囲から見ればやはり傲岸のそしりは免れ得ないものと覚悟したのです。

宗教的な愛と異なって、男女間の愛は本質的に利己的なものだというのはよく言われることです。普遍性をもたないのは真実の愛とは言えないのではないかというのが私の当座の結論で、私と陶子の間にはどうしてもそうした普遍性を見てとることができないように私は判断しました。

一方でまた、私は、文学や芸術の世界では孤独こそが創造の原点だとも自覚していました。誰とでも仲良くするお友達付き合いからは決して文学は生まれて来ないし、まして、権威や権力にすり寄るような姿勢は文学そのものに背を向ける生き方に他ならないと警戒もしました。

私は前妻理絵との離婚原因はいわゆる性格の不一致と何となく思い込んでいたのですが、実はそうではなかったことに初めて気づきました。小説を書き始めていた私は無意識のうちに孤独の世界を志向し、エリートコースに乗った理絵の方は、これまた知らず知らずのうちに、意識が権威や権力の世界に馴染んでいったのだと理解できたのです。二人の住む世界の乖離《かいり》が最終的に離婚という結果につながったと判断でき、そうであれば、それはそれでやむを得なかったと結論づけることができました。

しかし、そうした結論は私に新たな不安材料を提示しました。再婚した陶子も、別に文学や芸術に深い興味や関心を示しているわけではないという事実に想到したのです。

陶子は、中央から来る演奏家のコンサートや大きな展覧会などには比較的よく足を運ぶ方だと思いますが、何かを創作したり創造したりという活動にはまったく縁がありません。一般的な芸術愛好家、文学周辺者の域を一歩も出ないのです。

陶子は、現職にあるころから権威や権力とは対極的な立ち位置をごく自然に守っていましたから、理絵と同じような意味の心配はないのですが、それでも、孤独をよしとする私の気持ちとピタリ重なることを期待するのは無理というものです。

結婚してまだそんなに年数が経っていませんから二人の間の矛盾は表面化していませんが、

いずれ年月が重なっていくと徐々に亀裂が深まり、最終的にはやはり離婚という結末につながっていくのではないか。

そうした係年は私に自信を失わせる結果になって、気持ちも凹みましたが、陶子には一切そうした態度を見せないよう気を配りました。六十歳を過ぎて初めて結婚した陶子にそのような負い目を抱かせるのは、夫として不誠実だと考えたからでした。

最終的にはなるようにしかならないし、それと決まったわけでもないのに結果を今から空想してあれこれ思い悩むのも馬鹿げている。私は、どこか投げやりな気分で、その問題についてそれ以上考えるのはやめました。

学生時代に長期入院を余儀なくされた私ですが、教員として勤務した三十七年間は、時おり風邪をひいたりすることはあっても、入院を必要とする病気や怪我をしたことはありません。そういう意味で職場に迷惑をかけることはありませんでしたので、その点は幸運だったと思っています。

退職後もそうした状態が続いて安心していたのですが、四十五年ぶりの入院は突然やってきました。

その日は夕食時からどうも腹部がすっきりしなかったのですが、エアコンを充分に利かせて夏の熱気を取り去ってから入った布団のなかでは、腹部に急速な痛みを感じるようになりました。

食中りかなと思いましたが、かたわらの妻の寝息は健やかで何の異常もありません。

一時的な症状であることを願う私の期待に反し、時間の経過とともに痛みは腹部全体に広がり、強さもどんどん増していきます。私は、何度も寝返りを打つことでその痛みに耐えました。

ほとんど七転八倒という状態で朝を迎えた私は、朝食を抜き、それでも自分で車を運転して、まだ開院前にかかりつけの内科医を訪れていました。

「＊＊さん、腸が全然動いていません。紹介状を書きますから、すぐタクシーで市立病院に行ってください。うちの看護師を同行させます。多分、すぐに手術になると思います。」

腹部のエコー診断や胸部のレントゲン撮影をした私の主治医が、心配そうな眼で私をみつめながら告げました。

私の主治医は、私が母校に転勤する一ヵ月前に一高を卒業した女医です。やはり一高の先輩であるその父親の代から私はその内科医をホームドクターとしており、スーザンが在籍していた当時の秋田女子校の修学旅行に出かける折、風邪気味の私に少し強めの風邪薬を出してくれたのも、今は亡き彼女の父親であったのです。

「＊＊先生ではありませんか。どうなさいました？」

付き添いの女性看護師に導かれるまま市立病院の消化器外科の診察室に入ると同時に三十代半ばの男性医師がびっくりしたように声をかけました。私が一高で教えた生徒の一人です。

確かめると、私が野球部長をしていた当時の部員でその後イチロー選手と同僚になったプロ野球選手と一高で同級であった卒業生でした。

しかし、そんな懐古的な話ができたのはせいぜい一、二分で、私には直ちにＣＴスキャンなどの諸検査が課され、付き添いの看護師からの連絡で妻が市立病院に駆け付けたときにはすでに手術が決まっていました。

私の病気は簡単なものでした。要するに、盲腸が破れていたのです。ただ、それによって膿が腹腔内に溜まってしまいました。一回の手術だけでは取り除けず、術後も、患部に開けた穴に管を通してそこから膿汁を吸い取るという作業が必要でした。

四十五年前の手術の折は、術後三日間は激痛に悩まされたものです。夜中に何度も看護師に訴えて、鎮痛剤を注射してもらったものでした。

ところが、今回はまるで違います。ナースコールが必要だったのは手術当夜だけで、あとは痛みはまったくと言ってよいほど感じません。病気でも怪我でも、患者にとって一番辛いのは痛みですから、痛みの緩和ケアーが長足の進歩を遂げたのは、患者にとっては大変ありがたいことでした。

私の腹腔内に貯溜している膿汁は予想以上に多かったようで、退院までに一ヵ月を要しました。痛くも何ともないのに、夜九時には消灯してしまう病床に一ヵ月も縛り付けられるのは、ある種の苦痛です。小説を書きたい気持ちなきにしもあらずですが、ベッドの上では物理的にも精神的にもいささか抵抗があります。私は俳句を作ってみることを思い立ちました。

三十代の前半、私は小さい俳句結社に五年ほど在籍していた経験があります。小説を書き始めてからはまったく俳句を作らなくなっており、その後三十年間、一句も詠んだことがありませんでした。

しかし、入院中の今は句作に最適な時期だと悟り、妻の陶子に頼んでポケットサイズの小さなノートを買ってきてもらうと、毎日数句ずつ作ってそれに書き付けていきました。

題材によっては俳句よりも短歌に適しているものがあることが分かり、短歌の方も同じノートに記録していきました。

俳句や短歌ができたらそれを誰かに読んでもらいたいというのは人情の自然というものでしょう。しかし私は、俳句も短歌も結社にまったく属していませんので、そうした場に発表する機会はありません。私の所属する『文学秋田』は伝統的に小説と評論だけの編集になっており、短詩形文学の入る余地はないのです。

私は新聞の投稿欄に応募してみることを思い付き、自分でうまくできたと判断したものをいくつか地元新聞の俳句欄、短歌欄に投じてみました。

退院の間際に俳句と短歌がそれぞれ紙面にひとつずつ載り、それはそれで私の気分を楽しくさせてくれました。

味をしめた私は、その後も、小説の合間に俳句や短歌が得られると、逐次それらを新聞社に送ったものでした。

　私の盲腸が破れて手術を受けた年の翌年、妻の陶子の母親が九十五歳で宝土に還りました。その三日ほど前に体調不良を訴えて寝込みましたので、念のため東京在住の陶子の兄にも連絡しました。毎日ぶらぶらしているだけだからといって二日後の夕刻には帰省した長男を待っていたかのように、その翌日の朝には息を引き取ってしまったのでした。仏の年齢にすれば九十六歳になっていましたので、天寿に近いとも言えますが、亡くなり方がいかにも急でしたので、陶子をふくめ、遺族の誰もこころの準備はできていないような状態でした。

　それでも葬儀は滞りなく行われ、それはそれでよかったのですが、驚いたことに、依然として連絡先不明の私の異母妹からも香典が届きました。陶子はもちろん、喪主である陶子の兄も私の異母妹にはかつて何度か会ったことがありますので、ぜひ香典返しをと腐心してくれたのですが、その香典は送り主の住所等が一切分からないよう用心されたものでしたので、私たちの方からは何もすることができませんでした。

　ただ、妹がなんらかの方法で私たちの動静にある程度触れられる状況にあるらしいことを知って私はどこかで安堵してもいました。いろいろな事情で今はまだ出て来られない状態に置かれているようですが、いずれ時間がそれを解決してくれるに違いないと私は思い込むことにし、秘密の扉をこちらから無理矢理こじ開けるような手段を取るのはやめました。

　私が同じ家族の一員として実妹と一緒に暮らした時期というのはまったく言ってよいほど

ありません。しかし、下の妹の方は、私が東京の予備校に通うことになった十八歳まで、何の隔たりもなく兄妹として過ごしていました。年の差が十歳ありますので、私にはとても可愛い妹であったのです。

それがいつかははっきりしないが時が来れば必ず再会できる。私はそう信じてその日を待つことにしました。

三十七年間の現職中は一度も入院・手術ということがなかった私ですが、退職後二度目のそれは、一回目から二年半しか経たないところでやってきました。

盲腸でお世話になった市立病院を退院するとき、教え子の執刀医から、年齢のことも考えて今後は年に一度は健康診断を受けたらよいでしょうと助言されていました。その助言に従って、翌年人間ドッグに入ってみると、前立腺に肥大傾向が見られるということで、泌尿器科での受診を勧められました。

泌尿器科は若い時分に苦労した思い出しか残っていない診療科目なので、私はぐずぐずしながら一年あまり受診を先延ばしにしていましたが、夜間の頻尿が自分でも気になり出しましたので、秋のある晴れた日、数日前から電話帳で調べてあった泌尿器専門の個人病院を思い切って受診しました。私の自宅から車で十分ほどの距離の近さなのが魅力の一つでした。

びっくりしたことに、その泌尿器科医はT大の出身で、私を手術してくれた先生方の薫陶を受けただけでなく、一般教養としての内科学を畑中医師から教わったこともあることが分かりました。定年退官して十五年ほどになる畑中医師が、今は医療事業団体などの名誉職に就いている旨を私が告げると、しばし懐かしそうに眼を細めました。私は、思いがけない拾い物をした時のように、自分の幸運に感謝しました。

私の前立腺は手術を要するほどのものではなく、薬の服用を続けながら月に一回通院すればよいとの診断が出て、私はそのとおりの治療を受けました。評判のよい医院らしくて待ち時間の長いのには閉口しましたが、私は俳句や短歌の創作でその時間を潰しました。

私が、自分の臍の下のあたりに紅い斑点を発見したのは、泌尿器科に通い始めて一年ばかり経ったころです。痛くも痒くもないので、自然治癒を期待しながら放置していましたが、紅斑はわずかずつながら次第に大きくなっていきます。

私は、通院中の泌尿器科医の看板に皮膚科も併記されていることを思い出し、前立腺の診断が終わった後でその件を訴えました。

「皮膚が炎症を起こしているのでしょう。塗り薬を出しますから、毎日それを患部に塗ってください。一ヵ月もあれば充分でしょう」

自分の眼と指で患部の状態を確かめた泌尿器科医は自信ありげにそのように告げ、チューブ入りの塗布剤を処方してくれました。

私は指示どおり毎日欠かさずその薬を患部に塗りましたが、なかなか改善の兆しが見えてきません。次の受診の折にその由を告げると、泌尿器科医は小首を傾げながら、

「ちょっと薬を変えてみましょう」

と言って、別の軟膏を処方してくれました。

しかし、その薬も何らの効果も発揮せず、南の方から桜のたよりが聞こえ始めてきた頃には私の紅斑はむしろ拡大していました。

「大学病院で診てもらってください。皮膚科の教授が同級生なのですぐ紹介状を書きます」

日ごろ温厚な泌尿器科医が珍しく厳しい表情になっています。

私は、自分の皮膚病が慮外に重いものらしいことを察知し、ここまでは医者が何か見落としをしていたらしいと気づきました。

学生時代、やはり泌尿器科の個人医院に通って誤診され、その後で受診した大学病院で、なぜもっと早く来なかったかと叱責めいたことを言われたのを思い出して私は嫌な気分になりましたが、眼の前の医師には何も言いませんでした。

かつて、東京大学医学部の内科学の教授が定年退官する折、東大病院の誤診率は十五パーセント程度であったと述べてマスコミでも話題になったことがあります。その後、何かのついでに私が畑中医師にその数字について尋ねたことがありましたが、T大病院でも似たようなものだとの答えが返ってきたのを記憶しています。

私が通院している泌尿器科医はT大の卒業生ですから、今回はたまたまその十五パーセントのなかに入っていたのだろうと私は受け止めました。基本的に、私はこの優秀で篤実な開業医に全幅の信頼を寄せており、この医師が発見できなかったのであればそれはそれでやむをえないという気分でした。

大学病院の皮膚科では、受診初日に教授自身の診察を受けることができ、引き続き種々の検査が重ねられて私の皮膚病がどういう性質のものか判明しました。

要するに皮膚ガンでした。病室の空く一ヵ月後に入院・手術と告げられましたが、途中で予定が変わって、手術が二週間早まり、三月十一日と決まりました。なるべく早い方がよいという教授の指示によるもののようでした。

ここでまたびっくりすることに遭遇しました。執刀医は、私が定期的に通院している泌尿器科医の長女で、その女性は、私が秋田一高に勤務していた当時の教え子であったのです。

その折、執刀医の妹も一高の卒業生と聞きましたので、帰宅後に同窓会名簿で確認すると、こちらも医師になっており、現在は、ＪＡ系列の総合病院の産婦人科の勤務医として活躍していることが分かりました。長女の二年次の古典、二女の三年次の現代文の担当者が私で、姉妹そろって大変高い点数を私の成績手控え帳に残してくれていました。

もともと秋田第一は男子だけの学校として出発し、長い間男子生徒中心の教育が行われてきた学校ですが、近年は、在校生も卒業生も女性の輝きが一段とめだつようになっています。

創立百五十周年も視野に入り始めて、一高は学校のあり方や存在意義といった基本的なところで大きな転換期にさしかかっているのではないかと最近の私は思ったりしています。

私の皮膚ガンの手術は、子どもの手のひら大の病変部を剥ぎ取り、そこに、私の左大腿部から採皮した健康な皮膚を移植するというもので、手術開始は午後二時、所要時間は三時間程度と告げられていました。

何度見ても見馴れるということのない無機質な無影灯の真下に私が仰向けに横たわると同時に、心電図や点滴など種々のチューブ類が手ぎわよく私の身体に取り付けられました。朝食も昼食も抜きなので、その分の栄養や水分補給という要素も少なくないようでした。

それが慣例なのかどうか、手術をしてくれる教え子の姿はまだ室内のどこにも見当たりませんでした。

執刀直前の手順の最後に、女性の麻酔科医が、

「これから麻酔剤を点滴のかたちで注入します。十秒くらいで眠くなります」

と告げ、すぐ続いて、

「麻酔剤が入り始めました」

と、その場に宣言するように言いました。

ふいに私は、カタカタした小さな物音を聞き、私の仰臥している手術台の揺れるのをかすかに意識しましたが、その後は麻酔剤によって深い眠りのなかに落ち込んでいました。

私の手術は、あの東日本大震災と時を同じくして行われていました。開始して間もなく停電になったのだそうですが、すぐに自家発電に切り替えられて出術は予定どおり継続され、何の問題もなく終了したのです。

そうした事情を私は麻酔から覚めた後に医師や妻から聞いたのですが、福島県も大きな被災地のひとつであるという事実に私は衝撃を受けました。いわき市に実妹の家族五人が居住しているのです。

すぐに妻に電話で確認してもらったところ、つながり難い状況の中ながら、幸い妹の家族には何の被害もなかったことが判明しました。いわき市の一部も大きな津波の襲来を受けていましたが、妹の住宅は高台に建っているので影響はなく、津波による被害で放射能を撒き散らしている原子力発電所の三十キロ圏から数キロ外側に位置しているので、こちらも直接の被害は免れることができたのでした。

岩手県内に住んでいるという異母妹のことも気になりましたが、こちらは住所も電話番号も分からないので連絡の取りようがありません。居住地は内陸部らしいと以前に仄聞《そくぶん》したことがあるのが唯一のなぐさめでした。

仙台の畑中医師のところには、震災三日目、院内で歩く練習が始まったのを機に私が直接連絡をとりました。このころになると電話回線もほぼ通常に復していて、その点での困難さはありませんでした。

今は宮城県医師会の大御所的立場にある畑中医師とその家族は全員無事で、居住しているマンションにも特別の被害はありませんでした。

畑中医師は、皮膚ガンによる私の入院・手術にびっくりし、ガンは、転移を含め、検診をしっかり受けて早めの対応さえしっかりしていれば恐れる必要のない病気だと言って逆に私を励ましてくれました。

手術後三日、四日と経っていく間に各方面の被害の甚大さが次第に明らかになり、自分の回復具合の順調さとは別に、テレビ画面や新聞紙面を通じて伝わってくる地震の巨大さ、災害の深刻さにひどく気持ちが奪われました。

平成二十三年（二〇一一）午後二時四十六分に発生した東日本大震災では、巨大な津波の襲来をまともに受けて一万六千人近くの死者を出し、今なお二千五百人以上の人々が行方不明になっています。

原子力発電所が炉心溶融という壊滅的な状況に陥ったこともあって、東北地方を中心に各地に広汎で深刻な被害がもたらされ、現在でも二十万を超える人々が故郷を離れての避難生活を強いられています。

発災直後、妻の陶子も、いわき市との連絡に苦労したほか、食糧の買い出しやガソリンの補給などで難儀したようですが、わが家の家作そのものには被害といったほどのものはありませんでした。

私は十日ほどで大学病院を退院しましたが、皮膚ガンは完全に除去したものの、もしかしたらガン細胞がすでに他の部位に転移している可能性なきにしもあらずなので、今後五年間は定期的な経過観察が必要である旨を、古典でも優秀な成績を収めていた私の主治医から退院時に言い渡されたのでした。

# 終　章　遊歩道

年二回のCT検査を義務づけられてどこか晴れない私のこころを落ち着けてくれるのは、結婚して程もなく始め、今は習い性となっている夕方の散歩です。

わが家のすぐそばを、奥羽本線に沿って、長さに二・二キロの歩行者・自転車専用道が通っています。朝の登校時と夕方の下校時は中学生や高校生を中心とする自転車利用者が二メートルほどの道幅をいっぱいに使って通過しますが、それ以外はのんびりとした遊歩道として活用されています。

私の家のすぐ近くに「スタート」の標示板があり、以後二百メートルごとに表示が出ていて、それが二千二百になる地点に「ゴール」の標示板がありますから、歩いた距離や、その距離をこなすのに要した歩数などを計算するのに便利です。

私は、わが家から一分ほどのスタート地点にまず足を運び、そこから、西に伸びたゴール地点に向かいます。遊歩道の右手は新興住宅地になっており、途中には、小さいながら児童公園が二ヵ所あって、簡単な遊具とともにちょっとしたベンチも置かれています。疲れたら、ブランコなどに興じる幼児を眺めながら小休止もできるのです。

短いながら一部に桜の並木もありますし、各家々の坪庭の植栽なども眺められますから、歩きながら季節の風情も楽しめます。

夫婦連れでゆっくり散歩する人、乳幼児に日光浴をさせている母親、犬に散歩させている主婦、ジョギングに汗を流している男女など、さまざまな人が思い思いの恰好で行き来します。

私は、新居に移って間もないころから、この遊歩道の愛好者のひとりになりました。往復すると四・四キロ、時間にして約一時間、歩数にしてほぼ八千歩といった具合で、健康維持を目的とするウォーキングには最適のコースというのが最大の理由です。

しかし、それと同時に、このコースは、私の気持ちをなごやかなものにしてくれる要素を二つ有しています。

一つは、スタートとゴールそれぞれのすぐ外側に踏切が存在することです。踏切は、いつも私を小学校二年生の子ども時代にタイムスリップさせてくれます。今は亡き従兄弟と一日中汽車を眺めて学校をサボってしまった秋の一日を生き生きとよみがえらせてくれるのです。

もう一つの要素は、子どものころ本気で機関車の運転士になりたいと思っていた私の目の前をたくさんの機関車や列車が通り過ぎることです。

遊歩道の右側は住宅街ですが、左側はＪＲの用地で、そこには奥羽本線が通り、秋田貨物駅が広がっています。

奥羽線と、同じ線路上を走る男鹿線の上下の定期列車が何本も行き交うだけでなく、入れ替え作業中の貨物列車がしょっちゅう行ったり来たりします。

奥羽線は完全に電化されているので通過するのはすべて電車ですが、電化されていない男鹿線は気動車が活躍していますし、入れ替え作業を担当しているのもほとんどが気動車です。さしあたって利用しない側線の端には機関車が留められている場合が少なくありません。その中には、東京と青森を結ぶ寝台特急〈日本海〉を牽引するＥＦ81型の電気機関車も含まれています。秋田第一が修学旅行の帰りに利用していた列車で、かつてその車中で生徒の飲酒事件を経験した私は、ある種のなつかしさをもってその機関車を眺めるのが常です。

私の散歩は夕方ですが、季節によって日没の時刻が異なりますから、私が自宅を出る時間帯も変化します。ウォーキングにちょうど良い春や秋は五時前後に出発しますが、陽射しの強い真夏は六時過ぎ、日暮れの早い真冬は四時頃に自宅を後にするようにしていました。

出発時刻が決まっていると、行き遭う人々や通過する列車もほぼ同じです。それが、一時間早まったり遅くなったりすると、遭遇する人も列車も大幅に変わります。それぞれの時間帯にそれぞれの日常性があるのです。

私が遊歩道で〝ハイネのお母さん〟と初めて出会ったのは、秋から冬に変わって、出発時刻を五時から四時に変更した最初の日でした。

帰路も残り三分の一というあたりで、私は、離婚した当時にわが家で飼っていたのと同じ種類の小型犬を散歩させている女性に追いつきました。形のみならず、色の具合もほとんど同じで、私の中ににわかになつかしさの感情が湧き起こりました。

「シーズー犬ですね。名前は何と言うのかな」

すぐ背後まで迫ったところで、私は軽く声をかけました。

毎日決まったところで決まったように遭う人の何人かとは、これまでもあいさつ程度のことばは交わしていますから、声をかけるのにためらいのようなものはありませんでした。

「ハイネと呼んでいます」

予想外という表情を浮かべて振り返った女性が、ちょっと足を止め、歯切れよく答えました。一度も会ったことのない女性です。

「ハイネ。詩人のハイネですか？」

「はい」

「すてきな名前ですね」

わが家のシーズー犬の名前は小太郎であったことを思い出しながら、私は、〝ハイネ〟にちょっとした感動を覚えました。

「そんな洒落《しゃれ》た名前、あなたがお付けになったんですか？」

「いいえ、息子です。今、中学二年生なんです」

多少はにかみながらの返答です。

「文学的なセンスの豊かな息子さんですね」

「ありがとうございます。でも、本当は体育会系なんです。陸上競技をやっています」

そう言いながら、愛犬に引っ張られてその女性はふたたび歩き始めました。

私は、もう少し会話を続けたいと思いましたが、咄嗟には話題を思いつきません。

「ここで失礼します。わたしはこちらですので」

無言のまま二十メートルばかり進んだところで、女性がふいに辞去を告げました。

その地点から左斜めに小路が伸びており、女性の自宅はそちらの方角のようでした。

「それじゃ、また」

澄んだひとみにどこか心惹かれるものを感じ、私は再会を期待しながら、ゆっくりとウォーキングの残りを消化しました。歩きながら、名前も知らないその女性をとりあえず〝ハイネのお母さん〟と名づけていました。

翌日、私は前の日とまったく同じ時刻に家を出、まったく同じペースで遊歩道を歩きました。前方に目を凝らしてみたり時どき後ろを振り返ってみたりしました。ハイネのお母さんとの再会を期待してのことですが、結局その日は遭うことができず、さらにその翌日も私の期待は裏切られました。

ハイネのお母さんとの出会いはただ一度の偶然であったのかと速了しかけましたが、私は、期待したのに会えなかった二日間がたまたま土日にあたっていたのに気づき、平日ならばと思い直して、三日目もまったく同じ行動をとってみました。

私の見通しは当たっていました。前回とほぼ同じ時刻にほぼ同じ地点で再会できたのです。ただ、この日はハイネの犬友達だという中型犬も一緒でしたので、私もお愛想としての犬の話以外はあまりできませんでした。それでも、陸上競技をやっている息子の専門が短距離であること、その息子の下に小学校五年生の妹がおり、器楽部の一員としてクラリネットを吹いているという情報に接することができ、私としてはそれなりの収穫があったように感じました。

次の日は朝から氷雨が降り続いていました。

烈しい雷鳴の場合を除き、四季を通じて、私のウォーキングに休みはありません。どんなに雨が降っても風が吹いても、あるいは多少風邪気味であったりしても、いくらか歩く距離を減じたりすることはありますが、ウォーキングそのものを中止することはないのです。毎日の私のウォーキングは、私の唯一最大の運動で、手術後の健康維持という意味でも私の日常生活のなかで不可欠の要素になっているのです。

冬が迫りつつあることを知らせる氷雨のその日も、私は防寒対策を講じていつものように遊歩道に出ました。この空模様ではとてもハイネとそのお母さんには会えないだろうと最初から諦めていました。

ところが、ウォーキングの終盤で私の諦めは喜びに変わりました。ハイネにビニール製の合羽を着せたハイネのお母さんの後姿を見かけたのです。私はほとんど小走りになって追いかけ、ハイネが遊歩道から路地にそれていく分岐点のところでかろうじて追い着くことができました。

肌寒くて暗い夕暮れでしたが、私たちの間では妙に話がはずみました。天気のせいで、犬友達はもちろん、散歩する人の姿なども見えず、路上ながら、二人だけで話ができるという環境が作用したようでした。

私が、中学二年生だという息子の進学希望先を聞くと、母親は、遠慮勝ちに秋田第一だと答えました。私が、自分がその学校の卒業生であり、十五年間そこに勤務した話をすると、ひどくびっくりしながらも、一高に関わる質問をいくつか興味深げに私に投げかけました。私は丁寧にそれに答え、質問された以上の内容を補足しました。

散歩との関わりで私が、かつて仙台から歩いて帰省した事実を告げると、ここでも彼女はひどく驚きました。ハイネのお母さんは、仙台生まれの仙台育ちだったのです。学生時代に私が下宿していた辺りの地理も彼女はよく承知していました。

奇遇に驚き喜びながら、私たちは傘を差したままそこで三十分も立ち話をしましたが、いつも携行しているというスマートフォンで時刻を確かめた彼女は、夕食の準備がありますからと言って、あわてたようにその場から立ち去っていきました。

翌日は雨も上がってまああの散歩日和になったのですが、私がかなり念入りに探しても、結局ハイネのお母さんと会うことはできませんでした。前日、ハイネのお母さんが、生き物を相手にしているので毎日の散歩を欠かすことはできないと言っていたのを思い出した私は、今日はきっと何か事情があってすでに散歩を終えてしまったのであろうと判断して諦めました。

次の日から土日になりますので、私の推理が当たっているとすれば、ハイネのお母さんに会える確率は高くありません。それでも私は、時刻も速度も違えることなくウォーキングに出ました。

案の定、土曜日は空振りでしたが、日曜日に、ハイネを連れた中年の男性とすれ違いました。私が、ハイネのお母さんの夫に違いないと直覚して声を掛けてみると、やはり私の勘は当たっていて、短いあいさつを交わしました。

翌月曜日、私は四日ぶりにハイネとそのお母さんと再会しました。多少陽射しがあり、ちらほら人も通っていましたので、私たちは道の脇によって、またまた三十分近くも会話しました。

そのなかで、金曜日に会えなかったのは、娘を塾に迎えに行ったためであるということがまず分かりました。毎週その日は、ハイネの散歩も一時間遅れになっていたのです。

日曜日に会った夫について、彼女は問わず語りに説明してくれました。大手ＩＴ企業の社員という彼女の夫は仙台に単身赴任していました。住まいしているのは彼女の両親の自宅で、週末になると、二週間に一度くらいの割合で秋田に帰ってくる習慣になっており、夫が自宅にいるときのハイネの散歩は夫の役目であったのでした。

事情がよく飲み込めて私はある種の安堵感を覚えましたが、彼女の夫が、私が定時制に勤務していたころ居住していたI町の出身だということを知って、またまたハイネのお母さんへの親近感が深まりました。

その深まりに乗じて私が名乗ると、彼女もお付き合いのように姓名を明らかにしてくれました。

私と河上美子との交渉はこうして始まったのでした。

毎週金曜日は塾帰りの娘の迎え、二週間に一回の土日は夫がハイネの散歩を担当、その他に、息子の部活帰りを迎えに行かなければならない日が不定期に発生したりして、美子自身が定時にハイネを連れ出せるのは週に三、四回程度です。

私は、家を出る時刻を常に一定に保つよう最大限の努力をしました。が、前年から順番のようなかたちで町内会長職が回ってきていましたので、夕刻から始まる会合があったり、出がけに不意の来客があったりといった具合で、多少は影響を被る場合もあり、私の方の理由で美子に会えない日が十日に一度くらいはありました。

初雪が早くて十一月の下旬には一度地面が真っ白になり、寒さも例年より厳しいせいか、その初雪が完全に溶け切らないうちに、根雪になりそうな気配の雪が降り積もっていきました。

前述しましたように、もともと天候は私のウォーキングにほとんど関係ありませんが、美子に会えるという期待が加わって、私は、風雪もものともせずという勢いで毎日定時に自宅を出ました。

遊歩道で出会っても、二人だけでそこからどこかに行くということはできません。美子は二人の子どもの母親であり、夕方は、主婦としてなさねばならない仕事が重なっている時間帯なのです。いつも立ち話で、時間もせいぜい十分前後でした。

それでも私は、美子が女子大で家政学を勉強したこと、職場結婚後、転勤族の夫にともなって東北地方を中心に何度も引っ越しを繰り返し、五年前に、現在地に新築した自宅を終の棲家と定めたことなど聴き出しました。

その過程で、河上家の住所、電話番号のほか、子どもたちとハイネの誕生日などもきちんと記憶に留めました。娘の誕生日がすぐ近くに迫っていましたので、クリスマスケーキに連続するのを承知のうえで、誕生ケーキを贈りました。

美子の年齢は四十二歳というのを知ったのもこの時期です。私と三十歳近く離れていることに絶望感のようなものを覚えましたが、最近は年齢差の大きい結婚や交際がテレビのワイドショーなどで話題になっているのを思い出し、ひそかに自分を慰めたりしました。

年末年始は、ハイネを含む一家全員が仙台にある美子の実家で過ごす慣わしになっているそうで、暮れから新年にかけ、一週間余りにわたって河上家はまったく無人の状態になりました。

夫の提案だそうですが、一般住宅としては珍しく、河上家は三階建てです。一階部分は駐車スペースや物置として利用され、二回にリビングや寝室、三階に子ども部屋という造りになっているということでした。

私のウォーキングには年末年始も関係ありませんが、大晦日と元日は、ちょっとコースを逸れ、無人の河上家の正面に立って真っ暗な三階建ての造作を見上げたものでした。

新年に入ってから雪と寒さが急速に強まり、今年は豪雪との予想が地元マスコミから流れるようになりました。日中でも氷点下の日が多いため、降った雪がまったく溶けず、積雪量がジワジワと増していくのです。

公の手で除雪されることのない遊歩道は急速に歩き難くなっていきましたが、私は、滑り止めの利いた長靴をしっかり履き込んでウォーキングは欠かさないよう努めました。

一月中旬、秋田市内で行われる冬祭りの代表といってよい梵天祭当日は、朝からひどい吹雪でしたが、その日は確実に美子が姿を見せる日に当たっていましたので、私は、目だけ出る厚い毛糸の帽子を被っていつもの時間に自宅を出ました。

しかし、ほとんどウォーキングが終わろうとするときになっても美子は姿を現わしません。あまりの風雪に尻込みしているのでしょうか、それとも風邪でもひいたのでしょうか。

私があれこれ思い廻らしていると、吹雪の隙間にふいに小型犬を連れた少年の姿が映りました。こちらに近づいてきます。小犬はハイネのように見えましたが、接近してくる方向がいつもとは逆なので、つかの間、私は正確な判断を下しかねていました。

その間にその小犬は主を引っ張るようにして一気に私の足元に近寄ってきました。やはりハイネでした。ハイネと会ったときはいつも頭や背中を撫でてやるのが常でしたので、ハイネの方が先に私を認識したのでした。リードを持っているのは美子の息子に違いありません。

「ハイネは、いつもはお母さんといっしょだけど、今日はどうしたのかな？」

「はい、母は昨日から風邪気味で、今日は僕が代りを務めているんです」

「そうか、感心だな。……お母さんの話によると、一高への進学希望をもっているそうだが」

「はい、頑張って、ぜひ合格をめざしたいと思います」

「そうか。陸上競技との両立は大変だろうが、ぜひ頑張ってくれたまえ」

「はい、頑張ります」

自分が陸上をやっている事実を相手が知っていることにいささか怪訝なものを感じたふうでしたが、整った顔立ちの少年はきちんとした態度で受け答えしました。

この少年なら一高は大丈夫だろうと私は直感しましたが、それは口には出さず、お母さんを大事にしてねと言ってその場を離れました。

風邪気味という美子の状態は心配でしたが、これで美子の家族全員に会えたということで、ある種の満足感も生まれていました。

その数日後、元気になった美子と顔を合わせた折に息子に会ったことを伝えましたが、美子は、それは初耳だと言って興味深そうに聞いていました。中学生は母親に何も知らせていなかったのです。

「息子がだんだん私から離れていくようで、淋しい気がするわ」

「一高に来る生徒はそんなものだよ」

私は、美子の息子が一高生気質《かたぎ》にも似た性質をすでに備え始めているらしいのを察知して、そのように母親を慰めました。

積雪時の陸上競技部は、校内の廊下や階段などを利用して一応トレーニングはしているようですが、シーズン中に比べればやはり自由な時間は多いようです。そんな時間を活用して読書に親しませたいというのが美子の希望で、どんな本を読ませたらよいかと相談されたのはその数日後です。私は、早速、中学生にふさわしいと思われる作家や作品をリストにし、次に美子に会ったときにその紙片を手渡しました。

私が自宅で自分の部屋にしているのは二階の一室で、そこからは秋田第一の校舎が遠望できます。時おりひとり眺めやって自分の高校時代を偲んでみたりしています。

場所や方角から考えて、河上家からも一高の校舎は見えるはずです。多少の邪魔があっても、三階建ての家作ですから、それはあまり問題にならないでしょう。

一時的に寒気のゆるんだ二月のある日、息子が一高をめざしているのであれば、時どき校舎を眺めて目標を確認しておくのも無駄ではないだろうと、私が半分は冗談で言いました。

本人はいざ知らず、そろそろ具体的に進学先を考えて頑張らせたいと願っていた美子は、本人が学校に行っている間に子どもに部屋に入り、実際に確認してみたそうです。

「残念ながら、わが家から一高は見えなかったわ」

美子がいかにも残念そうに言いました。

「そんなはずはないよ。必ず見えるはずだ」

私は確信をもって断言しました。いろいろな条件を勘案してみると、見えないはずがないのです。

「君は仙台生まれの仙台育ちだから、秋田の地理には詳しくないんだろう。そのうち、僕が訪ねて行って確認してみるよ」

「そうね」

流れのなかの私のひと言に、美子がぼんやり応じました。

卒然、風もないのに周囲の枯れ枝がザワザワし始めました。

「あの大震災の余震かなあ。結構大きいようで、これだと、震度四は下らないでしょう」

両足をしっかり踏ん張りながら、私は当てずっぽうに口にしました。

「今日はこれで失礼します。家にいるのは子ども達だけですし、暖房もついていますから」

美子がそそくさと別れの意思表示をします。

「そうですね。じゃ、また」

内心、自宅の様子が気になり始めていた私もそのように告げて、その場を離れました。

翌日会って確認してみると、わが家と同様河上家にも何の異常も発生していませんでした。

その時の会話で、中学二年生の息子がジュニアオリンピックの候補選手に選ばれていることを新たに知りました。前日、あわてて帰ってみたら、県の陸上連盟を通じて朗報が届いていたのだそうです。中学校入学時から、百メートルでは県内では敵なしといった状況だったそうで、それが高い評価につながったものでした。

二〇二〇年に東京でオリンピック・パラリンピックが開催されることはすでに決定しており、順調に成長していけば、ハイネのお兄さんがそれに出場する機会があるかもしれません。すっかり巨大化、商業化してしまった最近のオリンピックのありようは改善されねばなりませんが、五つの輪で象徴される世界平和の精神はこれからも末永く継承されるべきでしょう。

今中学校二年の生徒が五年後のオリンピックで疾走する。それを想像して私は、前回の東京オリンピック当時の仙台での自分の窮状を想い起こすと同時に、時代が着実に若者の手に移りつつあることを実感しました。私はもう古稀を過ぎてしまい、今年の秋には父親の五十回忌、母親の七十回忌になるのです。

私のウォーキングはいつもと同じように続き、これまでと同じような間隔でハイネとハイネのお母さんに出会っています。

今日は、あの大震災からちょうど四年を経過した三月十一日です。いまだに二千五百八十人が行方不明になったままですし、被災した原子力発電所の出す放射能で、二十三万人もの住民が故郷に帰還できずにいます。廃炉までには四十年を要すると言われ、私の町内に浪江町から避難してきた果樹農家も、ふるさとに帰るのはもう無理かもしれないと諦め顔につぶやいたりしているのが現状です。

三月に入ってから急速に雪解けが進み始め、日暮れも徐々に遅くなってきました。春が着実に近づきつつあるのです。

今日からは出発時間を一時間遅らせ、この後五時ちょうどに、ウォーキングに出るようにしたいとこころづもりしているところです。


〈了〉

本書は、第四次『秋田文学』第21号（二〇一二年）から第23号（二〇一四年）にかけて連載した作品に加筆し補正したものである。

## 著者略歴

柴山芳隆（しばやまよしたか）
一九四二年　秋田市生まれ。
一九六六年　東北大学文学部卒業。教壇に立つかたわら執筆活動に従事。
一九八七年　最初の単行本である中編小説集『しろがねの道』刊行。
以後、短編小説集『桜の海』『風光る』、中編連作『水の系列』、長編小説『風の紋様』『砂の傾き』『二つの校歌』『続二つの校歌』『白菊の歌』『憶良まからん』『式部むらさき』『芭蕉ほそ道』『信長　是非に及ばず』『水色の本能寺』『緑の衝立』『はるかなる航跡』（日本図書館協会選定図書）『青の憧憬』、随想集『北の言の葉』等。
第三回（一九八六年）及び第六回（一九八九年）さきがけ文学賞選奨。平成七年（一九九五年）度秋田県芸術選奨。羽後文園（毎日新聞）俳句部門年間大賞（二〇一二年）・同短歌部門年間大賞（二〇一三年）。みちのく歌壇（朝日新聞）年間最優秀賞（二〇一三年）・みちのく俳壇（同）年間優秀賞（二〇一四年）。

# 揺れやまず

二〇一五年五月二五日　初版発行
定価（本体一五〇〇円＋税）

著　者　柴山芳隆

発　行　秋田文化出版㈱
〒〇一〇―〇九五一
秋田市山王七―五―一〇
TEL（〇一八）八六四―三三二二（代）
FAX（〇一八）八六四―三三二三
＊

ISBN978-4-87022-565-7
地方・小出版流通センター扱